AIQING JIADAO

爱情驾到

莲花清秋 著

广西人民出版社

图书在版编目（CIP）数据

爱情驾到／莲花清秋著．—南宁：广西人民出版社，2012.3

ISBN 978-7-219-07663-7

Ⅰ.①爱… Ⅱ.①莲… Ⅲ.①长篇小说-中国-当代 Ⅳ.①I247.5

中国版本图书馆CIP数据核字（2011）第239930号

监　　制　彭庆国
策划编辑　王晓雪
责任编辑　周月华
责任校对　覃结玲　周娜娜
封面设计　陈　君
印前制作　麦林书装

出版发行　广西人民出版社
社　　址　广西南宁市桂春路6号
邮　　编　530028
网　　址　http://www.gxpph.cn
印　　刷　广西大一迪美印刷有限公司
开　　本　880mm×1240mm　1/32
印　　张　10
字　　数　200千字
版　　次　2012年3月　第1版
印　　次　2012年3月　第1次印刷
书　　号　ISBN 978-7-219-07663-7/I·1448
定　　价　24.80元

目录
CONTENTS

楔子 / 001

第一章　机场邂逅 / 003

第二章　迷糊女赴宴 / 021

第三章　相亲相出银行抢劫犯 / 043

第四章　健身房钓帅哥 / 074

第五章　叫我如何不想他 / 096

第六章　走秀发生意外 / 121

第七章　林大刚自杀 / 148

第八章　陈一凡的表白 / 171

第九章　阴谋与爱情 / 198

第十章　闺密和男友同时背叛 / 224

第十一章　差点被潜规则 / 238

第十二章　重新找到你 / 263

第十三章　到底是谁泄密 / 272

第十四章　静怡和陈一凡的绯闻 / 287

第十五章　回到相遇的地点 / 311

爱情驾到

AIQING JIADAO

楔子

如果爱情是不期而至，为何我的回忆里全是你步步萦绕的点点滴滴？如果你是我心里潜滋暗长的瘤，为何我像受了蛊惑般甘愿饮鸩止渴醉在你的怀里？

推开窗，看着霓虹闪烁的夜空，朦胧中带着静谧。谁也不知道什么时候就会迷失在这霓虹中，然后站在十字街头东张西望地期盼黎明。所有的人都想打开潘多拉的诱惑魔盒，但是不是所有的人都愿意用一生去赌里面是甜蜜还是灾难。

如果爱情能够等待，等待后爱情能够回来，爱情回来后能够重来，重来了就不再分开，那你是不是会让我等你回来，在漫山遍野的菊花里，把过去葬了，也把我们葬在彼此心里，风干……

律师说："这十万块钱是聂先生给你的补偿，包括这一年多的生活费。如果没有问题，你就在这张离婚协议书上签字。"

她看着足足十页的协议，没想到平生除了签雇用协议，她还将签一份离婚协议。

“钱我不需要，你让他留着养老，外国女人喜怒无常，他别被甩了都没地方哭。”她刷刷地在离婚协议最尾处签上了自己的名字——林小艾。从新婚到离婚，从新娘变成离异女人，她被贴上了“二手货”的标签。而此时，她只有二十六岁。

第一章　机场邂逅

爱情是一场不期而至的阴谋，徐静蕾在泰国的许愿树下再次邂逅了黄立行，面对面，还能微笑地看着对方，还能如此重逢。

刚刚还沉浸在电影《杜拉拉升职记》里研究服饰装束的林小艾，突然中邪一样诅咒男人，“这也太假了吧，据我的专业分析，男人的生理极限也就半个月，能熬半年的就是极品，别告诉我分开两年了他还能守身如玉。”

闺密柳絮打了个哈欠，掩饰不住脸上的困倦，拍了点营养水滋润因为熬夜流失水分的脸部肌肤，十分冷静地说了句，“镇定。”

萱萱凑到小艾身边轻吐一句，“爱情太伤人了，所以女人啊，还是选择自恋安全。”

对婚礼都没举行就领了离婚证的林小艾来说，没有什么比相信男人更不可思议的事了。

三个人靠在一张沙发上，边吃边看电影边聊男人。

看完《杜拉拉升职记》又看完《山楂树之恋》后，萱萱拿出手机，“什么破手机，我早跟我爸说该换了，他非教育我说要艰苦朴素，一说就说到爬雪山过草地的事了。这才什么时候，就显示八点了。”

柳絮看看自己的手机，“不对啊，我这可是最新款OPPO，怎么也是八点，小艾你的呢？”

林小艾不紧不慢地翻找自己的手机，包里东西太多，手机不知道藏哪儿去了。“紧张什么，一看就知道天还早。”她看着手机上的时间，不在意地说，“我的也是八点，呵呵，估计是手机抽风了，怎么跟男人一样不可靠，关键时刻还得靠生物钟。”

“什么?！八点?”

三个人忽然同时惊呼，然后以台风席卷的速度穿了衣服，洗了脸，抓着包就跑了出去。

三人朝三个方向狂奔，无一例外地因迟到被罚，结果晚上回到这个三室一厅五脏俱全的精装出租屋里，都扯着嗓子骂起来。

林小艾将包一摔，一屁股坐在沙发上，“谁出的馊主意？比赛什么不好，比赛熬夜，眼睛熬成熊猫眼不说，连这个月的奖金都熬没了。”

柳絮贴了张面膜，说话也不敢张大嘴，抱怨说：“我已逝多年的青春痘也熬出来了。”

萱萱一屁股坐在电脑前面，对着周杰伦口水都快流出来了，“害得我都没梦到我家杰伦，谁出的馊主意?”

“你！”

林小艾和柳絮异口同声地指责萱萱。还不是这个女人，捧“铁饭碗”的就是舒服，国庆、中秋连休八天，林小艾和柳絮还在为那点工资拼命加班的时候，萱萱已经连续宅在家里五天了，穿着睡衣在房间里晃荡，头发乱七八糟也不管，起来就窝在被窝里看电视，看困了就睡，走得最远的地方就是到楼下小超市买了两大包零食，连手机没话费了也是拜托两位好友去帮忙充。

这妮子没心没肺的日子过久了，突发神经提议疯狂一次，来个彻夜不眠。林小艾和柳絮在得到三天奢侈的休假之后脑袋短路，居然答应和萱萱一起熬夜。

所谓的黑眼圈、眼袋、青春痘都是熬夜的产物，能熬出“美”来实在不易，自此林小艾很崇拜那些晚上不停码字，白天坚持上班，还能保持皮肤水嫩、脸蛋弹性良好的女作家。

“都怪窗帘太厚了，不知道的还以为我们冬天的被子没地方放挂窗户上了。多大的太阳才能刺透比脸皮还厚的窗帘？更何况迟到也有我的份，我们科长狠狠地批评了我。”萱萱开始装模作样地抽泣，压低了声音学起了他们科长的模样，“小郭啊，迟到是不对的，年轻人要早起早睡，你这俩眼睛肿得跟烧坏的灯泡一样，又黑又圆，这怎么能工作好嘛……”

萱萱在那说个没完，林小艾实在忍不住，打了个大大的哈欠，张开双臂伸了个懒腰，回自己的房间了。

柳絮对着镜子左看看右看看，就怕面膜没有敷好。

"啊——"林小艾房里传来一声刺耳的叫声，柳絮和萱萱以迅雷不及掩耳之势闯了进去。

"小强在哪儿?"萱萱还以为林小艾是看见蟑螂才惊叫的。

谁知她们看到林小艾眼睛直勾勾地盯着还在振动的手机，上面是一串数字。

萱萱脑子里冒出惨不忍睹的凶杀情景，问："高利贷催债?"

柳絮说："莫非老板要求加班?"

林小艾冷冰冰地说："是他。"

他，聂伟，大学时代和林小艾如胶似漆，一毕业就出国兼出轨的男人。回国的第一件事不是迎娶已经领了结婚证的新娘，而是拉着新娘领离婚证。

柳絮说："看他当年那猴急的样儿，先领证还不是怕你忍受不了长夜空闺的寂寞，结果他先出墙了。"

萱萱也说："恋爱这玩意就是自虐，光看就够伤人了，我还是引以为戒不自残吧。"

电话在响了几次后还没有挂断的意思，柳絮一把夺过手机，按下了接听键，张口大骂："你该去皮肤科测试一下脸皮厚度，有病打120，别瞎扯，穿上道具你还以为草鸡能变凤凰呀！拜托你去别的女人那边卖弄风骚吧！"

柳絮一口气说完啪地挂断电话，又对小艾说："真看不惯他那贱样，你优柔寡断，我帮你处理了。"萱萱瞪大了眼睛看着她，"我知道你会骂人，没想到你骂得这么有才华，我肯定对方吐血了，这下真得拨120了。"

林小艾低沉的眼神在抬头的瞬间阴转晴了，她鼓掌说："说得好，我正有此意，下次朝他祖坟上骂。"

林小艾一副与聂伟恩断义绝的样子欺骗了柳絮和萱萱，当她们各回各房之后，她对着聂伟的照片默默流泪。

"有个男人约我周末见面，是网友。"萱萱说完这话，把鸭脖子啃得嘎吱嘎吱响，表情羞涩。

"连你都向男人发起进攻了，我们也不能落后，把你约会的时间地点告诉我，到时候我一定要坐在你们旁边，边相亲边帮你参谋。"柳絮刚甩掉她的第三十八个男人，还没过多久单身生活，就又开始和男人约会了。

柳絮扫了萱萱一眼，"眼镜换成隐形的，衣服换成碎花的，头发改成波浪的，声音必须含糖的，走起来要左摇右摆的，别说我没提醒你。唉，我几乎能预料到你的惨败而归。"

林小艾清了清嗓门，"相亲算我一份。时间紧迫，红颜易老，恋爱要抓紧，绝不能赶潮流做剩女，尤其是失败的婚姻更让我清醒地认识到做女人就要狠一点，以后我的偶像就是柳絮你了。"

萱萱"啊"了一声，眼看着纯情的小艾被男人折磨成妖魔了，对男人的兴趣立刻减半，给后半生的幸福打了五折，脑子里全是问号。

柳絮说："不得了，不得了，一个电话引发的惨案啊。"

周末一到，三个女人把衣服、首饰、化妆品全摆出来。萱萱自不必说了，一色的休闲装，还是灰黑色调，唯一的饰品就是黑框眼镜，她拿着柳絮的衣服比来比去，就是没有勇气穿上。小艾看不惯萱萱犹豫不决的样子，从她手里夺了一件低胸装，脱了睡衣就套上。

“看见了吗？‘性感’天生就是为女人造的词，二十六岁你不展现，还等六十二岁吗？穿这个，才能突出你的优点。”

萱萱也不知道青春期怎么补的，身高没补上来，“胸器”倒是很强大。穿上小艾脱下来的低胸装，穿上柳絮提供的一双8厘米高跟的银色凉鞋，萱萱在镜子面前学着柳絮前挺后撅搔首弄姿，然后说了句，“别说，我还挺有美女的潜质，不进军好莱坞真是可惜了。不过这样穿出去有伤风化吧，我爸知道了非剥了我的皮。”

小艾和柳絮晓之以情动之以理说了一大堆“女人就要利用自己的特权和资本，能穿裙子就不要穿裤子，能美一点就不要丑一点，能矫情就不要假正经”，结果唾沫星子都蒸发了，萱萱还是换了自己的休闲装。

“唉，女人。”小艾和柳絮无奈，有些人天生就不适合被培养。

萱萱看看时间该出发了，柳絮却还在描眉画眼，林小艾则坐在电脑前纹丝不动地做上司临时交代的任务，嘴里还不停地咒骂上司压榨员工私人时间，是现代周扒皮、黄世仁。

“工作要注意场合，老板在，就要踏实，老板不在，就得活动一下筋骨，这叫劳逸结合。张弛有度，效率才能高。哪像你，整个一个拼命三郎。”柳絮最看不惯林小艾把工作带到家里做，只要上司一个电话，她就算正走着路，都会打开笔记本。

“赶紧的，说不定人家都到了。”萱萱着急地催促着。

“慌什么，迟到是女人的特权。”

三个单身男人，从年龄到肤色，组成一个递增数列。

林小艾对面是个皮肤皱得跟苦瓜一样的老男人，两只小眼睛猥琐地直盯着她的胸部。咖啡店里悠扬的音乐和昏黄的灯光让林小艾又舒服又紧张，她看了看另外两个男人，坐在萱萱对面的男人皮肤比女人还白三分，萱萱正襟危坐地讲着韩庚、周杰伦，发展粉丝的迫切热情高涨；坐在柳絮对面的男人捏着兰花指，很考究地研究柳絮的妆容与服饰。

正当林小艾无趣地应付着“苦瓜”，打量另外两个男人的时候，一件令人意想不到的事发生了。

“林小艾?”

熟悉又陌生的声音恍如世纪之外的故人，她回头看到了一个熟悉得不能再熟悉的面孔。

“想不到你也同样耐不住寂寞啊，连这种模样的男人你都能看得上……之前我还对你心怀愧疚，但现在看来我们之间一笔勾销了。”

“苦瓜”听到有人这么说，猛地拍了一下桌子，引得周围人都看过来，他扯高了嗓门说：“哪来的混账小子，敢说老子，你知道我是谁吗？告诉你，黑白两道我都混过。”只见“苦瓜”撸起袖子，扒开上衣，“左青龙，右白虎，前朱雀，后玄武。”

林小艾像看小丑表演一样，顿觉恶心，恨不得找个地缝钻进去。怎么让聂伟看到了这么猥琐的男人？她不找个英俊潇洒、器宇不凡的，起码也该找个能拿出来撑场面的男人啊，“士可杀不可辱”，林小艾端起桌上的咖啡，泼了聂伟一脸，“我，我，你……”看着深褐色的咖啡从聂伟的头顶泄洪一样流向身体的各个部位，林小艾有点后悔和不知所措，说话结结巴巴，急得眼泪都掉下来了，内心一阵难受，手用力地握紧杯子，慌张地说：“别跟我说愧疚，我跟你毫无瓜葛。”萱萱和柳絮还没反应过来，她已经跑出去了，在咖啡店门口还撞上一个人，冲人就喊了一句“你眼睛长脚心了”，那人一脸错愕，刚张口要辩解，林小艾已经头也不回地走了。

愈合的伤口又裂开了，两颗硕大的泪珠冒出来顺着脸颊流下去，内心的纠结牵动着脸上的肌肉一起抽搐，旁人的注目她根本没有感觉，一个人任泪水混合别人的目光在青天白日下蔓延成一支忧伤的旋律。

失恋会导致失眠，失眠不一定能治疗失恋，林小艾回到家失魂落魄地躺在床上想睡过去，却始终辗转反侧。

“啊——”她发疯地叫出来，“老娘我不伺候了，别躲在我的记忆里不出来，我还不信，你能折磨我一辈子。你泡你的外国妞，我找我的中国男子汉，别以为恋了几年就能让我对你念念不忘。”说完哇的一声哭了出来，两手在脸上抹掉了湿湿的泪水，做出壮士赴死的表情。

林小艾又拿出她的彪悍作风，与过去一刀两断，按着柳絮的路线前进。人生苦短，失恋也不能耽误恋爱前进的步伐。

柳絮和萱萱回来的时候，林小艾已经吃了两根超辣鸭脖子、一包薯片、一包香蕉片，兼楼下送的外卖咖喱牛肉炒饭，残羹冷炙尚留在餐桌上。

“失恋再失去身材是件很恐怖的事。”柳絮看到林小艾干掉这么多零食，刚拿起一片香蕉片往嘴里送，停在嘴边又扔下，摸摸自己的小腰，忍住了膨胀的食欲。

林小艾吃饱喝足养好精神稳定了情绪，开始批判这两个关键时刻重色轻友的室友兼同窗，一个白无常，一个娘娘腔，居然也能勾走她们的魂魄。

萱萱一副花痴的样子，“什么白无常，人家叫郭天，你不知道他以前是校草，帅得我看到就想扑上去啃一口。”

林小艾刚受过刺激，听到别人表扬男人就浑身发痒，“郭天，还锅贴呢。校草？我看是草包，长得一副弱不禁风的样子，比你都孱弱。”

林小艾没喘一口气，接着数落柳絮，“别一天到晚就知道贴面膜，弄你那张长满青春痘的老脸，注意保护眼睛，才能把男人看清楚。”说完气呼呼地一屁股坐在沙发上，刚拿起啃了一半的鸭脖子，电话响了。

林小艾一看是顶头上司 Jack 的号码，音量和语速立刻转弯，用百灵鸟般的声音说出了“您好”。

接完电话她骂了一句，“休息日还遥控姑奶奶，若不是看在钱的面子上，早把你鱼缸里的小金鱼活剥了。”林小艾作为世界五百强的服装公司EV行政经理Jack的助理，每天必不可少的任务就是伺候他那几条活得不耐烦的金鱼，她早有将金鱼活剥煲汤的念头。然后她对着柳絮和萱萱说：“回来再接着批评你们两个重色轻友的女人。”

柳絮对着慌张走出门的林小艾唱“我是一个被爱伤过的人，懂得爱到最后伤的是自己，但是我始终无法将你忘记，留着你的心等到天明”，特地将“你”字加重了音，说：“知道你刚被男人刺激了，宽容会让人皮肤变好，我就当给自己做了面膜，不跟你计较。”说完扭着水蛇腰进了房间。

林小艾刚走出电梯，Jack的电话又来了。“林小艾，办事能不能利索点？虽然是休息日，但是特殊情况要特殊对待，半个小时到机场接人。”

林小艾的头都大了，这里打车到机场也要二十五分钟，还是在顺利打到车和不堵车的情况下。就因为美国总部的人要来，她就要牺牲休息时间接机，还要订好下榻酒店。坐上出租车就打电话，那边说客房已满，这边是红灯长龙，林小艾急出了一脑瓜汗。

终于订下了酒店，转弯就到机场的时候，却堵车了。

林小艾左顾右看，不停地看时间，时间一分一秒地过去了，“我要下车。”林小艾从胸腔憋出一句话，司机蒙了，“这里不能下车。”左右都是车辆，空隙都没有。林小艾不顾司机的制止，开了车门就跑下去，刚看到一条很窄的缝隙就不顾一切地挤进去。后面的车往前开了一点，刚巧夹住她，林小艾大叫了一声，吓坏了开车的陈一凡。后面也是车，退也不能退，进也不能进。林小艾一脸痛苦的表情，气愤让她毫不犹豫地抡起拳头砸向车头。

“小姐，你没事吧？”

“你说呢？”她着急地看着机场，左右动弹不得，使劲推后面的车子，想挤出一点空隙出来。

“愣头愣脑的，我双腿快残废了，你还不过来帮忙？”林小艾郁闷地看了陈一凡一眼，心想，帅顶个屁用，车都开不好。

“小心我的车啊，这可是我第一天开。”

“姐姐我还是人生头一次被人撞呢。我看你小时候脑袋被车撞过吧，反应这么迟钝。”终于能挪动双腿了，林小艾一使劲人终于出来了，裤子却被挂破了，裤腿上裂开好长一道口子，惨不忍睹。

“小姐你没事吧？”

“姓名、电话、身份证号码、工作单位？”林小艾对着陈一凡怒吼。

“什么？”

“我问你姓名、电话、身份证号码、工作单位，撞的是我，你的耳朵怎么聋了？”林小艾顾不得淑女形象，看着自己悲惨的样子，想到要这样出现在总部领导面前就胆寒，这个仇不共戴天。

“这是我的名片。”

“好，我记住你了。”

林小艾拿了名片，扫了一眼，留下一句狠话，有点想寻仇的感觉，然后一瘸一拐地向机场走去。

陈一凡看她把挂破的裤腿扯了下来，一条职业长裤变成了性感的短裤，那动作干净利落，和刚才发怒的样子如出一辙，陈一凡想谁要是娶了这妞，生活肯定不会闷。

林小艾到的时候 Jack 已经和总部的高管一起出来了，Jack 看到林小艾悲惨的模样，一直向她使眼色，无奈林小艾就是看不明白，还凑上去说“不好意思，路上出了点车祸”，好像车祸跟堵车一样平常。

“What?”总部高管脑瓜子扭成了麻花，满脑门写的都是问号。

Jack 还费劲地解释，车祸就是 traffic accident。谁知道外国高管以为林小艾开车不规矩出了差错，这人对女孩子这样大胆不能容忍，又看到秋风瑟瑟林小艾却穿着个性短裤，马上对她露出不满的表情。

林小艾一直紧张自己的形象，没注意外国高管的话，回去接到了 Jack 的处分通知，一脸莫名其妙。

总部外国高管的名字很拗口，叫什么拉斯凯奇瑞汀，林小艾叫他拉斯，就源于这场“车祸”。

林小艾拿到处分通知的时候脸都绿了，认为拉斯的脑子绝对是一团糨糊。

“虽然晚了一步，但是精神可嘉。何况我是个无车可开的人，为了接他，牺牲了休息时间。而且被人撞到了，即使腿部遭受重创不能正常走路，仍然坚持接机，怎么能扣这么大的帽子给我，还要牺牲我这个月的奖金加上体力处罚？不行，我要去讨个说法。”

Jack说：“我当时向你拼命使眼色，你怎么就看不懂？就你那形象，知道的说你是难民，不知道的还以为EV故意让员工穿得如此暴露，严重有损公司形象，你还偏偏撞上来。”

林小艾一脸委屈地郁闷着，若不是想到每月发放的那点薪水，还有春光明媚的前途，谁乐意觍着脸贴别人的臭屁股？她能爬到机场还没落下下半身残疾已经不错了，领导怎么能奖罚不分？作为领导最大的失职就是奖了应该罚的，罚了应该奖的。

Jack一脸不在意的表情好像说“算你倒霉”，然后安慰林小艾说：“算了，你还能对领导说，你错了，你罚错我了，请奖赏我？简直妄想，他又怎么可能向你道歉？”说完这话，他色迷迷地看着林小艾，“如果你表现好点，我可以跟拉斯说说。”然后Jack的脚慢慢滑到了她的大腿，再彪悍的小艾也只是二十六年华的嫩女，初经此事，紧张害怕恶心，一个不小心碰倒了桌上的咖啡，灰灰的带着奶白色的咖啡流到了铺在办公桌上的文件上。

林小艾慌张地拿着一沓纸去擦桌子，再一看，拿的是与领导往来的工作函，大红章已经花得看不清。呼吸困难，双手失灵，腿脚麻木，她失魂似的呆住了。

“还不拿纸巾擦干净？毛手毛脚的，怪不得接机都能接出事。”Jack吼道。

林小艾打了个激灵，回过神来，慌张地找纸巾，Jack不做声地看着林小艾忙来忙去，从背后捏住她的一缕头发缠绕在指尖，凑上鼻子闻着发丝上洗发水的清香。林小艾蹲下去捡咖啡杯的时候头皮被拉疼了，“哎哟”了一声，Jack拍着她的肩膀说：“不要着急，慢慢来。”嘴角意味深长地翘起来。

“Jack，我先出去做事了。”

“规则都潜到我头上了，认栽。”林小艾暗自发誓再有下次，就让Jack臭名昭著。但为了维护自己的淑女形象，一向彪悍的她暂时忍住，退了出来。

林小艾坐在自己的位置上，想到这一切都是因为撞人的那个人造成的，恨得牙痒痒，要是此刻有一包鸭脖子，她非将小骨头嘎吱嘎吱咬碎了不可。翻到那张名片，“陈一凡”这名字像墓志铭牢牢地刻在了林小艾神经上，她发誓即使被雷劈了，也不放过那厮。

林小艾回到家，踢了鞋，扔了包冲着柳絮的房间就喊：“灭绝，帮我除妖。”

柳絮腰里裹着保鲜膜扭出来，说：“哪路货色又招惹您老人家了？”

林小艾咬牙切齿地说：“断我裤腿的罪魁祸首。”

柳絮：“车都开不好的人，不是我的菜，虽然姐姐我剩到现在仍是无主的鲜花，也不能插在不新鲜的牛粪上。”

林小艾抱着此仇不报非君子的决心，对柳絮大加赞赏陈一凡，“那个头比姚明节约一点，脸形酷似混血儿金城武，说起话来有陈道明的霸气，走起路来有胡兵的范儿，男人中的精品，人类之精华，世界独一无二。”

林小艾综合了柳絮对男人的所有要求，说得柳絮激动得腹部肌肉强烈伸缩将保鲜膜都震破了。

林小艾拿出电话打给陈一凡。

“喂，是撞人的陈一凡吗？您可能不知道我是谁，不要紧，您只要记得机场撞人一事就成，关于裤子壮烈牺牲一事，我想我们有必要探讨一下。”她觉得自己是有理的一方，就要理直气壮，不给对方反驳和解释的机会。

“你是那个车被裤子撞，不是，是裤子被车挂破的……”

“您才听出来啊？佩服，您理解得很到位，要不我们约个时间探讨一下裤子问题？”

“说吧，多少钱？”

晕倒！她忘了有钱人解决问题的方式都很单一。她勉强打起精神讽刺地说：“您可以用钱侮辱我，但是不要侮辱我对这条裤子的感情。”

陈一凡没见过这等乌龙事，明明是对方不守交通规则乱跑，却反咬一口。他最不能忍受的就是拿一条裤子的感情说事，强忍着不让自己发笑，“就在万达见吧。”

林小艾扯掉柳絮腰间已经爆破的保鲜膜，推她进去换衣服，“快，搞不定，你多出的两年就白长了。”

柳絮比林小艾大两岁，最讨厌别人说她光长年纪，不长心眼。

萱萱来了句：“不管他是哪根葱，姐，你这次非制住他不可。”

三人来到万达广场前，林小艾打电话给陈一凡，说人流太多，印象模糊，他最好能举朵菊花，为了悼念牺牲的裤子，她的鼻子对菊花特别灵。

陈一凡想自己堂堂七尺男儿，哪能干这等丢人之事，便找了个最显眼的位置站着。柳絮看到陈一凡说的第一句话是："这个男人我预定了，谁也别跟我争。"说着就要过去。

林小艾一把拉着她，"还没嫁过去就成叛徒了。"

陈一凡换了三四个位置，林小艾依然和他捉迷藏，如此三番两次，柳絮已经迫不及待想扑上去。林小艾坚持要陈一凡拿朵菊花，陈一凡无奈地去花店买了朵菊花傻傻地站在人流中举着。

柳絮整整自己的衣装，拿出迷你化妆盒补了补妆，正准备来个擦肩一撞，制造前生五百次回眸换来的浪漫相遇，林小艾已经横冲直撞过去，二话不说夺了菊花，眼神犀利地看着陈一凡。

"我怎么觉得你很面熟呢?"陈一凡眉头皱得赶上苦瓜了，使劲想。

"当然，发生这种事，不记住对方是不可能的，请自认倒霉。"

"陈先生啊，这叫不撞不相识。我是林小艾的朋友，请叫我絮儿，认识您很荣幸。"

林小艾听着柳絮娇媚地说"不撞不相识"，好像她倒霉被撞了，撞的价值在于让他俩认识了。又看着柳絮含蓄地把手伸过去，她真后悔拉这个女人过来，这个女人看见对胃口的男人可以不顾一切。

林小艾见柳絮由于微笑时间过长肌肉抽动厉害得几乎面瘫，却还能散发魅力保持淑女范儿；萱萱则站在一边好像这一切跟自己毫不相干。关键时刻还得靠自己，林小艾冲上去站在两人中间，加重了语气说："是不是该进入正题了？"

"哦，是要赔钱还是要买条新的，我绝无意见。"

柳絮抢在前面说："算了，我们哪能这样？其实说开了又不是什么大不了的事……"

"柳絮！"林小艾对着柳絮挤了一下眼，看着陈一凡不愠不火地说，"我的裤子我做主，这条裤子已经毁了，但是……"

陈一凡掏出钱包拿出一沓人民币往林小艾手里一塞，"够买条新的吧？"

"别拿钱侮辱我的裤子，你别以为有钱就能赎罪。"后半句话声音提高了八百度，走路的人忍不住往这边看了几眼，看得陈一凡浑身长刺了一样。

"你想怎样？"

"你……你打算给多少钱？"

"我看也就值几百块钱吧，我给你五百块钱我们扯平，车我也不要你修了，怎么样？"陈一凡高傲地甩出一沓钱，说，"抽几张新的吧。"

"一张、两张、三张……"看着陈一凡得意的样子，柳絮和萱萱莫名其妙的样子，林小艾不慌不忙毫无羞耻地抽出五张人民币，在空中甩了一下，还有新票子沙沙的声音，突然朝陈一凡白嫩的小脸上一甩，"我还给你，钱我不嫌多，但是像你这种有钱人，我还真不稀罕。"

“小艾，你干吗啊？陈先生您别介意，她没有恶意……”柳絮含着笑，脸上都能开出一朵水莲花了。

“一凡，你怎么在这儿?”一个比柳絮含糖量还高的声音飘过来，接着出现一个比柳絮更妖娆的女人，见到陈一凡就直接跑了过来，看得林小艾鸡皮疙瘩掉满地，看得萱萱直叹少儿不宜。柳絮眼见被人比下去了，揪着声音，多加了点糖还加了点莲子，甜中带苦，说：“陈一凡，你必须陪林小艾逛街，直到买到新的裤子。”

陈一凡似乎有点畏惧眼前的女人，顺势说：“Mary，改天再聊，我得陪女朋友了。”拉过林小艾，拽进自己怀里。

林小艾也不知道哪根神经搭错了，居然配合陈一凡演了这出戏，还赔上笑脸。

陈一凡无可选择地担当了陪逛街的角色，拎着所有物品，无论轻重。而三位美女谈笑风生，没人看他一眼，柳絮想偷偷地对他笑一个，被林小艾拧了一下小脸。

陈一凡诱惑她们说可以为每个美女买一件衣服，让她们帮忙拎点东西。在利益的面前友谊受到了严峻考验，柳絮从三人行中退到了陈一凡的身边，萱萱也一脸无辜地说：“小艾，为了减肥，我勉为其难帮他拎点东西。”

林小艾觉得陈一凡就是自己的克星，害自己被处分还瓦解了她自认为坚固的友谊。看着两个“叛徒”讨好他的样子，小艾郁闷地踏出一步，一个人为伍，又不甘自认孤单，故意哼起歌制造气氛。

第二章　迷糊女赴宴

柳絮拿着陈一凡付账的内衣，在空中画了个圈，露出两颗牙，半痴呆地看着。

林小艾一进门就将鞋子踢了老高，砸出很大的声响，光着脚丫子大摇大摆地走到电视前，狠狠地摁了一下电视开关，坐在沙发上来回换台。

陈一凡要赎罪的那条裤子她死活没要，正一肚子气，这下看到柳絮拿着内衣比来比去，不禁说道："看到男人，你浑身都能散发荷尔蒙。这什么内衣，都简陋成这样了，还好意思当着男人的面在胸前来回比画，真是不知廉耻。"

萱萱有点不好意思直视柳絮，"女人还是矜持点好。"

柳絮得意地看着，毫不在意其他两位如何评价自己，说："这家伙是个极品，对姐的胃口，明天我就贴上我特有的标签。"

林小艾说："最好写上'柳絮专用'。"看着这个有异性没人性的家伙，她气呼呼地去睡觉了，明天还得工作。

第二天刚进公司电梯，就碰见了陈一凡，林小艾低着头磨蹭到电梯一角，尽量把头发散到前面遮住脸。电梯门一开，她什么都不看就冲出去，谁知陈一凡也正走出去，窄窄的电梯门，两人又撞一起了。

“林小艾?”

听到试探性的呼唤，林小艾顾不得形象撒腿就跑。这个背影让陈一凡一下子想到了咖啡店门口的那一撞。

刚进办公室，Jack 就要林小艾订酒店，中午订餐的时候多加一份。

拉斯刚宣布不准利用公款吃喝，就连午餐份数和员工人数都严丝合缝，没有丝毫错位，多加午餐，不是来了重要人物就是新进了员工。林小艾琢磨着一大早就晦气，碰上了陈一凡，难不成这家伙以后就在 EV 了?

果然，Jack 把林小艾叫到办公室，什么话也不说，摆弄着鱼缸里那几条小金鱼。小艾寻思着，金鱼我喂了，而且确保没有死鱼，条条活蹦乱跳的。正想是出什么事的时候，Jack 走到她面前，中间仅有 10 厘米的距离，小艾不自觉地后退了一步，Jack 又往前挪了一点，直到把小艾逼到墙角。他直视着小艾的眼睛说：“昨天被你弄湿的文件，送到拉斯那边。”

林小艾觉得 Jack 要借鸡下蛋了，自己畏畏缩缩只能增长他的嚣张气焰，就算牺牲下个月的奖金也不能给老色狼可乘之机。于是她无比坦诚地说：“我知道是我失手将文件弄湿了，我愿意承担后果。”

Jack 的眼睛里继续泛着不纯洁的光芒，“我怎么舍得处罚你？这样吧，如果你……”他的手已经搭在了小艾的肩膀上，脸无限地接近她，小艾情急之下一手挥过去，五个指印鲜红地映在Jack的脸上。

“Jack，对不起，最近工作压力大，我特紧张，手总是不自觉地抖动，经常无法控制，您一定要原谅我，我真不是故意的。”

林小艾连连道歉，Jack摸着自己发烫的脸颊，说：“限你一日之内把陈一凡的入职手续办齐全，小到胸卡、门禁卡，大到工资卡、医保卡。”

这不是为难人吗？谁不知道办个医保卡要好几个工作日，快慢还得看工作人员的办事效率。

“不用那么急，这些都不是急事，慢慢来。”陈一凡不知什么时候站在门口，他自知Jack一向好色，没想到林小艾敢摸老虎屁股，确实是一个不凡的角色。他走了进来，看了林小艾一眼，眼神里充满了说不清的情愫。

小艾瞪了他一眼，拿着文件匆匆忙忙给拉斯送去了。

拉斯看到如此重要的文件被保存得面目全非，摘下眼镜，一脸严肃地看着林小艾说：“行政职责之一就是对文件的保管，我希望你能尽职尽责做好自己的工作，OK?”

林小艾看到拉斯就紧张，自知没有给他留下好印象，更不知道该怎么说，只有唯唯诺诺道：“是。”

Jack拍着陈一凡的肩膀，一副铁得要死的模样，“什么时候来的？中午一起吃饭，晚上为你庆祝。”

陈一凡说：“Jack，做了领导就是不一样了，现在说起话来充满了气势，我以后还得多跟你学习。”

Jack一心想调到市场部，却被派在行政部门，对此一直心有芥蒂，说：“唉，我们就是勤杂工，负责公司后方，像你们冲在前方的才有许多值得我们学习的地方啊。”

陈一凡说：“对了，刚才那个女孩是叫林小艾吗？”

Jack又露出了男人本色，说：“是啊，怎么了，有兴趣？别说，这妞长得还挺有味道。”

陈一凡打趣道：“想哪去了，上次我说的车祸，撞的就是她。”

陈一凡从Jack的口中证实了自己几次三番碰撞的人都是林小艾，咖啡店、机场、电梯。本想把自己赎罪的糗事说出来，但一想Jack作为自己的哥们儿，林小艾的直接上司，会不会以后借机刁难她？心有不忍，他话锋一转，“Uncle最重视形象问题，其实那天不怪她，堵车确实严重。”

Jack轻笑一下，有点不以为然地说：“所谓处罚，其实也是为了员工更重视公司制度，更能意识到自己的岗位职责。”

陈一凡从Jack的办公室走出来，转到林小艾的办公桌，“有个成语叫不打不相识，第一次有人撞我的车，你真幸运。”

平时林小艾非跳起来PK个高低，但现在她只能压抑着心中的怒火，一脸愤懑和不满，“我一孤军奋战的血肉之躯，怎么能抵抗得了你那坚如磐石的小汽车？再说，我已经不介意了，你还耿耿于怀。再提，让我姐们儿办了你。”可惜是工作场合，她也就心里想想，按捺住心中熊熊燃烧的那团火，面带微笑毫不在意地说："陈总说的是，真巧，怎么就撞上你了？"

陈一凡拿起桌上的资料随便翻了几下，毫不在意地说："叫我陈一凡就行了，大家都是为公司卖命，只是职责分工不同。"

林小艾放下手中的工作，抬起头来佯装聆听教诲的认真模样，说："陈总，有什么指示？"然后找文件、查资料、打电话，摆出一副很忙的样子。陈一凡轻笑一下什么也没说离开了。

林小艾忙着把工作收尾，好和柳絮一起做美容。最近从心情到皮肤都严重缺少叶绿素，就算在阳光底下也不旺盛。

"林小艾，下班后一起去左岸餐厅。"临下班接到Jack的电话，林小艾恨得牙痒痒，知道她比服务员任务更艰巨，不但肩负端茶倒水，还要把马屁拍到马屁股上。

"柳絮，美容功课又要落下了，亲爱的领导关照我吃左岸的残羹冷炙，上等佳肴。"

"亲爱的，我正要告诉你取消美容呢，晚上给你个惊喜。"

柳絮不知道卖什么关子，都不见面了还能有什么惊喜。林小艾摇摇头，准备奔赴餐厅的战场。

"听说我们市场部要调过来一位新总监，据可靠消息，此人不但英俊神武、器宇不凡，还是美国总部某位重要领导的亲戚。"爱八卦的哈利也不知道从哪里道听途说的新闻，回来就炸开锅式地宣传。

“据说是在美国长大的，最重要的是单身，还有大把的票子……”琳娜一副花痴的样子，又做起嫁个有钱人的梦了。

“那我们以后就不用受销售部那帮窝囊废的气了。”自从上一任市场部总监离职后，一直是销售部总监兼任市场部总监，市场部的人受了不少窝囊气，东子最大的愿望就是市场部重新独立。

看到林小艾从市场部办公室前路过，哈利拉过小艾说：“你是后勤的，有没有听说有个钻石王老五要来领导我们？”

“有啊，不过不是钻石，是雷老虎。”

“不是听说人很帅吗，又多金。”已经三十了还剩着的琳娜一直抑郁不得志，为何自己就没碰到单身多金的领导，来一段浪漫的办公室恋情。

“别迷恋帅哥，那都是传说。想嫁给有钱人啊，晚上睡好点，兴许能做上白日梦。”

“林小艾，你什么意思啊？你也不想想你一个离过婚的女人有资格跟我说这话吗？好歹我也是黄花闺女。但凡离过婚的都有问题，指不定人家就是嫌弃你白日梦做多了，把你甩了。”琳娜最近又被甩了一次，梦想中的爱情总是惨败的多，林小艾一句不经心的话惹了她。

“三十岁的黄花闺女，在社会上叫大龄剩女，意思就是没人要。”

“二十六岁就离婚，被人用过就扔，我阿弥陀佛没遇上这样的主。”

“都三十岁了还没人要，灭绝师太最适合你，一把年纪了，还是黄花闺女，不断相亲，不断被甩，最重要的是脸上的鱼尾纹比年纪还多，笑都不敢笑，我真为你感到悲哀……”

原来是说着玩的，这次可能真的动气了，平时也这么开玩笑，琳娜是怎么了？哈利和东子赶紧劝架，拉着小艾就走。

“没人要……”琳娜又嘟囔了一句。

“我现在就是要和你们的帅哥总监共赴晚宴，你就羡慕吧，拜拜。”居然敢说我是离婚女，我后半生的幸福全毁了。每次相亲都有人问“离婚为了什么，是不是你有什么问题”，你才有问题，本姑娘的问题就是太过仁慈。看来张爱玲也不是什么情圣，什么“因为懂得，所以慈悲”，慈悲的下场就是被甩……我一定要找个更帅、更有钱、更疼我，比聂伟强一百倍的男人。

林小艾到左岸后，第一个惊讶就是看到柳絮和陈一凡站在一起。柳絮特地穿上了她压箱底的晚礼服，这女人动作迅速，标签这么快就贴上了。

林小艾作为在场地位最低的小角色，毫无意外地担当起端茶倒水的角色，柳絮却作为陈一凡的朋友成了座上宾。用柳絮的话说，这两岁还真不是白长的。林小艾在EV混了一年多还是个小角色，人家一天就靠上了高层领导，似乎是陈一凡的女朋友，一副淑女的样子向拉斯问好，和Jack打招呼。

“拉斯、陈总，这是Jack特意安排的包间，这里的菜是专程从泰国请来的高级厨师做的泰国菜。Jack说一是为了陈总正式进入 EV 的欢迎仪式，二是为拉斯此次中国分部之行接风，虽然晚了点，但也是一番心意。另外也是高层领导的一次聚餐。”林小艾觉得三个领导的马屁都得拍，虽然撞车事件引发了无数意外，但是还要装作感谢领导惩罚给了她一次重新做人的机会，笑着说“您罚得对”。

“No，No，你忘了柳絮。”拉斯用不太标准的普通话说出柳絮的名字，好像这是个重要的角色，已经荣登福布斯名人榜了。其他马屁精也绞尽脑汁想出一切形容女人美好的词汇套在柳絮身上。

“别误会，我们只是普通朋友。”陈一凡解释道。

“Uncle，我们现在还是普通朋友，不是你想的那样。”柳絮露出黯淡的表情，但马上转作羞涩，娇声细语地说。

外国人就喜欢典型的中国女人，娇柔、温和、含蓄。柳絮此刻笑不露齿，坐不露膝，俨然古代娇滴滴的大家闺秀。

那一刻林小艾竟然有点嫉妒，女人的自私是天生的，攀比心也是出娘胎就带着的，平时称姐道妹，但还是拒绝有人爬到自己的地盘，站在高处俯视。“自私，是你死气白赖地让她勾引小白脸，然后狠狠地踹上一脚，现在你却心胸狭窄得容不下一根绣花针！”林小艾狠狠地鄙视了一下自己，然后端着茶壶往每个人的茶杯里续茶。

因为主题是欢迎陈一凡的加入，所以酒桌上劝酒的多了，一杯接着一杯，林小艾发现平时谎称不能喝酒的 Jack 竟也把白酒当水喝了。

Jack 在第一轮劝酒后称不胜酒力，让林小艾充当炮灰，光荣地承担起领导剩下的任务。

柳絮坐在陈一凡身边，语气娇柔地说："我对酒精过敏的，但是看在大家这么高兴的分上，我也舍命陪君子，开怀畅饮。"结果她所说的"畅饮"只是用唇沾了一丁点酒，喝完还故作不胜酒力。真正喝酒皮肤过敏的林小艾，在用了同样招数后，全场人士表示怀疑，Jack 拼命地向她使眼色，眼睛都快扭伤了。

"林小艾，这就是你的不对了，隐瞒酒量是对领导的不尊重。作为下属，你应该义不容辞地承担起推杯换盏的任务。"

"林小艾，你就不要谦虚了，Jack 平时很体贴下属的嘛，关键时刻，你们也要冲在前面啊。"

"林小艾，喝酒嘛，紧接着是升职加薪，是不是，Jack?"

你一言我一语，林小艾认清了现实，Jack 叫她来的目的就是抵挡这些洪水猛兽，前些天那巴掌，还有被咖啡浸透的文件，都像握在 Jack 手中的定时炸弹。

偏不巧，聂伟的电话打过来，想起那没有暖热的结婚证已经变成离婚证，林小艾内心一阵翻腾，单身、自由、狂放，在她脑子里转了几个轮回。她鼻子一捏，半杯白酒就下肚了，夕阳般的颜色灌了全身，柳絮劝说她少喝一点，但此时的林小艾已经完全被酒冲昏了头脑，夕阳的颜色越来越重，头也越来越晕，她的记忆越来越模糊。

"Jack，办公室放了这么一位漂亮的小姐，怎么没闻到桃花的味道?"

“小艾一看就是单身女青年，够爽快、够大方。”

男人纷纷开腔，当猫的不能闻见腥味，但凡发现一点肉，鼻子就能当侦探器用。

林小艾觉得自己短暂的婚姻就是一场闹剧，开始是美好的，过程是糊涂的，结局却是悲惨的。

她努力让自己保持清醒，但是情绪就像鬼上身，无法控制地支配着她的头脑。她看着那群笑得狂野的男人，在她的眼里就是家庭不幸的根源，是身披枷锁的道德罪犯，好像他们的女人正扒着窗子空闺幽怨地等着作恶多端的丈夫。

“结婚证对女人来说就是一道圣旨，不可抗拒的事实，捆绑的不是婚姻，是自由。男人，是放风筝时节的一股风，吹高了风筝又走了。”林小艾站起来醉醺醺地指着讨论起女人就异常亢奋的男人，说，“你们就是一群猫，拿着九条命去冒险，一不小心摔伤了就认栽。偷腥是猫的本领，所以猫鼻子比狗鼻子灵敏多了。”

所有的人都在狰狞地笑，笑得东倒西歪。陈一凡担心她摔倒，站在旁边，两手张开。林小艾一个踉跄，倒在陈一凡怀里，柳絮马上过去帮忙，劝小艾回去。她看到陈一凡眼睛里掠过一丝紧张的神情，心揪了一下，感觉自己的肉被人咬了一口。

林小艾从陈一凡怀里挣脱出来，倒在地上，任谁拉也不起，从地上捡起酒瓶非当成麦克风，又唱又说，又笑又流泪。柳絮拉她，被她一脚踹开了，张牙舞爪地到处飞舞。陈一凡把她抱起来，抱紧了，林小艾两手不得动弹，开始满嘴胡言乱语。

林小艾指着陈一凡，说："当了婊子还要立牌坊，什么一笔勾销，背叛是你洗不清的罪过，相亲是我追求幸福的权利，祖国把你培养出来，是让你与世界接轨，不是让你出轨。"她醉话连篇，没人阻止得了，柳絮一直道歉解释，"她说的不是你，是她前夫。"

"前夫?"包括陈一凡在内的几个男人大为惊讶。

"你喜欢外国妞，我可不喜欢外国男人，以为洞穿一切，最多也就算目空一切，狂妄自大，自以为是。"

大家看着拉斯，一个正宗的外国男人，没有一点混血。拉斯并不太懂林小艾的意思，却从众人的眼神中看出了一点端倪。

林小艾跌跌撞撞走向拉斯，被椅子绊了一下没站稳，一下撞到餐桌上，旁边的桌子盘子掉了一地，拉斯呆住了。林小艾还趴在地上捡，衣服沾满了菜肴，然后她突然爬起来，一副吃了含笑半步癫的样子，对着拉斯说："喝，继续喝，拉斯这名字太拗口了，幸亏我就记住拉屎和拉斯差不多。"

柳絮跑过来捂住林小艾的嘴，被她掰开，她很不满意地说："柳絮，勾引陈一凡是你责无旁贷的任务。"

"叫人把她送走，quickly。"拉斯已经忍受不了林小艾的张牙舞爪，一个平日里斯文的人，彻底斯文扫地了。拉斯坐着他的专车走了，临走要拉陈一凡一起。陈一凡看着柳絮无能为力地盯着林小艾，而林小艾还躺在地上，却不让人近身，比蜘蛛吐丝织网防小虫子还霸道。她的脚就是她的武器，时刻准备对“偷袭”者狠下杀手。

其他人慢慢都走了，陈一凡和柳絮架着林小艾回家，出租车司机一看满身酒气的林小艾，就扬长而去。

正在这时，柳絮的电话急切地响起来，她顾不上林小艾也顾不上陈一凡，交代陈一凡务必将林小艾送回家，抢钱一样地消失了。

醉酒的人体重比平时重十倍，陈一凡一直半拖半抱地把林小艾拖到路口，站在红绿灯处招手打车。小艾的意识已经混沌，看着红绿灯以为是烟火，拍手叫好，挣脱陈一凡的手臂，摇摇晃晃地走，不小心绊倒了，也不知道疼痛，趴在地上就睡，陈一凡怎么也叫不起来。

出租车就像男女交往，平时一群单身男性围绕，关键时刻想挑一个凑合，却发现一个都没有。陈一凡甚至想到多付几倍的价钱，却依然没有打到出租车。午夜，其实是个热闹的点，尤其在北京这样的大城市，地铁依然马不停蹄地运转，公交车也有几辆来回穿梭，趁着夜里放肆的白领们东游西荡。

陈一凡拨了Jack的电话，电话那头换了性别，一个温柔又有敌意的声音说：“Jack啊？睡了。”

林小艾不安分地躺在地上，不知道什么时候口香糖粘在了她的头发和衣服上，嘴里口齿不清地说着：“从结婚到离婚，快得来不及高兴更来不及感伤。”然后悲伤地大笑起来，表情落寞成一道难以解答的数学题。

难过就是自己和自己的 PK 赛，赢了和输了都逃脱不了自己的责任。林小艾记不清自己曾经这么落魄地躺在王府井的大街上，却记得有一颗痛苦的泪珠滑落，带着雨天的哭泣。

晚风把凌乱的头发吹出了海藻的模样，因酒精过敏，发烫的皮肤烧出雨后海棠的晶莹。

终于打到车，司机说如果吐在车上要多收两百块钱。而陈一凡竟然忘记问柳絮她们的地址了，车上的醉美人已经昏昏沉沉、疯疯癫癫。

“师傅，到最近的酒店。”

“喝这么多酒，注意一点别吐我车上，我还要赶着回家呢。”

陈一凡祈祷林小艾不要再出乱子，天不遂人愿，车的颠簸晃动紊乱了体内杂物的新陈代谢，林小艾吐了他一身不说，还吐在了出租车里。陈一凡努力把她移到窗口，司机却停在路边，强迫他们下车。

北京的夜，散发着清冷的味道，微白泛光的月亮，照耀着林小艾通红的脸和杂乱的发丝。陈一凡无暇欣赏此时的月色，脱了外套，上面沾满了难闻的气味，他用干净的地方擦掉小艾裤子上的呕吐物，把外套扔进了路边的垃圾桶，拖着小艾继续走。

月色笼罩，使这个夜多了朦胧的成分。陈一凡不知道自己怎么会这么倒霉，掰着手指数，回国第一个遇到的女人居然是林小艾，一个神经大条、狂放彪悍的河东狮。他无奈地摇摇头，继续未完成的使命。

“聂伟，聂伟……”

林小艾嘴里含糊不清地吐着这个名字，有时候流着泪大笑，路边偶尔走过的人侧目斜视。终于到了酒店，开了房间，陈一凡失去重心将林小艾摔在床上。这女子不安分地扯着衣领，酒精隔了几个小时后又开始冲击皮肤和骨髓，林小艾全身一阵红热，本已过敏的皮肤在酒精刺激下更红。一片一片的红疹子，一点一点抓痒的痕迹，陈一凡直觉这是酒精中毒加皮肤过敏，刚把她放下又拨了120急救电话。

清晨，干渴的喉咙、难受的胃刺激醒了林小艾，她睁开疲劳的眼睛，看着周围陌生的世界。陈一凡躺在离她不到一米距离的床上，衣不蔽体，白色的床单一半盖住了地板。

林小艾看了一下时间，一声尖叫冲破了陈一凡的美梦。

陈一凡往上拉了下被子，虽然他看到林小艾是背对着他尖叫的。

“你醒了?”

“我怎么来的这里?”林小艾发现自己的头发粘在一起，很脏的口香糖很顽固地贴在上面，身上有好几处淤青。她拿起自己的衣服准备到洗手间换下白色的睡袍，发现裤子脏兮兮的，上衣的扣子也掉了几个，不知道什么时候内衣也脏了。脑海里出现恶魔般的陈一凡虐待可怜的自己的场景。

她满脸遗憾难以挽回，后悔自己多喝了酒，绝望地说：“你把我怎么了?虽然我是结过婚的人，但到现在还是黄花闺女，这下彻底不清白了，从法律到现实都说不清了。”

“是你自己投怀送抱的，我只是做个顺水人情，勉为其难跟你……”

林小艾听到陈一凡有声有色地描绘昨晚自己怎么搔首弄姿勾引他，又是如何一点一点地失去了贞节，哇的一声哭了，一哭之后就该二闹三上吊了，可是她除了哭，感觉万念俱灰，脑子里却冒出一个想法。她背着陈一凡说：“给你两个选择，一是我报警，二是你自首。”

“你情我愿警察也管不着啊。”

“那你娶我。”林小艾不知道是不是上帝看她可怜，用这种方式掉下一个帅哥。

陈一凡呵呵地笑起来，“你想哪去了？我是男人，但不是那种男人，就算我想，也没机会。”他讲述了昨天送她回来，她酒醉发疯躺在地上就睡，还吐了他一身，为此损失一件外套。好容易找到酒店，发现她酒精中毒皮肤过敏，又送往医院。输液之后本想在医院过夜，无奈病床紧张，又回到酒店。本想休息，她又大闹天宫，陈一凡甚至不知道自己怎么躺在这里睡着的。

“敢骗我，祈祷你搭档是芙蓉姐姐，对象是凤姐，身边全是纯爷们儿。”

“这么恶毒，你想象力这么丰富可以去市场部发挥特长，怎么到了行政部当了公司保姆？”陈一凡也不饶人，倒还觉得跟她斗嘴能激发创作潜能。

“懒得跟你这种眼睛长脚心的人说话，柳絮呢，怎么不把我送回家？”

“中途有事，就把你丢给我了。”

林小艾怒火上升，这妮子不知道又和哪个男人勾搭上了，这么放心地把她这只软绵绵的美羊羊送进凶险的灰太狼口里不闻不问。还说要贴上自己特有的标签，这样不敬业，这个男人身上早晚会贴上别人的标签。

林小艾试图站起来，却发现手脚有点不听使唤。走进洗手间看着镜子里自己悲惨的样子，可以直接演《咒怨四》了。

“我的头发，我水嫩嫩的皮肤，我的名牌衣服。”她无力地清洗了一下脸。

满目疮痍的衣服啊，林小艾颤抖着双手捧着这些残缺不全的衣服，躲在洗手间不知如何出来。

“你换好了没有？人有三急，我现在很急。”陈一凡在外面喊着。

林小艾觉得职场到头了，领导面前醉酒罪加一等，迟到就要凌迟处死了，她的性质已经算旷工了，莫不是死了还要再鞭尸？想想就觉得很无望、很黑暗。

她很失落地说了一句很无奈的话：“我的衣服，破了。”最后两个字异常无力，好像预料到悲剧了。

“那你先出来，我要上厕所。”

林小艾一听这话，急了，“我都这样了你还有心思上厕所？怎么说我也是姑娘家，丢了人还想混下去，你能不能积点德？拜托你，女士优先，等我把衣服烘干你再进来吧。”

陈一凡也不甘示弱，说：“我把一个疯疯癫癫、失去意识喝醉酒的女人带回来容易吗？酒店、医院来回跑，没睡一会儿又被你的尖叫刺激得小心肝现在还在扑通扑通跳，现在不过是想上厕所，不至于这么夸张吧？再说，昨天你一直没穿衣服……”

“什么？”

“我说错了，是没穿自己的衣服，医院的护士、酒店的服务员可算比我幸运。”

“总之是你没照顾好我，你必须为你的行为赎罪，我建议你去买件衣服回来，厕所我让给你。”

“这是衣服，昨天半夜拿人民币跟服务员换的，虽然别人穿过，至少比你的干净。”陈一凡早有打算，即便萍水相逢也不能见死不救。何况星座运程显示，撞车事件那天会有桃花劫，他一直在想，是不是林小艾。

林小艾不知道他为了这件衣服费尽了多少口舌，美男计都用上了，本打算买一件，无奈周围没有24小时营业的服装店。听到陈一凡衣服都准备好了，林小艾内心还是有一点惊喜和感激。

“谢谢。”

“别误会，我是怕你烦我。”陈一凡把自己的行为理解成善良的结果。

林小艾换上了衣服，打开了洗手间的门，头发上的口香糖已经用小剪刀剪掉了，发型也乱了，但起码，能出去见人了。从此她得出一个结论：女人，尤其是年轻漂亮的单身女人，不能喝酒。

“昨天就当是传说，不许说出去，自从看见你，我就一直很‘走运’，我回到家就烧香拜佛感谢你，我求求你以后千万别说我们认识。在公司您是领导，有事吩咐，出门别用正眼看我，斜眼也不可以。再见！”

刚走到酒店大厅，林小艾想问问柳絮到底为什么把她一个人扔在陌生男人的怀里，还是一个触霉头的男人，才发现手机不在。

“陈一凡，我的手机呢？”

“没注意，昨天两只眼睛连你都看不住。”

“完蛋了，里面有重要电话，这次Jack非骂死我。”

陈一凡刚接到Jack电话说拉斯要开除林小艾，他忧心忡忡地看着她，又不敢告诉她。

“灭绝，月黑风高之夜把这么娇滴滴水灵灵的我丢给一只倒霉熊，自己逍遥自在，好在我的玉体完好无损，否则我林小艾与你势不两立。”林小艾想柳絮一定飞奔到更吸引她的雄性动物身边了，能离新鲜白肉陈一凡而去，那边一定是上等货色。

柳絮抽泣加紧张，在电话的那端一直没有出声，林小艾急了，怎么了这是？

“柳絮，你别急，我没说你什么，我好好的，赶去上班。你平时很皮实，今天我也就随便说了两句，到底怎么了，难道被男人抛弃了？”姐几个说话从来不考虑对方的感受，柳絮的抗压能力也非常人，今日竟然一语出口惹了不快，林小艾从脚趾都感觉出事了。

“我妈病倒了，现在住院。昨天不该把你扔在半路，本来应该给萱萱打个电话，一急什么都忘了。”

林小艾想这个理由情有可原，若是她，甭说抛弃朋友了，自己都能出卖了。

林小艾回到EV，看到露西坐在自己的位子上，用着自己的电脑。

“林小艾啊，你真幸福，以后你的事由我做了，你可以安心休息了。”

“什么?”

露西指指废弃很久没人用的那张办公桌，一个纸箱子装着林小艾的物品，林小艾顿时明白自己出局了。但是为了表示忠心和尽职喝醉酒也是她的错吗？林小艾推开Jack的门站在他面前一言不发。

正在喊着“达令”，笑眯眯打着电话的Jack结束了通话。

“你被开除了，拉斯还特意交代是开除不是自动离职，你的档案里从此会多一条记录。对了，陈一凡没告诉你吗?我以为你们在一起他会告诉你，起码对得起昨天的折腾。”Jack走近林小艾，在擦肩的时候不忘说了句，“如果你想安全离开，也不是没有可能。”眼神里发出的全是野兽的光。

林小艾的怒气冲破关穴，被置顶了，猥琐的无能领导，不见识一下艾式霹雳不知道姑奶奶姓林。我可不是娇滴滴的林黛玉，而是虎门销烟的林则徐。小艾抬起头，造出势头，摆出一副骄傲的样子，“Jack，像你这样的领导我还真高攀不上，给你点权力就把眼睛顶脑袋上。开除算什么，姑奶奶一流的大学，一流的智商，不像你，如果不是靠着老丈人，我想你现在还不知道蜗居在哪个贫民窟里翻着废旧报纸找工作，哪有什么闲情逸致摆弄几条金鱼。我真应该感谢拉斯，开除了我，也就是从我的世界开除了你。”林小艾潇洒地一转身，搬起自己的东西就走。

士可杀不可辱，女人该对别人狠的时候决不能心慈手软。

林小艾抱着自己的东西在电梯口等电梯，出来的却是陈一凡。

“这个结局你早就知道了，不用做出这么奇怪的表情同情我。在没调查我是否完好无损的情况下，你得不到我的感谢和原谅。”

“节哀顺变。”

陈一凡这四个字说得干净利落，林小艾觉得自己居于下风。倒霉简直像瘟疫蔓延在她的整个天空，毁了两套名牌衣服，短命的职业。

女人报仇，不等十年。

“对了，我觉得你像电影里一个明星，很出名，很有型，也很有味道的一个。”

“是吗，很多人都说我长得像韩国明星。”

“对，叫 Backkom，中文名字倒霉熊，和流氓兔、Dinga 猫并列成为世界级三大宠物，很多人崇拜嘲笑的偶像，娱乐中的佼佼者，倒霉中的首席 CEO，堪称经典中的经典，与你的形象尤其吻合，恭喜你，有了世界形象。”

说完，林小艾进了电梯，消失在陈一凡的面前，他还没反应过来，从此“倒霉熊”就正式成了他的代号。走廊上其他员工听见了不免偷偷一乐，谁也不知道这位新进的有韩流范的男人，是不是绣花枕头。

小艾可以自由支配时间了，再也不会有人一个电话她就要打开电脑，做计划，做报表，到处打电话订酒店、订机票，也不会慌张地去机场，遭遇倒霉熊。

回到家，房间里空荡荡的，萱萱不在，柳絮照顾生病的母亲了，只有她一个闲人。混了二十六年，房车没有，工作已丢，男人已跑，不是失败，是非常的失败。林小艾看着从公司里搬回来的东西，忍不住自责：“酒也是一种饮料吗？还喝上瘾了，居然在众位男性领导面前疯癫卖傻，身为女人不知羞耻，身为职员如此冒失，身为林小艾，简直有辱爹妈绞尽脑汁起的名字。”越想越委靡，她在外继续装疯卖傻，在家只想遮住所有阳光，减少曝光。

突然而来的空闲就好像一个健全的人被通知四肢残废了，空有意识执行起来干着急。林小艾想着给柳絮打个电话，问候一下阿姨的情况，结果柳絮说脱离危险了，没什么大事。林小艾还没说要不要下班一起补美容课，这妮子电话就挂了。

一个无所事事又不想给自己找事的一天，因为无聊，林小艾在胡思乱想后又一次稳固了自己的想法，“三个月把自己嫁掉，找个长期靠山，不用担心下岗了没有失业保险”，她像突然找到了目标，拿出纸笔挥出几个大字“我要男人”，贴在床头。

二十六岁的青春一不留神就被记载到二十八岁的回忆录里了，到时候敷多少面膜、贴多少保鲜膜、上多少节瑜伽课，都不能解决红颜已逝皮肤松弛的事实。二婚三婚的多了，何必自找烦恼庸人自扰？

林小艾这样想着，被开除的痛苦减轻了许多，醉酒丢人的事也忘得差不多，抓紧时间给婚介公司打了电话。

“赵经理吗？我是林小艾啊，前些日子才登记过，交了一年会费的，最近有没有精品出没？家里催得紧，单身已经不是个人问题了，我想最好现在就能约上的。”

那边犹豫了片刻说：“不好意思，没印象了。我去查查您的个人资料，再为您找一位匹配的男性。婚姻是整个社会的问题，我们能有幸插手，绝不含糊。您放心，包您满意。”

林小艾有点不高兴，交钱的时候说化成灰都认得，现在提起办事来连姑奶奶是谁都忘脑后了，记忆清盘了。于是她说：“查什么查，我就是未婚里面的持证者，已婚里面的受害者。”

赵经理一听明白起来，随即换成亲切的口吻，说：“是您啊，不早说。”

第三章　相亲相出银行抢劫犯

林小艾拿出平时柳姑娘都不舍得用的胶原水晶面膜，撕开就往脸上贴，嘴里哼着小曲儿，好像马上就从剩女变成待嫁新娘了。

结果到了公园，拿出《新华字典》就看到对面来了一个人，远处看基本过关，不像上次的“苦瓜”，褶子比年龄都多。

“我这个人平时不爱张扬，话也少，不讨女孩子欢心。资产方面嘛，是有车有房，不用还贷款，有一个小厂自己打理，基本自给自足没问题了。”对方上来就把自己的情况摆出来。

林小艾一听，基本过关，还算谦虚，有车有房还说自给自足没问题，男人，就得有这个范儿。谁说的，男人不是靠脸吃饭的，帅有个屁用。

结束的时候两人互留了电话，林小艾觉得应该作为重点对象培养一下。

“灭绝回来了吗？郭萱萱，姐心情好，请你们吃红烧肉，为了苗条多久没闻到油腥味了。”

女人天生就是吃斋念佛的命，为了那点可怜的身材，天天吃素，最后瘦得干巴巴的，还说流行骨感，简直自欺欺人，半夜醒来，男人一伸手身边躺了个骷髅头。还是保持肉感比较好，像那个文学界出名的苑月一样，肉嘟嘟的，可爱。

“如果请我看周杰伦演唱会，我还可以考虑，吃肉就免了。”生成“80后”是萱萱最大的悲哀，“80后”的世界里有的是王菲和张楚，叛逆的张扬，孤独的凌人。

“灭绝便秘，在厕所扎马步呢，估计也不想沾染油腥了。”柳絮非要把自己吃成营养不良，那双瘦得跟竹竿一样严重缺少维生素的腿还自以为是美的标志，柳絮节食的结果是脸色光泽无力，腹内新陈代谢迟钝。

“算了，我叫外卖。”林小艾拨了外卖电话，“给我一斤鸭脖子，要变态辣级别的，再来十块钱素菜，也要变态辣，再来两个鸭腿。”

“哎，明知道我便秘，还叫变态辣鸭脖子，林小艾你成心啊?”厕所里传来柳絮的声音，萱萱向林小艾使了个眼色。柳絮的脸皮和鸭脖子起化学反应，毁容加便秘之后只要听到“变态辣”就忍不住咆哮。

“送上来，我自己解决。绝对不让气味跑到你房里，放心吧。”林小艾看着萱萱两只手摁着手机键盘，傻笑着，开始调戏无知少女，“妞，说实话，是不是和白无常校草进展不错啊?”

萱萱没说话，那种满眼冒桃花的神情已经把她出卖了。“用一句流行的话说，我们现在不是在恋爱的路上就是已经有 feel 了。”

柳絮出来了，憋得面黄肌瘦，还是没能理顺紊乱的新陈代谢。“直接点，别像小孩子玩暗恋，有戏就直接进入热恋，没戏就下一位。别浪费了那么多白天黑夜，结果人家只是客气。”

“就像我，从失败的婚姻中走出来，刚和婚介公司联系了，遇上一男的，从各方面考虑都还不错，是个重点培养对象。”

柳絮说：“哦，哪个款？不会是品牌折扣款吧？”

林小艾很得意地说：“说什么呢，绝对真品，绝无缩水。”

柳絮决定带着萱萱考察一下林小艾所说的无缩水真品男，约定周末在上次相亲的咖啡店见面。

“这两位是我特铁的姐们儿，柳絮、郭萱萱。”

“你好，我是岳涛。”

岳涛今天特意修剪了头发，比上次更精神了些，举止比较绅士，本着女士优先的原则做事。

“我只是做点小生意，运气好而已，加上朋友比较多。”

四个人谈笑风生的时候，上次搅局的那个人又来了。

“上次那个‘苦瓜’呢？被甩了？你的品位越来越差了，虽然年纪越来越大了，被剩下总是不好的，但是心急吃不了热豆腐，不要随便什么人都脑子一热就跟着走了。”

“我……”这也太巧了吧，林小艾就不明白怎么随时都能遇上聂伟。这辈子唯一没站住脚，和这家伙有了交集，还没完没了了。

“这位朋友，虽然我不知道小艾和你之间具体有什么关系，但是从你的话里看出来，她离开你是明智的选择，我不得不说作为男人中失败的典型你太成功了。”岳涛满脸的坚毅勾勒出完美男人的典型，话一出口便让林小艾感动，终于有个肩膀能结结实实地给她靠了。

“聂伟，别一副朝秦暮楚的馋样，你撒欢的时代已经过去了。现在的小艾，就是一单身女性，可以给你机会指点，但是你没有权利指指点点。”柳絮最看不惯玩弄女人的男人，在她的字典里，只有甩，没有被甩。空闺幽怨？对不起，真没空。

柳絮挽着林小艾的胳膊，一副仗义执言的样子，“别说姐没提醒你，跨国是需要勇气的，趁早回国培养花骨朵。”

聂伟轻蔑地笑笑：“没男人的女人就是没有教养，你看你的领口那么低还到处卖弄。小艾，你跟这种人混，早晚掉价。”

柳絮的脸从里到外都泛着怒气，林小艾看着好朋友为自己出头被强敌袭击，也顾不得往日情谊，“我说你积点口德吧，咱俩还有交集吗？没有，我相我的亲，找我的男人，拜托你国外凉快就别回国凑热闹。中国人口挺多的，你不觉得你来了，更拥挤了吗？尤其祖国的空气都跟着变味了，敢情全球变暖你功劳不小啊。”

萱萱也说：“人可以自私，但不能无耻。聂哥哥，你做得太过了。”

聂伟看要败下阵来，转口说：“小艾，我没别的意思。”

大家不再理他，继续谈笑风生。

饭后岳涛把小艾三人送回家中，柳絮说：“人呢，是普通了点，但是性格和背景都不错，不过总觉得怪怪的，说不上来。”

萱萱也说：“你是嫉妒了吧，小艾比你早找到如意郎君。要是他脸白点嫩点，我早就出手抢了。”

柳絮不服气，“是很怪，小丫头没谈过恋爱就别胡说八道。”

林小艾沉浸在自己的小幸福里，大呼一声：“我要陷入爱河了，别吵。”眯着眼睛都能梦到红地毯的颜色，就在乐得门牙快笑掉的时候，派出所民警打电话给她。

“是林小艾吗？”

“是，是我。”林小艾实在不知道警察找她干吗，琢磨着自己最近一直很守规矩，没有犯法，就是路上看到乞讨的也掏钱。上次踩到一只小强，道歉了，没对不住哪位啊。

“认识王海涛吗？”

“不认识，您是不是打错了？我一直是守法公民。”

“哦，他现在化名岳涛，我们通过婚介公司联系到你，知道他最近和你见了一次面，他是我们一直追查了两年的在逃银行抢劫犯。”

“啊？我真和他不熟，就是通过婚姻介绍公司认识的，见了两次面，对他的情况我知道多少说多少，保证坦白，但其实我是真的不知道。”

“好，我们了解一下情况。因为根据通话记录，他最后一次是跟您联系的。”

林小艾脑袋快爆掉了，不是吧，上帝真会开玩笑，你把天使的翅膀插在恶鬼身上，谁看得出长毛的是凤凰还是鸡？

林小艾拨了岳涛的电话，已经关机。她整个人傻掉了，所谓千挑万选的精品竟是万恶的人渣。

“逃犯？”柳絮和萱萱异口同声地惊讶问道。

林小艾无精打采地叹了口气，说：“银行抢劫犯，被通缉两年了。”

柳絮说：“抢银行？想想也就算了。这年头真是什么人都有，装得一副正人君子样，其实禽兽不如。”

萱萱也说：“还不如那些靠脸吃饭的帅哥真实。”

林小艾无力地摆摆手，摇摇头，无奈地说：“岳涛，我说这名字念着拗口，敢情是越狱逃跑的简称啊，怎么这年头这么流行缩写呢，一不小心就让我赶上了。”

经受“岳涛事件”的打击之后，林小艾觉得自己太失败了，第一个男人跑了，第二个是伪劣产品。从眼光到自身，失败得很干脆。

平时作风高调语言彪悍的林小艾把自己关在房间，无论柳絮怎么好言相劝，萱萱怎么以超级无敌变态辣的鸭脖子诱惑，她就是不出来，不做声。

柳絮熬了一锅美容羹，端给小艾一碗，谁知房门没锁，人却不在。

林小艾一个人走在路灯和车辆陪伴的街道，晚风吹来的空气里混合着尘土的味道，偶尔一片落叶飞离枝头，带来的是更多回忆和伤感。她怀疑自己，以至于想就此沉沦下去，颓废下去，找个能够糊口的工作，一个人过着没心没肺的日子。

林小艾给家里打了个电话，那边说不到三句就扯到相亲的事上，“你年纪大了，还结过婚，不趁现在还年轻，过两年更没人要。你说你……”

“妈，你别说了，我坚定不移地继承了您老的优良基因，有着沉鱼落雁、闭月羞花的容貌。谁说我剩下，神仙姐姐都不答应，我不屑于找，动起真格来，喊一嗓子，那排队的还不把咱家门槛踏破了？”林小艾最怕老妈唠叨，说着说着能掉起泪来，不知道的还以为她这辈子就难嫁了。

“我现在最担心的就是你，你什么时候能让妈省心？”忧伤的旋律又开始唱了。

“我这就找，保准今年给你领回家里一个英俊潇洒、器宇不凡、多金多银，还有体力帮咱家打杂的女婿。行了吧？”

是不断的相亲折断了剩女对爱情的幻想，还是剩女促成了年年的相亲热潮？

陈一凡躺在沙发上，想起第一次见小艾，瞬间眼里浮现出一个人，已经很多年了，也许他还没习惯忘记。

林小艾梦里居然梦到陈一凡了，本来打算找工作的，她觉得是不好的预兆。果然面试的时候碰到了聂伟，同时还有一个女面试官。这小子现在成了职业经理人，聂伟看到她居然装作不认识。

“你为什么离开EV?”聂伟还是有些紧张。

“就像有些人突然喜新厌旧一样，没什么原因，只是个人爱好不同。”小艾想看见你在我就没打算在这上班，既然你装就陪你装到底。

“林小姐，您简历上写着离婚，像您这个年纪应该结婚不久吧，离婚是因为自己的性格还是别的什么原因?”几乎每个人都对她的离婚感兴趣，但是女面试官不知道踩到聂伟的雷区了。

“聂经理是不是对这个问题也很感兴趣?”

“这个没必要，可以不谈。”聂伟说。

“生活中最能折射一个人的性格，从而判断她适不适合我们的工作。”

“我有兴趣回答。”她看一眼聂伟，很委屈地道出始末，“我前夫和我领了证就出国了，我在家里是又照顾婆婆又工作，结果他一回来就闹离婚，原来他在那边早就移情别恋了。”小艾不忘拿出纸巾擦擦眼泪。

“这太不应该了。”女面试官突然站起来，手里的文件夹摔在桌子上，比林小艾还气愤，“我平生最恨这种始乱终弃的男人，林小姐你要坚强，回去等我们通知。”

小艾看到聂伟一脸汗珠子，心里充满得意骄傲以及自豪。

从聂伟公司出来之后，她坐电梯的时候看到拐角那家很阔气的办公室，挂着LC的logo，LC是EV的竞争对手，从2002年起步，在短短八年内却和EV并驾齐驱。刚刚被聂伟刺激过的小宇宙，想了N种背叛EV的借口，自己要进LC，手里握着秘密还能没人收吗?

林小艾挺直了身板，深吸一口气，走进了LC的区域。

“请问您找哪位?”

“我找你们人事部曹总经理，我们约好的，怎么他没跟你说吗?”

“曹总经理没有交代，我帮你问一下，请稍等。”

“还跟我说什么只要我来，直接进来就成，你告诉他，我走了，下次请我过来让他跟下面的人交代一下，我时间很宝贵的。”林小艾装出一副很不耐烦，转身要走的样子。

前台停住了正要拨号码的手，赶紧扭过头对林小艾说：“请您别误会，曹总最近比较忙，既然是约好的，您请进吧，左边第三个办公室。”

林小艾揣着一颗扑通扑通乱跳的心推开了曹总的门。

“曹总，这是我的个人简历。”

“我们最近不招人，而且不接受没有预约面试的贸然来访，请你回去按照我们招聘信息写的邮件发送简历。”曹总抬头看了一下，不是自己的员工，又是主动上门的，低下头敲击着键盘，不再抬头。

“如果我有EV的内部资料呢?”

商场竞争激烈，EV有三个主管以上级别的员工都是从

LC挖的墙脚，虽然林小艾地位低微，但是如果能带来商业价值，也不失为一件好事。曹总思索片刻便让林小艾入职了。

从此林小艾跟在LC市场总监邱凯身后，正式站在EV的对立面，免不了经常碰到陈一凡。一见到陈一凡她就横眉冷对。

在争夺南方霸业集团业务时，林小艾又和陈一凡碰上了。林小艾当时拿着文件夹，随手还提着一个黑色的笔记本电脑，跟在邱凯后面，忽然被转弯处闪过来的一个人撞倒了，笔记本电脑掉在了地上，文件散了。正在前行的邱凯听到声音立刻回头，发现存了策划方案的笔记本电脑摔在了地上，林小艾愣在一边，而来人正是EV的陈一凡。

“愣什么，快把陈总扶起来，笔记本电脑什么的都是浮云，陈总的身体要紧啊。陈总，没碰到您吧?”邱凯责骂道。

林小艾顿时火冒三丈，每次遇上陈一凡都会倒霉，尤其要命的是笔记本电脑黑屏了，迟迟打不开，本来要演示的详细策划方案，这下子“一命呜呼”了。

“林小艾，你毛手毛脚的，怪不得EV不要你了。如果这次合作谈不下来，你就从哪来的回哪去。”邱凯生气了，每次和陈一凡的争夺他总是失败者，这次准备得这么完美也被林小艾搅黄了。对方总裁林凯根本不听邱凯的任何解释，平日打高尔夫的交情烟消云散了，嘴上是笑容，心里却是一把尖刀。

得知林凯采纳了陈一凡的策划，将要与EV合作时，邱凯气愤地回骂林小艾："我说你的脑子里装的是什么？走路都能撞到人。这次的损失你要负全责，我还有事，你自己想办法回去吧。"邱凯不等林小艾开口，开着他的车一溜烟跑了。

林凯把饭局定在郊外的半岛酒店，人影都很少，何况车子。林小艾看见陈一凡笑得都成一朵花了，满面春风地和林凯握手告别。这一切都怪这个小人，她想想，心中不禁翻江倒海，五味杂陈，所有的仇恨都涌上来，脱下硌脚的高跟鞋向走过身边的陈一凡砸过去，正好砸在后脑勺。

"哎哟。"陈一凡的后脑勺顿时起了个大包。

林小艾理直气壮地两手叉腰，眼睛直直地盯着陈一凡，好像在说"不服，就过来单挑啊，谁怕谁啊"。

陈一凡走过去，拿着把他后脑勺砸出大包的高跟鞋，逼近林小艾，眼睛里充满了凶光。

"你要干什么？光天化日，朗朗乾坤，太阳底下容不得暴力，何况是你害了我……"林小艾越来越说不下去了。陈一凡靠得更近了，把林小艾逼进了角落里，她惊恐地睁大了眼睛。

陈一凡将嘴唇压过去，忽然亲了她，然后瞪了她一眼，扔下鞋子转身就走。

林小艾愣在原地很久才回过神来。

这天她很想家，于是给家里打电话。

"放心，家里好着呢。就是你的婚姻大事太让人操心了。"话题又转移到林小艾身上，自从和聂伟闪婚闪离后，她的婚姻问题就成了全家的问题。

匆匆结束了电话，暂时不想谈这些，对爱情和婚姻已经产生了恐惧和厌烦，尤其是家里一直催她结婚，她更反感了。

终于一辆车停在她面前，却发现车窗落下后露出的那张脸，是陈一凡。

“上车吧。”

刚刚偷亲了她，现在还敢回来，林小艾想脱下鞋再丢他一次，又怕砸破车子，到时候他再要自己赔就真的栽他手里了。

她扭着头，不理他。

空旷的郊外，一辆车也看不见，天又这么黑，林小艾瞅了一眼那车，不坐的话就亏了。

她硬着头皮坐进去。

坐在后座看他脑袋后面的大包，顿时觉得自己很无理。

“那个，不疼了吧？”

“你试试疼不疼？人不大，心够狠的。”

两人有一搭没一搭地聊了几句，就不再说话。车里安静得只能听到彼此的心跳和细微的呼吸声。

林小艾下了车回家的时候，陈一凡在背后说：“别在 LC 了，不适合你的。”

原来一切都是为了这句话，让她离开 LC，让曾经 EV 的员工离开 LC。

她又一次自作多情了。

“小艾啊，嫂子有件事也不知道该不该告诉你。”林小艾接到嫂子周美惠的电话，顿时紧张起来，不知道家里又出了什么事。

“是不是爸妈又吵架了？我就说嘛，老妈更年期……”林小艾想起老妈唠唠叨叨琐琐碎碎地说这说那，恨不得把自己的脑子全装在儿女的身上的样子。

“不是，是你哥。”周美惠的眉头皱了一下，林大刚千叮万嘱不让告诉小艾的。

林小艾莫名其妙，哥哥又怎么了，嫂子吞吞吐吐的。

“我就说不让他投资那么多，他非要搞个运输公司，不就是送货的吗？还到处借钱买车，你也知道家里刚盖了房子，哪有闲钱啊？”

“那个我还有一点，不多，也就一万多块吧，要不先给你们汇过去。”林小艾想哥哥知道做生意了是好事，无论物质还是精神上都应该无私地支持，这样爸妈才有保障。

“小艾，嫂子就知道你最好了。”周美惠乐滋滋地感谢林小艾。

正好到发工资的时候了，林小艾去看了一下，这个月只到账几百块钱，邱凯说扣了电脑的钱。林小艾气不过，找邱凯理论。

“就算两辆车相撞，也有肇事者和被害者，我也摔倒了，没跟公司要工伤保险反而被扣工资，是不是说不过去？”

“林小艾，你要知道自己在跟谁说话，你知道那个电脑对我们多重要吗？要是追究的话，就不止扣这点工资了。”

“就算电脑没有坏，你一样会输。陈一凡的策划就是比你的详细，比你的有创意。”林小艾总是一副壮士一去不复返的姿态，还是学不会控制情绪。

“一个人当了叛徒，就永远是叛徒。”邱凯说出这句话，林小艾没有理解，但是接下来发生的事情她彻底明白了。

公司批评了她，同时也小小惩罚了人事部的曹总，这次策划失败完全因为林小艾是卧底，她出卖了邱凯的策划，所以陈一凡才有可乘之机，EV才胜出了。林小艾无非是一个替罪羔羊。

从公司出来林小艾又成了自由人，但这次坦然多了，不就是失业吗？失恋都过来了，还怕失业吗？

她给大哥打了电话，要账号汇钱。

“是你嫂子向你要钱的吧？别听她瞎说，你自己留着，给自己买点衣服，吃点好的，哥在家朋友多，这点钱算什么。”林大刚不要林小艾汇钱。这个哥哥一直护着她，因为有这个哥哥，她才更欣赏有担当、有义气的男子汉。聂伟那个时候就是她心目中的英雄，但后来走上了狗熊的道路。

回忆起聂伟，林小艾感慨万千。

曾经的他很高大，一直像街道边竖着的电线杆一样笔直，又像路灯一样能照亮前程。但是自从聂伟领了个洋媳妇回来，就让林小艾看不起了。

“你不就是留过洋吗？有什么了不起，我见过海，不就是很多很多的水吗？当年孙悟空漂洋过海拜师学艺不也乖乖在唐僧手下了吗？你就作吧，有一天后悔，哭鼻子求我回去，我都不答应。”林小艾想着聂伟还能像从前一样买她喜欢吃的糖葫芦，说几句软绵绵的话，然后重归于好。

十串糖葫芦也挽不回她的心了。小艾悲壮地觉得自己真的应该摆清自己的位置了。一个结了婚没有洞房的成年女人。

有一首歌怎么唱的，“回忆还没变黑白，咱们都置身事外了”，真是感慨万千啊！

相亲不靠谱，歪瓜裂枣太多，一不小心就遇到几个瘪得干巴巴的枣子。

本想凑合着在 LC 耗一段时间，谁知邱凯找她谈话，总结一句话就是“赶紧写辞职信，不然就等着被辞退吧”。林小艾已经不知道什么叫丢人了，收拾了东西，搬了个小箱子大摇大摆地打招呼，然后开门等电梯，走人。完全没有被赶走的沮丧。

她先给柳絮打了个电话，说要晚点回家，约好的健身不能去了，她要散散步散散心。

她垂头丧气地走在街上，傍晚的昏暗遮住了一半的天空，另一半被灯光撑起来。嘈杂的车来车往的声音，大街小巷里放着的音响声充斥着耳朵。正在这时家里打来了电话，嫂子周美惠泣不成声，“你哥出车祸了，现在还躺在医院里。医生说要截肢才能保命，妈受不了刺激晕了过去。现在家里一时拿不出那么多钱，连你哥住院的护理费都凑不齐，小艾……”

“嫂子，你这玩笑开大了，小心我哥发飙，早上他还跟我通电话呢。”林小艾觉得平时刁蛮任性的嫂子又想从她这儿骗钱呢。

“小艾……”周美惠已经说不出话来，电话那头是剧烈抽泣的声音。

原来是哥哥在朋友家经不住劝喝了点酒，酒后驾车，没注意拐角处驶来的卡车，两车相撞了。

林小艾只觉得天旋地转，哥哥林大刚早早结婚，有一个五岁的孩子，做着小本生意，在老家的县城还算不错。哥哥倒下，意味着家的坍塌。她有点重心不稳，差点瘫在地上。

但是她知道，她必须坚强，家里的老人小孩都需要她支撑，于是她忍着哽咽说：“嫂子，需要多少，我来想办法。”

“十万块。”

林小艾查了自己的银行卡也只有三万块钱，有一万块钱还在基金里套着。

她以最快的速度回到家，柳絮见了说：“散心散好了？哪有那么多时间怨恨郁闷，有空把汤喝了吧，美容。”

林小艾心情很沉重，难过反复在心里打转，她擦了一下眼睛，给自己两秒钟冷静的时间，突然抓住柳絮的手说：“我哥住院了，需要十万块钱。”然后眼泪就扑簌扑簌流了下来，有点天塌了，还得自己顶着的感觉。

柳絮说：“小艾，你知道我妈身体一直不好，这些年花了不少钱，我这能拿出两万块钱。”

萱萱说：“小艾，我爸妈刚在五环给我按揭了一套房子，钱都交首付了，我还有一万块钱，先给你，我再想办法。”

林小艾想世界上有那么多钱，可惜，一分钱也握不到自己手上。

柳絮突然想到聂伟，在林小艾的世界里，这个曾经的丈夫还是有点资本的，尽管已经分开了，但这种情况伸出援助之手还是应该的，于是说："要不，你去找找聂伟。他三番两次地出现在你面前，话里话外都是醋意，我看对你还有意思，几万块钱对他来说应该不难。再说，离婚的时候你净身出户，他还不得补偿你的青春折旧费？至少夫妻财产得分你一半。"

萱萱说："我看行。"

走投无路可以让人犯罪，也可以让人迷失，林小艾不想再投进聂伟的怀抱，更不想和过去有任何瓜葛，一个没有原则的男人她是不想留恋的。

"嫂子，我先把六万块钱汇给你，其他的我来想办法，你在家照顾好我哥、浩浩和爸妈。"

林大刚的生意停了，林父又重操旧业开起长途车送货，林母和周美惠照顾着林大刚和浩浩。林小艾特别想回家，又不敢告诉家人她被辞退了，万分沮丧。

"林小艾，你可以找聂伟，离婚的时候他曾承诺给你十万块钱，当时你骄傲地甩了甩手，谁知今天就能用上了。钱啊，白花花的人民币，低个头，拿回来。谁不为五斗米折腰？"

挣扎着，这些声音在她思想里争斗，她理智地认为自己应当和过去撇清关系，这是做一个好女人的原则，纠缠不清和藕断丝连不应该发生在她身上。然而林大刚在医院里昏迷的情形一直出现在她脑海里，挥之不去。

她从小就是父母的掌上明珠，哥哥疼爱的小妹，从来没想过有一天需要她强大起来，用信念支撑曾经保护她的人。

“有点事，想和你谈谈。”

“老地方见。”

林小艾再次见到聂伟的时候，聂伟明显比较激动，刚坐下便说：“前些日子见面，有些话可能我说重了。虽然我很不愿意承认，但是其实我一直很在乎你，看见你和别的男人在一起，心里就会无名发火。”

“我想借四万块钱，如果可以的话，我现在就打欠条。”

“怎么突然间这么生分了？记得结婚的时候，两家人一起吃饭挺热闹的。”

“聂伟，我不想怀念过去了。如果你能帮我，我很感谢；如果不能，我也没有怨言，毕竟我们分开了，我不该一见面就提钱。”

“小艾，到底出什么事了？你是个有计划的人，连股票这么冒险的投资你都不肯，这些年总也有点积蓄吧？”

“算了，外国媳妇也管财政吧，我找其他人想想办法。”

“是不是男朋友不给钱花？你知道我还很在乎你，你也在乎我，我们何必这么折磨彼此？你知道我那个时候只是为了工作，离婚的时候我就说明白了，你还是我最爱的女人。”聂伟伸手过去握住林小艾的手，林小艾抽回手，站起来，对聂伟说：“以前的事我忘了，现在我们各自有各自的生活，今天就当是我冒犯了，不好意思打扰你了。”

她不能忍受一个男人的犹豫不决和无所担当，明知花花世界迷人双眼，还是看不惯男人犯贱。

哪怕抢银行都不会接受男人的施舍，尤其是这样的男人，为达目的牺牲女人，牺牲之后还要接着利用。说好听点，为做大事不拘小节，说不好听就是犯贱。

从西餐厅出来之后，林小艾游荡在北海的周围。都什么时候了还玩暧昧，这个男人怎么出了次国，连姓甚名谁都忘了，国外的风气就那么开放？林小艾想不明白，聂伟本质上是个好男人，只是太重事业，一将功成万骨枯，她就是被牺牲的白骨。

正想打车回家时电话响了，以为是嫂子，接起来发现不是。

“失业了，心里很不痛快吧，出来喝一杯？”

陈一凡打来电话，林小艾正郁闷着，“我现在是一颗随时可能爆炸的雷，你最好后悔自己的决定，我给你 30 秒考虑。”

陈一凡说：“没事，我头顶刚打过一个。”

后海的一家小酒吧里，嘈杂的声音彰显了强大压力下释放的狂肆，一群又一群城市里的寂寞人来来回回地自斟自饮，林小艾走进去的时候陈一凡已在。

林小艾坐下，叫了一杯蓝色玛格丽特，“陈总，您是作为 EV 的代表慰问曾经的职工吗？”

陈一凡轻摇了一下酒杯，碎冰碰击酒水和玻璃杯，带来泉水叮咚般的声音，他看到林小艾眼神毫无光泽，心情犹如摇滚乐般剧烈跳动，压抑着又在酒里释放着。

“有什么打算？”

林小艾喝了一口酒，杯中的蓝色海洋对她而言并不是希望，而是看不到岸的深渊。

“谢谢您关心，作为小人物的悲剧史，我演绎得很成功。”

“别撑了，像你这种心直口快的人，最不会隐藏心事，明明心情不好，还偏装成无敌金刚小战士。”

林小艾猛喝了一口酒，两眼看着陈一凡，说：“你们男人为什么总喜欢伤害人呢？可不可以不要揭人伤疤？我知道我很失败，作为女人，作为员工，作为儿女。”

陈一凡说：“别喝了，一会儿又该去医院了。无论什么事，你都要勇敢承担，总有解决的办法，不是吗？在我印象里你一直都是很勇敢很不服输的。”

想起那场醉酒，林小艾还真有点后怕，看着高脚杯里一汪蓝色的海洋，似是下一个深渊，深藏着无尽的苦果，说：“勇敢？我勇敢地结婚了，结果闪电般离了；我勇敢地去婚介公司，结果遇到的是逃犯；我勇敢地喝酒了，结果我被辞退了；我勇敢地想去爱，去承担，结果总是出乎意料。”

陈一凡从小艾的言语里看出了她的难过和悲伤，竟有点怜香惜玉的感觉，本能地想保护一个受伤的女人。他坐在林小艾的旁边，用低低的声音说：“想哭，我借你个肩膀。”

听到有男人要借给她肩膀，林小艾苦笑了一下。这些年没有肩膀靠，离哭泣也远了。回忆这段时间的事情，低沉的心情又压抑起来，说：“我也搞不懂为什么和拉斯犯克，我兢兢业业工作得来的全是惩罚，难道只有三心二意老板才欣赏？现在我连工作都没有了，哥哥出了车祸还躺在医院等着钱手术，而我连几万块钱都凑不齐。你们一个个地跑来打击我，我知道我很失败，失败得很彻底，可是能不能不要雪上加霜？这让我很难受。”小艾说着眼泪掉了下来，她就不明白自己为什么突然转运了，而且转得这么突然这么背。

陈一凡顺势把小艾的头放在肩膀上，轻抚着她的头发，安慰道：“没事，有我在，别怕啊。痛痛快快地哭，哭醒了再好好跟我说说，两个人想办法总会有用些。”

林小艾的眼泪掉到陈一凡的衣服上，水印晕染了一圈又一圈，展开的不是泪痕，而是伤心。

哭了一下，她擦干眼泪，整理了一下情绪，“我想回 EV 工作，在跌倒的地方爬起来。”

陈一凡很意外，还有人在仙人掌上扎伤了回来再撞一头的，少见。

林小艾见他有点犹豫，接着说：“真的，我需要一份工作，而你刚进公司，也需要一个帮手。虽然我以前在行政部，但是对公司的产品流程什么的都还熟悉。再说，策划这方面我也专门学习过。”

陈一凡想了一下，林小艾有些稀奇古怪的想法，很适合市场部的头脑风暴，于是说：“如果你坚持要回来，我跟拉斯说说看。但是警告你，千万别偷懒，发现消极怠工的情况我可不手软的。”

“放心!”林小艾有点喜极而泣，“这是我这些天来遇到的唯一一件高兴的事。谢谢你。”林小艾激动地握着陈一凡的手，表示强烈的感谢。

“给你份工作不是要以身相许吧？手劲够大，握疼了，还不松手。”

“哦，对不起，我一时激动……”林小艾羞赧地笑了笑，笑出了春花秋月的清新，带着春天的味道。

总有一刻看某个人特别顺眼，陈一凡想大概此时就是这种心情吧，看着她笑的样子可爱得与众不同。

“刚才你说你哥住院了，还差几万块钱没凑齐，需要多少？我先借给你，发了工资按月还给我。”

林小艾犹豫了一下，说：“谢谢，我会想办法，暂时不用了。”有一瞬间林小艾真想握着陈一凡的手感动地说“真够意思”，但是她犹豫了，借钱可大可小，总会有办法的。

陈一凡说：“有需要再告诉我。”

聂伟曾经说过“能用钱解决的都不是大事”，但是经验告诉小艾能用到钱的都是大事，不然聂伟就不会为了事业傍上外国富家女了。她相信天无绝人之路。

陈一凡一直觉得林小艾的被辞和自己有抹不开的关系，一直想看看有什么可以帮她忙的，尽量在精神上对自己宽大处理。

陈一凡送小艾回去，在一个转弯处蹿出一只流浪狗，陈一凡紧急刹车，不幸和后面的车相撞了，汽车屁股受伤了。

“你怎么开车的，这种技术，一看就没驾照。”后面的车主出来第一句话就骂骂咧咧，陈一凡赶紧下车道歉，那人还不依不饶。小艾看两人僵持着，下车，“擦伤的是我们的车，没看到前面有流浪狗啊，睁不开眼睛就回家睡觉，别出来吓人……”话还没说完，就看见聂伟站在面前。

“小艾。”

陈一凡看见林小艾的表情立刻僵硬了。

聂伟酸溜溜地说：“林小艾，都说三日不见刮目相看，你的场子挺多，才分别，又跟男人私会。没发现离婚之后你更有魅力了，这才几天，男人都换三个了，佩服，这方面我就不行了，以前怎么没发现你还有这种能力?”

陈一凡听这话，明白眼前的男人就是聂伟，林小艾的前夫。按他对林小艾的认识，这个时候她应该以牙还牙，用最恶毒的语言还击，可是她并没有这样做，而是默不做声地看着聂伟，充满了复杂的神情。

“说什么哥哥动手术，借钱是为了泡男人吧？你真行!”

“这位先生，男人的胸怀要宽广一点。”陈一凡说完拉着小艾的手，带她走。

陈一凡把她送了回去。回到家的时候两个丫头也睡了，黑漆漆的客厅里，没有一丝光亮，她拿出手机用微弱的屏幕照亮，这点微弱的光足够认清方向。

每一个路口，都是希望与失望的并存，每一个选择，都是成功与失败的路口。她想起鲁迅的一句话：“不在沉默中爆发，就在沉默中灭亡。”

“小艾，下周末班级聚会，不能不来啊。你知道吗？夏雪嫁给一个钻石王老五，现在住别墅，开名车。还有李玲，现在是人事经理，月薪上万，强吧？”

唉，聚会，还不是虚荣的舞台。没有好男人，没有好工作，去了是丢人现眼，不去更丢人，没有能牵出来显摆的男朋友，更没有拎出来炫耀的GUCCI包包。

林小艾想起上大学的时候，不断要求自己进步，立志做个精致的女人。而进EV的行政部之后，她慢慢地磨掉了这种心思，上班下班，工作，听从领导吩咐，完全磨炼成了后勤保姆。

她觉得自己应该爆发了，内心希望能在聂伟、拉斯、夏雪、李玲和Jack面前抬起头来。她告诉自己：“林小艾，即使平凡也不要平庸，走在丑小鸭的队伍里要露出天鹅的翅膀，穿上灰姑娘的水晶鞋就要有白雪公主的尊贵。剩下来很无奈，再被人挑挑拣拣就是悲剧了。不要做女强人，夜晚很孤单。不要做家庭主妇，黄脸婆打了美容针也逃不出时间的摧残。林小艾，你要做精致的小女人。”

她正在想着一展抱负，幻想有一天成功地站在众人面前接受最高的殊荣时，后面有人拍了她一下，林小艾魂都吓出来了，回头一看，柳絮披头散发地出来了。

“半夜装贞子，吓人啊。”

柳絮打了个哈欠，声音迷糊地说：“告诉你，聂伟打听你借钱的事了，我告诉他你哥哥出车祸了，好像这小子挺着急的。”

怪不得她半路又碰上聂伟了，看来他本来想借钱给她，但又看到她和别的男人在一起，醋意横生。聂伟没别的嗜好，就是特爱吃醋，林小艾没少领教，不知道现在的洋媳妇能不能受得了，听说外国人的私人空间是不允许干涉的。林小艾觉得聂伟的婚姻一定不幸福，失去她就是他最大的损失。

她觉得此刻充满了力量，不必为了负心的男人伤心，更不需要为了不欣赏自己的上司抱怨，在跌倒的地方爬起来，弹弹身上的灰尘，微笑着继续走下去。

林小艾想着剩下的四万块钱要如何去筹，周末的同学聚会本不打算去，但是能在那些炫富的同学那里借到几万块钱也好过用聂伟或者陈一凡的钱。

“晚上有约，就不要等我了。”柳絮出门的时候意味深长地甩下这句话，不知道她面对的会是哪类雄性动物。

萱萱失落地过着自己的星期天，脸没洗就到厨房找东西吃，拿着一包零食又钻进被窝继续半睡半醒。林小艾想她这才搬出来住了几天，生活已经不能自理了。平时除了上班时间就没有社交活动，连男人的电话都很少。好容易逮到一个白无常，还整日喜怒无常，一会儿笑得跟向日葵似的，一会儿打雷下雨。这会儿不知道怎么着了，这么反常，连周杰伦的演唱会都不看了。

“妞，你受伤了？”林小艾试探性地问。

萱萱又念起了她的失恋宣言：“爱情，太折磨人了，我再也不要相信这玩意儿。”

小艾奇怪，“白无常不是和你聊得好好的吗?”

萱萱说：“他说只把我当朋友，普通朋友。”后四个字说得委屈又掷地有声。

林小艾明白这是父母保护导致的结果，高中甚至上大学的时候父母还说“千万别早恋”，好像那个时候男人是吃人的怪物，沾不得。当你一毕业参加工作二十好几了，他们又说“你看谁谁都要结婚了，赶紧找一个”，好像男人应该随着他们的指令出没。而此时的女孩子言情小说看多了，总幻想有个王子在天大的困难面前英雄救美，但是现实往往是连个瘪三都没有。

“我看你也是活该，在科室工作本来不是老头子就是闷出内伤的男人，让你出去溜达，你懒；让你打扮，你觉得难受；给你个潜力股，你看不上人的脸；给你个帅哥，你觉得花心……你还真以为一个完美的男人会从天而降，到我们这个租来的小屋，沿着红地毯把你拉走?别做梦了，洗个脸清醒一下。”其实林小艾有时候对萱萱是恨铁不成钢，她觉得凡事都是自己争取的，最没有要求的人往往要求最高，总是说随便，可真随便了，又不乐意。

萱萱委屈地说：“我哪有，你不也一样，到现在还在为上一段感情伤心。”

林小艾不服气，“伤心是对感情的负责，没心没肺的人不配拥有感情。再说，我已经宣布三个月结束单身生活了，该清醒的时候绝不糊涂。我的二十六年华，一晃就过了。”

她又感叹岁月无痕，来去匆匆，一不小心就从二十岁到二十六岁了，再不留神，就成三十岁的老女人了。

萱萱从失恋的痛苦转为洒脱，不屑一顾地说："其实郭天也没什么好，身边那么多美女，这种男人最不可靠了，不适合我。"

这就是女人，被甩了，还得找个理由为自己平反，安个罪名让男人承受。

"为了你，我就勉强参加周末的交友活动吧。"说交友其实就是相亲，曾经有人说，如果你还单身，不是正在相亲就是在去相亲的路上，她们还得在路上多跑跑。

柳絮坐在西餐厅里靠窗的角落，头发长长地散在肩膀，卷曲的发藏着许多妩媚，锁骨的凸显勾勒出一个女人的动人，让人忍不住动心。

对面走来一位男士，坐在柳絮对面说："我迟到了。"

柳絮含笑，说："刚到。"

男士要点一壶普洱茶，柳絮却说喝点红酒更切合今天的场合。想到上次谎称自己不能喝酒，这次主动点了红酒，随口又说："红酒也是一种疗养药，每天喝一点对身体有好处，也奇怪，只有红酒我还能喝点。"

女人配红酒是一个绝佳的景，柳絮有意无意地撩起卷曲的发丝，动作充满了诱惑。红酒沉浸在高脚杯里透出来夕阳般的颜色，映照在柳絮白嫩的脸上，好像白丝绸缎子上盛开的一朵梅花，美得经典，美得百花盛开。

"她筹到钱了吗？"

“没有，哪有那么快，现在差不多该想到抢银行能坐几年牢了。”

“没这么夸张吧。”

“还得感谢你又拉了小艾一把，虽然她回去这个决定不见得对，至少解决了一部分问题。”

“其实拉斯不是很难相处的人，也并不古板，只是……”陈一凡想为拉斯辩解。

“我想小艾会证明给他看，误会终归是误会，有澄清的一天。”

“是啊，小艾最擅长的就是逆水行舟。”

小艾，小艾，办了他可是你要求的，此时又来捣乱，别怪我速战速决。柳絮很不高兴陈一凡总提小艾，她精心挑选的服饰和精致的妆容根本无人欣赏。

驿外断桥边的梅花总能勾人怜惜，可这繁华盛世里雍容的美却像大街小巷的海报，到处都是。

“哎哟，可能今天酒喝多一点，有点头晕，能不能送我回去?”柳絮勾魂的眼神注视着陈一凡，看得他心里想在花花世界拈朵花闻一闻袭人香气。

陈一凡看她西子捧心似的虚弱，香水味有点浓，不适合他的鼻子。

柳絮佯装走路不稳，手里拎的包在软弱无力的臂弯里滑下，陈一凡见状捡起手提包，扶着她出去。

柳絮紧紧伏在陈一凡身边，身体里散发出的香水味，呼出的气息温热地覆盖在陈一凡周遭，空气里到处是暧昧的因子。

坐在车里，柳絮的头靠着椅背，慢慢地重心不稳，滑落在陈一凡的肩膀，“今天这么好的夜色，本来可以一起欣赏的，因为我，扫兴了。”

陈一凡双手握着方向盘，躲着前后时不时窜出来的车辆。这段路正在维修，红绿灯和方向已经错乱，处处得小心。

“如果坐在前面不舒服，就躺后面如何?”

终于驶到宽阔的道路上，靠边停下，陈一凡把柳絮扶正。

“不用了，这样就可以。”

她总是认为不上钩的鱼只有一种可能，就是诱饵不够，这次当热身了，以后有的是机会。

林小艾待在家里翻看着买来的市场策划书籍，萱萱还躺在床上玩着电脑，看什么《九尾狐》之类的韩剧，时不时嘎嘎笑出声音。

“小艾，这是四万块钱，拿着吧，看你怎么报答我了。”柳絮一回家就把陈一凡转手的四万块钱给了她。他还特意叮嘱不要说钱是他的。

“你哪来这么多钱?”柳絮这些年的积蓄都给母亲看病了，仅有的几万块钱也给了她，林小艾不知道她又做了什么。

“干吗这么看着我，怕我卖身换钱啊？放心，我抛一个媚眼就够他们享受的了，姐姐我这两岁不是白长的。”

萱萱出来，说："这点本事你还是有的。"

林小艾感激地看着她，一把过去抱着柳絮，激动地说："你怎么那么好。"心里暗自发誓要对两个闺密更好，她们有难，她会毫不犹豫插自己两刀。

柳絮特别想在几百人相亲团里孔雀开屏般艳压全场，却因为要回去看母亲而错失良机。萱萱和林小艾煞费苦心地打扮了一番。

"突然觉得没有那只骄傲的孔雀，我也站在美女的行列了。"萱萱第一次穿上长筒皮靴，黑色打底裤，短款棉裙，上配浅黄色外套。

"就那点出息!"林小艾指着自己，八厘米的高跟短靴，一款红色的长款风衣外套，"这叫知性美，有点追求吧。"

两人高高兴兴信心满满地去，回来却垂头丧气，场面那叫一个残酷啊。

"灭绝，还好你没去，不到一百个男人，却来了三百多剩女，比例严重失调不说，那些师太里还有硕士、博士学历。家庭条件好的、工作优越的太多了，我俩去了简直自取其辱，找抽。"林小艾特后悔去什么相亲团，旁边那个女人都换了十一个聊天对象，她身边始终是一个不到 170 厘米，体重却有 250 斤的男人，一张嘴口臭熏天，她实在忍受不了跑到过道里呼吸新鲜空气，死胖子还追了过来说："我对你挺感兴趣的，没什么意见我们就交往吧。"她差点没被这句话震惊得抽过去。

"哈哈……"柳絮捧着肚子大笑，萱萱还添油加醋地说：

"小胖胖挺可爱，还说请你吃兰州拉面，带你兜风。"

"兜风，你知道什么车？自行的。"林小艾快疯了。

"自行多好，有益身心健康，还是敞篷，兜风最合适，而且两个人距离很近，容易擦出火花。"柳絮笑抽了，还不忘多说几句。

"火花？再让我遇到我百分之一万会喷他一脸唾沫花。"

社会太残酷了，不是剩男里没帅哥，而是看上你的都是衰哥，就算年纪大了愿意降低标准不介意年纪小一点，不介意学历低一点，不介意钱少一点，不介意人挫了点，可是对方对你很介意。

第四章　健身房钓帅哥

没有反抗就被人掐死了，真悲哀。林小艾万分后悔接到辞退报告的时候没有跟拉斯唇枪舌剑一番，就算杀条鱼，切腹了还能在油锅里蹦跶几下，怎么自己连条死鱼都不如，这不是侮辱吗，做人不能太斯文！

拉斯看不惯员工懈怠，我还不允许有人在我的忠心耿耿里画个“×”，斯文是败类，侮辱斯文就是败类中的败类。林小艾暗暗发誓一定要在新一轮的战争中战胜败类们，让他们知道姐不是好欺负的。

“林小艾？她怎么又回来了？”前台的玛丽看到林小艾器宇轩昂地杀回来了，三百六十度的华丽转身，居然还能面带微笑地跟每一个人打招呼。

“别扯了，咱们公司就是赶出去一只苍蝇都别想在百里之内哼哼唧唧，何况一个大活人，还是拉斯……”露西不屑一顾，用脚心想想就知道，老马吃牛皮，简直胡扯！

林小艾自信地微笑了一下，说：“公司不用开除的人，我知道，但是总有例外。”

“哟，小艾，又回来了，生命力挺强。”Jack竖起大拇指，春风般的微笑在他脸上总有暴风雨来袭的感觉。

办完一切手续，林小艾从行政部转到了市场部。现在的市场部正计划举办一场时装秀，实地调查、策划方案、联系主办方、与各部门沟通、选模特等相关事宜都需要近期落实。林小艾刚到座位上，陈一凡就拿来一沓资料，让她参考整理加工提炼，不但要把调研报告写出来，还要参考以往的服装价格和销售情况整理出一个数据图。

“有看不懂的问琳娜，她比你熟悉，需要查看其他资料的，问琳娜要，十分钟后开会。”

琳娜是市场部的资深策划，来公司三年了。

“琳娜姐，女装趋势是什么？什么是新正装？”不是一行人听不懂一行话，小艾发现看书百无一用，到战场还得舞刀弄枪，她把陈一凡给她的资料翻来翻去，就是找不到具体的答案。

“你一下子问我这么多问题，要我怎么回答？何况，你看到了，忙的不止你一个。既然能进市场部，凭你的聪明才智，应该能搞定，要不你问问闲着的同事。”琳娜说完赠送了一个不含糖的微笑。

“琳娜，有没有以前时装秀的策划资料？”

“陈一凡不是都给你了吗？我怎么会有？”琳娜没有看她，头也不抬地说完，又拿了一份文件说，“这个市场调查方案你做一下，我暂时没时间，多做点，当锻炼了。”

琳娜把文件扔在小艾桌上，还附赠了一个很虚假的微笑。求人不如求己，林小艾觉得最终还得自己解决。

开会的时候陈一凡把市场部分成三个组，琳娜和小艾一组，他还要考核，只考核组不考核个人。说白了就是互相帮助，资源共享。可是林小艾看琳娜刚才的样子，眼睛都长头顶了，肯资源共享吗？

很多不明白的问题林小艾到处问，每一个人都是头也不抬就摆手说“忙”。想到柳絮也是做市场的，还是主管，虽然不同行，至少调研方式她应该知道。

林小艾早早地下班了，临走的时候听到琳娜说：“第一天上班就不用加班，聪明人就是不一样，做事效率快。”

林小艾对着琳娜笑笑，“我哪能跟您比呀，只不过换个地方找点灵感，明天好交差。”

柳絮说：“调研方式无非就是问卷调查、图片测试、口头测试、照片测试这些，其实多数用的还是问卷，你把方案做出来，每个公司都有专门跑调查的员工，给他们跑得了。”

“可是虽然我在EV待了不短的时间，对市场策划还是门外汉，连个参考版本都没有，当我是神仙啊。”

林小艾顿时觉得黑暗了，第一天上班，本想拿出奋斗的精神，以高效的速度干得漂漂亮亮，却在最关键的地方卡壳了。

“你是主管，对你来说应该是小case，你这么说，我很怀疑你的能力哟。”

柳絮拢拢长发，不服气地说："怀疑也没办法，隔行如隔山，这次活动的主题、产品的特点、价格定位、消费对象……而你什么都没有，就这几张破纸，陈一凡不会糊弄你吧？没必要啊，整你又没挑战。"

"你帮我，我帮你撮合，以我现在和他的距离，琢磨点事出来简直易如反掌。"

"知道什么是 feel 吗？我现在就是要慢慢享受追求与上钩的感觉。一次搞定，太没有挑战了。"

"别美了，看看还有没有其他办法能把这个调研策划出来。"以前每次加班都是 Jack 要求的，陈一凡给了她足够的时间，偏偏琳娜的一部分工作转移过来，她没办法只能加班了。

柳絮拿了几本很厚的书籍，放在桌子上，说："这个对你应该有用，慢慢看吧。"林小艾熬到深夜，终于在咖啡的刺激中睡去，资料摊得满桌都是。

上班的时候眼睛很肿，敷了几片消肿的眼膜仍没有效果，琳娜见到小艾就问："调研方案做好了吗？"

"好了，给你。"

琳娜翻了一下，拿到林小艾的面前，"拜托，这个是要调查的，你不会是自己制造的数据吧？我们是市场部，凡事都要以事实为根据，拿这个给陈一凡交差，不如辞职回家奶孩子算了。"

"昨天我调查过了，我想我们这批服装的定位是中高档，就在商场附近找了一些店员，询问销量好的服装的流行元素、价格定位、面料质地，还问了各类顾客的需求，以及随机询问了一些经常出入品牌店的女士，问题比较有针对性。”

“别异想天开了，做调查这么简单，我们招人也不必这么难了。对了，制度之外总有例外。”

林小艾笑笑，惹不起躲得起吧，士别三日让你刮目相看。

“琳娜，夜茴色时装展的调研方案做好了吗？”

“做好了。”林小艾看到琳娜拿着自己做好的文件原封不动地给了陈一凡。

他翻了一下，说：“考虑得还不是很全面，再好好想想。”

琳娜瞟了林小艾一眼，说：“这个方案是林小艾主动要求做的，我想应该给新人锻炼的机会，所以……”

陈一凡电话响起来。“高总，这事可全仗着您了。”接完电话刚要走，又转过身对琳娜说，“方案你再把把关，林小艾，跟我出去一趟。”

为了找静怡代言的事，陈一凡多次和对方公司的高总谈过，但是对手公司 LC 也想请静怡代言，陈一凡一上任就接到这个烫手山芋。

高总心高气傲，抬出 LC 出的价钱吓唬人。林小艾想商场上看的都是钱，公司预算压得这么低，陈一凡手中没有一副王牌，不知道能不能打赢。

陈一凡一直没提公事，带着高总打了一下午的高尔夫球，又吃了一顿大餐就回公司了。

“陈总，我们不是谈公事的吗？是不是打球累坏了想不起来？”林小艾很奇怪，说是谈正事，结果偷空来玩了，看来大家都是混日子奔小康的。

“谈生意讲究策略，机灵点。”

“对了，中国女装趋势是什么？”

“穿了二十几年的女装，你不会连这个也总结不出来吧？怪不得你在EV混不下去了，处处留心皆学问。”

中国女装市场正经历着从波西米亚风，到韩流，再到俄罗斯风情、维多利亚风之后的又一流行趋势——欧美风，而EV今年的主打也是偏欧美风，只不过在正装中增加了时尚元素，变身为“新正装”，让白领们在八小时之外也能秀出完美身姿，这样是人本与自然的完美结合，正式但不严肃，俏皮但不花哨。多去几次商业大厦就会发现近几年的小西装越来越俏皮，增加的金属感与流苏感，都使它看上去更妩媚更靓丽。

而北京夜茴色时装展主打职业白领的多样年华，撇开审美疲劳，女性八小时束缚在单调的职业装里也不利于工作，同时影响男人的工作效率。

林小艾明白了，所谓的解放，所谓的美感其实都是给男人看的，谈生意时你得把自己打扮得漂漂亮亮对方才能有心情谈下去，在办公室还能像室内盆栽芳香宜人净化环境。

第二天陈一凡让林小艾搜集静怡的相关资料精简给他看，尤其是重大事件要熟记。她自作聪明地制作成一本简报，按照事件发生的先后顺序从出道到现在所有见报的事编排起来。静怡早些年因为在《青春没有梦》里演一个清纯稚嫩误打误撞进入演艺圈的北漂而出名，从此一直定位在清纯可爱。近些年关于她的绯闻不绝于耳，有人说她一把年纪了还装纯情，简直浪费新陈代谢日夜不停的工作旋转。静怡所在的华艺公司也曾透露静怡将华丽转身，而在最近的采访中静怡自己也说下一步会拍一部时尚励志女白领的戏，主打成熟优雅性感。

“陈总，这是我所搜集到的静怡的资料。”

“这些事情狗仔队和疯狂的粉丝早就做好了，我不是让你浪费时间搞这些东西。我们在争取静怡代言的事，就需要知道她的情况，从而针对性做出方案，昨天只是简单的认识。兵法说知己知彼才能百战百胜，了解静怡才能打败高总，机灵点。”

陈一凡只是打开翻了一下就扔到桌子上，一棵开花的树瞬间蔫掉了。他背过身拿起一本杂志，封面是静怡近期为《男人装》拍摄的一张惊艳照片，标题赫然写着“静怡脱去清纯外衣，《男人装》里演绎熟女”，他把杂志对着林小艾的眼睛。

“没有人能永远年轻，永远扮演楚楚可人的清纯，人总是要长大的，当年喜欢静怡的粉丝也长大了，价值观、审美观自然会改变，这正是静怡成长的阶段。每一个影星都不希望只红一段，但是娱乐圈更新换代的速度可比我们换衣服快多了。这组照片就是话题就是新闻，这也是我让静怡代言的原因。其实每一个女人都是一副绝好的衣架子，谁穿上我们的衣服都各具魅力，但是静怡能为我们带来更多的关注，宣传和营销永远是不可分离的。机灵点。”

林小艾刚看到裸着半个背，裙摆有意无意地掀到大腿根露出内裤颜色的艳照，以为陈一凡心里阴暗，装得正人君子，到处指指点点分派任务，一个人躲办公室干猥琐的勾当，还把她好容易整理出来觉得很棒的画册看也不看就扔在桌子上，打击她自信。她内心相当鄙视他这类人。但是现在，她觉得自己误解了他，阴暗的不是他，是自己。

“你把 LC 女装的资料整理一下，别再给我这种没用的东西了，看清楚价值。机灵点。”

孙子说知己知彼才能百战百胜，陈一凡说价值，LC 女装的资料就是对手有价值的信息。林小艾有些领悟了，只有否定了别人才能坚定自己的路线，也只有把他人的优势变为劣势才能从根本上打败对手。

林小艾出去后，陈一凡拿出一本相册，每一张都是静怡甜甜地微笑着的照片，一张一张地翻着，从出道以来所有的照片，单单除了《男人装》上的没有剪辑下来。忽然他狠狠合上相册，扔进抽屉里，两只手抵着额头发呆。

再次把资料给陈一凡过目的时候，听到表扬自己还算有点慧根，林小艾心里乐了一阵，忽然觉得前途一片大好，真应了陆游的那句诗“柳暗花明又一村”，黑暗总是短暂的，只有前进是永远的。

“跟我见一个人，到了之后机灵点。”陈一凡拿起外套放在右手的胳膊上，银灰色的外套在空中画出一道弧线，像一个表演跳跃的小海豚，激起美丽的浪花。琳娜两只眼睛死死盯住陈一凡的背影，哈喇子快掉文件上了。林小艾心里想“看在身后一帮花痴的分上，我就勉为其难地做跟屁虫吧”，提着小包屁颠屁颠地追随陈一凡，被人羡慕的感觉就是爽！

“是静怡，你看见了吗？”林小艾拽着陈一凡的衣角提醒他，惊讶地发现坐在最里面的那个女人竟然是她的偶像静怡。红色的沙发座椅，她一身白色素衣，头发随意绑了马尾辫，青春走了，清纯还在。像春天里的一幅油画，深度的颜色透到眼睛里都是清新的味道。虽然没有狂热到跟踪偷拍的地步，能亲眼见到电视里的明星林小艾还是激动。

她看到陈一凡走到静怡对面坐了下来，然后招呼她过去。萱萱花了几千块买了高倍望远镜去看周杰伦的演唱会，还没混到 VIP 座位和明星面对面的机会，她林小艾做了什么，怎么这么好的机会就砸她脑袋上了？

“傻笑什么？机灵点。”陈一凡开始训话了。

“静怡，给我签个名吧。”林小艾想掏出笔记本，结果却错拿了公司文件，静怡一看，“你们公司的人还真有趣！”林小艾看着陈一凡犀利的眼神，把翻了一桌子的文件和小本本装在包包里，乖乖地坐在他身边，望着静怡，心想我姑且乖巧一回，给自己一次做淑女的机会。

“一凡，好久不见，你还好吗？”俨然老友重逢，一种很熟悉的感觉。

“很好。”林小艾不知道为什么陈一凡说话总是这么短促，拒人千里的感觉，不是求人办事吗，怎么反倒牛起来了，而且静怡看起来并不介意？

“我们公司最近要推出冬装新款，我觉得很合你的气质，不知道你有没有兴趣做我们的品牌代言？”

“一凡，其实我打算接受LC的品牌代言。他们的衣服款式比较小巧，我觉得比较适合我。”

“如果我没记错的话，你在上次的记者会上说不想走同一种风格，让自己永远停留在十几岁扮清纯，想尝试不同风格。娱乐圈是什么？现在‘80后’已经落伍了，‘90后’来势汹汹，跟他们拼清纯，还不如展示自己另一面的魅力。周笔畅变了吧，范冰冰变了吧，小燕子变了吧，连谋女郎章子怡都从清纯的小村姑变身国际性感巨星了。”残酷的现实，没有永远的年轻，只有不长皱纹的美人。

娱乐圈本来就善于遗忘，不折腾点动静怎么能让别人记住？林小艾还是从静怡的脸上发现了岁月的痕迹，初出茅庐和身经百战表情岂能一样？突然她也害怕自己会老去，当务之急还是恋爱最实在，解决单身问题是解决女人所有困难的根源。

林小艾看静怡有些犹豫，接收了从陈一凡眼神发来的信号，她说：“静怡，LC就粉黑白三种色调，以清丽淡雅风格为主，消费对象无非是十几二十岁的‘90后’。而你的粉丝大多还是‘80后’，像我。我们是看着你的电视剧成长起来的，我们长大了，同时也想看到你成长起来，我们支持你。”

“其实我多次跟公司说过要改变形象，毕竟我现在的心理年龄已经不是十几岁的小姑娘了，而且我知道青春饭吃不长，人必须要向前看的。”

“静怡，加入 EV 吧，EV 在款式上追求创新，从内敛到 open，从清新到妩媚，风格多变，这正是你转型的绝佳机会。北京夜茴色时装展示会，可是各大媒体争相报道，各大明星争抢镜头的好机会，更是你借机重新火一把的契机。”

“静怡说要考虑一下再回复，是不是说还有希望?”回去的路上小艾问陈一凡。

“不是还有希望，是百分之百，我了解静怡，她早就想脱离‘玉女教主’的头衔了，这个光环给她带来很多压力。”

趁热打铁，陈一凡又找到了高总，一定要抢在 LC 之前签了静怡。炒作不只娱乐圈需要，在服装行业这个圈子里也需要借炒作来促进销售。《男人装》的照片、静怡的转型，都是陈一凡营销策划中的棋子。

陈一凡说：“听说静怡想往歌坛发展，林多多的歌词可是很难得啊，加上虫虫谱的曲，对静怡的发展大有帮助啊。”林多多是词坛教主，但是他的歌词一般人拿不到，不是有钱就能买走的。林多多经常说“除了钱，我还在追求一些有价值的东西，不懂的人是不配拥有我用灵魂演绎的词，即使出再高的价钱我也不会卖”，而虫虫的曲只有在林多多的词上才能彰显出魅力，醉人的音乐需要妙笔来升华。

林小艾在旁边看着，暗自佩服陈一凡功课做得很足，看来市场部真不是什么人都能进的，她要学的东西还很多。

告别的时候陈一凡说：“静怡代言的事还麻烦高总放在

心上了。”

高总说：“我想问题应该不大。”

林小艾说：“高总，有句话不知道能不能讲？”

“说。”

“静怡出道的时候十六岁，过了十年一成未变，在得到一拨拨长大的孩子迷恋的同时，也丢失了原来慢慢长大的老粉丝。而新人层出不穷，一个人可以年轻五年十年，但是不会一辈子，静怡应该慢慢长大。我们都希望她带来不一样的改变，否则真的审美疲劳了。”

“陈总，你身边的人也很厉害啊。”

送走高总之后陈一凡提议一起吃饭，林小艾提议约上柳絮，试探性地问陈一凡，“我和她约好的，不介意的话一起？”

林小艾开始进行牵红线战略，说：“柳絮人挺好的，我家里出事了，她比我还着急。别看她平时什么也不在乎，其实那都是假象。”

陈一凡并不在意，说：“是吗？为什么不表现真实的自己，需要藏那么深吗？”

“你慢慢会知道，她其实很坚强、很善良、很重感情。”

陈一凡看不出柳絮有多少亮点，但至少他觉得对付男人她还是有一套的，光这点她就已经从自己的世界里 pass 掉了。

三人刚坐下点餐，林小艾看到柳絮向自己使眼色，知道该功成身退了，一声惊讶，“我忘了，还有工作没做完，我回去加班。”

林小艾拿着自己的包就要走，陈一凡说：“上司在，你怕什么，吃完再走。”

柳絮继续斜着眼打暗语，林小艾一咬牙，就当没听到，“工作第一，你们先吃。”不等陈一凡说话就消失了。

“这丫头总这样，工作和生活总是打理不好。在家拿着笔记本电脑，工作的时候又犯糊涂。”柳絮说。

“她学得挺快，昨天给她的资料和任务只是要她熟悉一下流程，谁知道她完成得还不错。”

“那是，她身后有我这个军师呢，怎么会做不好？”

“是吗？”

柳絮是一家美容公司的市场部主管，办公室的调情对象，那些异地分居的已婚男人，单身多年没有对象的青年，还有结婚几十年对妻子审美疲劳的老头子，都对她垂涎欲滴。但是柳絮总能轻松应付，还捞了个主管的职位。

陈一凡一直以为林小艾聪慧努力，红肿的眼睛是熬夜的产物，现在看来不见得。

陈一凡把柳絮送回去，早过了下班的时间，家里只有萱萱一个人，“小艾没回来吗？”

“哦，打电话说加班。”

林小艾回到公司琳娜正准备回家，临走又交代了点任务，“这个调查方案是你做的，你去调查更合适，到热闹的地段随机调查一些人，然后明天交给我。”

“不是有专门做调查的人吗？”

“天有不测风云，人有旦夕祸福，生病在家怎么调查？这个活动比较紧，没看这几天大家都在加班赶吗？看你一天跑来跑去也没什么事，这个工作你不会做不了吧？”

林小艾把手中的工作做完，考虑到这批服装的消费人群是偏中高收入群，于是在消费水平较高的商场和休闲场所，尤其是美容院，做针对性问卷调查。

“您好，我是 EV 市场部的林小艾，可以简单做个调查吗？喂，喂……”

“您好，能耽误您两分钟吗？”

“您好，我在做 EV 的市场调查，能借用您两分钟吗？”

有时候被人当做街头推销的，人家正眼都没看她一眼径直走了。从穿着判断懂点礼貌的女人为什么就不愿借两分钟玩玩，全当放松放松不行吗？想到自己平时对待调查也很反感，怪不得这些人这么鄙视她，无视她，甚至有些较真的人非要她拿出工作证，她偏偏没想到这层。

在美容院的调查并不是很理想，林小艾决定还是去休闲区试试，下了班去放松的人心情应该不错。

在公司附近的休闲场所看到一个很高挑的女人，穿的正是 EV 出产的服饰，林小艾走上前去，“您好，EV 的服装很适合您的身材，我想就下季服装做个简单的调查，能耽误您两分钟吗？”

女人说：“我这是限量版的，从香港带来的，你说你是 EV 的，我怎么知道你是不是？EV 里我朋友也不少，你工作证呢，有什么证明？”

林小艾窘在一边，恨不得打个雷把自己劈死算了，或者劈死对面这个语不惊人死不休的女人。

“现在冒牌真是不少，回家洗洗睡吧，大晚上的别浪费日月精华了。”

“我真的是EV员工，只是没带工作证。”林小艾觉得她这么尖酸刻薄一定是老剩女。

“哄谁，我又不是脑残，你是？怎么证明？”

“我可以证明。”

话说得掷地有声，林小艾和女人一起朝声音发出的方向看过去，陈一凡不知什么时候走过来了。

“一凡，”林小艾看见女人迎上去来了个拥抱，“好久不见了。”

“Kandy，这是我市场部的员工，怎么还怀疑吗？”

“有你作证，我当然不怀疑了。”

“太好了，Kandy小姐，能配合我调查吗？”

“好吧，我就牺牲几分钟。”

林小艾顺利完成了这次调查，很感激陈一凡的及时营救。

“小艾，这个case不是琳娜做的吗？”

“我反正没事，分担一点。”

“调查策划案也是你写的？”

柳絮有N个情敌，陈一凡恐怕很难荣登她的男友的宝座了。林小艾觉得两人从情感上倒是合适，无数男友PK无数女友，一个美女，一个帅哥，简直绝配。

林小艾还是看不惯他一副情圣的样子，忍不住说："老情人走了，你是不是也该消失了？有时间猜测是谁做的，还不如帮我做两个调查有用。"

陈一凡很无奈，"你能不能不损人啊，有这点口才不如留着以后帮我对付难缠的人。"

林小艾说："难缠的人，女人吗？有额外报酬我就考虑。"

她接着又做调查去了，离成功还有三个问卷，她告诉自己，"胜利在望，加油！"

陈一凡就站在她不远处，看着她拦住路人询问，执著认真的表情尤其动人，像是泉水中的一颗顽石，圆润晶莹，被打磨得光滑。

做完调查林小艾没打招呼就走，抱着一沓问卷，肚子咕咕在叫，对她这个肉食动物来说，不吃饭是大忌，心里盘算着工作做完到小区楼下的湘菜馆点几盘小炒肉，补充一下流失的能量。

"没吃饭吧，不打招呼太不礼貌了吧？"

"陈总，您是一直等我吗？不是的话，下班时间自由支配，我想我有权利支配自己的语言以及行为。"

肚子咕咕又叫起来，林小艾闻到一股菜香味，身后那家餐馆不知道使了什么招式勾引顾客的食欲。她咽了一下口水，装作没事的样子。

陈一凡看到林小艾的眼睛总是瞟向餐厅，肚子里发出咕咕的声音，他笑了一下，说："我就知道你没吃饭，饿着工作效果不是很好吧？"

林小艾被肚子里抗议的声音吓呆了，感到丢人，却说："我减肥，饿着工作对体型的保持事半功倍，省得去健身房，出了钱，还得费尽力气周旋那些机器。真搞不懂，平时十五层的楼不爬非要到健身房锻炼，那些开着车去走跑步机的人是不是缺根筋？"

陈一凡伸出大拇指，"你真厉害，那慢慢保持体型吧，公交车钱也可以省了。"

林小艾看着陈一凡风驰电掣般走了，有点失落，咕咕叫的肚子严重提出抗议，看看高档的餐厅，林小艾忍了下，跨上公交车，不给自己奢侈的余地。

天色慢慢地暗了下来，画出一朵昙花衰败的轮廓。林小艾坐在公交车靠窗的角落，看着夜色慢慢开满霓虹的光辉，一闪一闪地跳动着。饥饿压着满身疲劳的身体，此刻林小艾觉得，一个人的时候体力可以和精神思维同时消耗，再想不起男人这档事。

下了车林小艾已饿得有点虚脱，来到楼下的小餐馆，"老板娘，给我一份鱼香肉丝盖饭，再来碗汤，先来点茶。"

林小艾吃饱喝足精神恢复，回到家看到柳絮满脸不满，萱萱也郁闷着。

"咋了？"

"林小艾，是你说让我替你摆平陈一凡的，你怎么自己享用了也不说一声，还把我扔在餐厅，跟他大眼瞪小眼。"柳絮愤愤不平，自从她使一个眼色让林小艾走之后，陈一凡就没心思吃饭，她试着找些谈资，他却严重走神。这让柳絮为自己的魅力大打折扣而伤心不已。

“姐姐，你这两年光长脂肪不长脑子了？我何许人也，人家前有Mary，后有Kandy，每个都是前凸后翘，说出的话能闻到水蜜桃的味儿，身上的香味千里之外的蚊子都能熏死，抛个媚眼就能电得男人半身不遂。据我观察，综合来看，他就喜欢你这样的美女，你得加把劲，跟Mary和Kandy来个终极PK，我和萱萱都会支持你的。”

“真的？这次姑且相信你，我还不信我解决不了这个难题。”

两人说完，林小艾指着低头叹气的萱萱说：“这人又失恋了？”

柳絮小声说道：“一个白无常，一条一去不回头的短信，就伤了。”

萱萱自怨自怜，“给我个帅哥吧，我要的是爱情，为什么上天给的全是友情？”

林小艾接了一句“还是普通的”，招呼萱萱过来，拿出一张纸，说：“这是我的终极目标，做个好女人嫁个好男人就从这些开始，我这些宝贝就与君共勉了。”柳絮抢过来当情书朗读：

以找到好男人为目标，本着做一个优秀女人的原则，特为自己（林小艾）制定以下原则：

1. 女人一成不变，男人一定会变。

2. 绝不当“三瓶”女人：年轻时是花瓶，中年时是醋瓶，老年时是药瓶。

3. 做个“三独立”女人：思想独立、能力独立、经济独立。

4. 要有“三养”：修养、涵养、保养。

5. 要有“三力”：美丽、能力、魅力。

6. 女人可以长得不漂亮，但绝对不能让自己的人生不漂亮。

7. 二十六岁前不漂亮不是自己的错，二十六岁之后不漂亮就是自己的错。

……

萱萱说：“好像没有适合我这种小女生的。”

林小艾摆摆手，觉得她无药可救，生命苦短，何必勉强别人？自己还得奋斗，摊开柳絮借她的几本书啃起来，屁股还没坐下，腰就开始酸疼。

“灭绝，给我揉两下。”

“唉，一个被工作累得腰酸背痛，一个被男人甩到伤筋动骨，我看你们都得去健身房，锻炼身体有益身心健康。”

柳絮拖着两位室友去了健身房。

“灭绝，那个帅锅（哥）长得好像偶（我）家韩庚，白白净净的。那脸，贼白；那皮肤，贼细腻。”萱萱看见帅哥就忘了所受的伤。

“不就是一个小男人吗？我去帮你搞定。”说着柳絮就要行动，萱萱一把抓住柳絮的衣服，说：“不行，你会把人家吓跑的，小艾你去。”

“我?”林小艾的惊讶程度不亚于听到国足出线，指着自己再次确定，“你说让我去?”

郭萱萱狠狠地点点头，“为了妹妹我的终身幸福，你就牺牲一下吧。你把他约出来，然后你们再闪。”

柳絮一脸质疑地说：“小艾怎么行，她跟你半斤八两，看到男人腿都抖。”

林小艾不服气，“谁说的? 我就是要你看看我怎么把小白脸攥到我的手心。哼!”一副壮士出征义无反顾的表情，雄赳赳地奔赴战场。

林小艾直接面对男子，眼睛直视对方，充满自信和善意，说：“你好，借你五分钟。”

男子很疑惑地说：“有事吗?”

林小艾直接开门见山，“你觉得那边的两个女孩子谁漂亮，我们在打赌。”

男子朝柳絮和萱萱的方向看去，说：“两种风格，完全没有可比性。”

“不敢说吧? 我就说现在的男人都很狡猾，比女人心思还细腻。”

“没有。”

“看你就是有女朋友的，不敢说真话。”

“用流行说法，我已经是剩男了。”

“谁相信，现在结婚的人都说自己单身，这叫隐婚，所以我很难相信你。”男子想辩解，林小艾还没等他张口说出第一个字，接着抢过来说，“算了，我早知道问不到结果，当交个朋友吧。我叫林子。”林小艾伸出了手，这时男子才觉得自己有点上当的感觉，无奈地摇摇头，说：“我叫陶宇。”

林小艾说：“你是不是在想，纵横情场多年，败在了一个女人手里？其实没必要，我没心思要你电话，结交朋友，只是为了朋友。”

“谁?”

“借你手机对一下时间。”

她拿到手机就把萱萱的号码输进去拨了一下，又递给陶宇说：“这是她的电话号码。”

林小艾准备向两位舍友炫耀自己的成果时，看到公司的露西躲在健身器材后面，奸邪地笑着。林小艾不理会，装作没看到，冲陶宇摆了个手，赠送一个笑脸，继续走自己的路。

“出师不利，明天也许某天，我们公司会流传出林小艾泡男人的绯闻。还会猜测我最近长出的小痘子是内分泌失调的结果。”林小艾出发前雄赳赳的样子已经低迷成一朵枯萎的小花了。

萱萱说：“小艾，为了我的幸福，牺牲你了。”

林小艾时不时到处张望，看看露西还在不在，结果一个巴掌拍在她肩上。

“小艾，你看什么呢?”

“灭绝，你吓死我了。”

“不做亏心事，你怕什么?”

“我也找找有没有适合我的帅哥，顺便把下半生幸福给解决了。”

瑜伽老师带着一帮女人做运动，林小艾环顾了一下周围，各种各样的体型都有，顿时羡慕起柳絮来，175厘米的个头，42公斤的体重，小蛮腰，作为女人应该无可挑剔了。再看看自己丰腴的身体，有点营养过剩，腰里囤积的肉已经慢慢地冒出来了，围成一个救生圈的形状，严重影响心情。胳膊腿也老了，为啥瑜伽老师就能两条腿伸展自如，自己做起来尤其费劲，一不小心还硌着老骨头了。

健身还没结束柳絮打了个招呼带着奸邪的笑容就闪了，萱萱一直撺掇林小艾约上陶宇，林小艾完成历史使命也闪了，留着萱萱独自享受丰盛的晚宴。

林小艾回到家中，疲惫再次袭来，定好闹钟，睡觉。

第五章　叫我如何不想他

林小艾从公交车下来的时候看到露西从一辆车里下来，而那辆车她无比熟悉，就是她以前的上司Jack的。

露西左右环顾，拎着与收入完全不匹配的LV包包，甩着头发自信了很多，难道这些都来自……林小艾不敢想下去，有空扫扫自己门前的雪，现在哪有时间管别人房檐上的白霜。

“露西，包不错，是LV的限量版吧？”

露西眼睛快瞪头顶了，操一口平翘舌不分的普通话，“你那包四不四该换了，我记得你走的时候拎的就四这款。”

林小艾碰了一鼻子灰，转念一想一个包还能把自己吃了，说：“它是幸运符，这不，把我带回来了。”

“四呀，昨天拎着它去健身房了吧？”

两人从电梯里出来，露西连句再见也没有就穿过市场部的二楼上三楼行政部去了。什么世道，露西这样的人都能趾高气扬地对小剩女说三道四了，不找个好男人气死她们还了得？林小艾心里很不服气，本来想提醒一下对方常在河边走小心掉水坑，可是人家压根不领情，还悠闲自在地享受。

“林小艾，就缺你了，上班不能提前半个小时啊?”琳娜着急地走到她面前，小声说，“调查，给我，快。”

林小艾拿出调查表给了琳娜，琳娜慌慌张张进会议室了，还没两分钟，琳娜又出来喊她，“林小艾，过来开会。”

这个会按说她不应该参加的，只是内部的一个小会。

“琳娜，你来阐述一下这个方案，以及调查中产生的问题。”

林小艾清楚地记得这个方案以及调查结果三天后才要，怎么提前了？琳娜甚至没有多准备几份，唯一的一份在陈一凡手里，她仅仅看过方案却并不清楚调查过程，林小艾为她捏了把汗。

琳娜有点犹豫，“这个，我……我能看着方案说吗?”

陈一凡坚定地说：“这个方案是你做的，你不会告诉我你连里面的内容都不清楚吧?”

琳娜眼神中闪过一丝不安，几秒钟后立刻恢复了平静，凭借这些年的经验和粗略看过方案的印象，对着陈一凡、林小艾，还有其他几位市场部精英，侃侃而谈，林小艾很佩服这种应变能力和想象力。

“以上就是我对这个方案以及实行过程中所发现的一些问题的报告，谢谢!”

陈一凡带头鼓掌，然后对林小艾说：“林小艾，你对这个方案有什么看法?”

本来林小艾想和琳娜说一下，在调查过程中发现的一些问题，在方案中根本体现不出来，她想提议再次完善一下，比如方案里没有提到购买 EV 服装人士的层次，具体哪些女人更热衷于这个品牌，品牌的魅力所在。调查里太笼统，一般被调查人员又不愿多写几个字，总是说“好看，质量好”之类。

林小艾听了琳娜的报告，有一种强烈的感觉要把自己的想法说出来。“方案做的时候参考了其他品牌服饰的调查方案，但是缺少 EV 的特色，不够 open。我在随机调查的时候……”说完这句立刻意识到事态严重，琳娜的眼直勾勾地看着她，幸好陈一凡没有注意，林小艾微笑以示歉意，“是听琳娜讲述调查情况时了解到，顾客对我们服饰提出的一些建议。我觉得在坚持 EV 一贯的风格外，有必要听取顾客的建议，增加一些天空和沙滩的元素，比如可以……”

“这个不用说了，这是设计部考虑的问题，不要把话题扯远了。”陈一凡发话。

“是。”林小艾继续讲自己对方案的认识，她把自己从书上看到的和实地调查体验到的东西一股脑倒出来。

讨论在继续，对下一步的策划行动整个组提出了一些建议，散会的时候陈一凡留下了琳娜。

“琳娜，你知道我留下你的目的吗？”

“是关于方案的问题要交代？”

“方案和调查既然都是林小艾做的，那你的工作呢？如果你觉得我分配不合理可以提出来，或者提一些建议，我都欢迎。”

“不敢。”

“好，去工作吧。”

琳娜并没有把推给林小艾的工作又要回来，起初她是这样想的，但是腹部无缘无故生的气让她不能这样，而是下班的时候告诉林小艾，“我给你的文件和工作计划表明天早上给我，这是陈总交代的。”

最近公司有个关于市场策划的培训，林小艾想争取一下名额补习功课，但手头的case没有尽头。想着最好的培训不是书本和课堂，应该是实践，还是决定把琳娜留的工作做完。

最近公司在提倡节约，林小艾只把办公桌的台灯打开，她喜欢这样昏暗的气氛，仿佛回到小时候点着蜡烛看书的年代，而白炽灯的亮度足以刺伤人的浮想神经，降低思维指数。

如果不是电话，林小艾还不会发现周围已经完全被夜色包围。

“您是？”

“才分开一天就不记得了？我是陶宇。”

“你打错了吧？我真不认识什么越逃、逃狱的，我可是良民，再打电话我报警了。”林小艾又想到重点培养出来的岳涛，现在不知道被逮进监狱没有，心有余悸。

“我的姐姐，您是健忘还是幽默啊？我是昨天健身房的陶宇。”一听健身房，林小艾回忆了一下，总算在记忆储备里清理出这么一段，是最近太忙，健忘得如此快？

“我可告诉你，萱萱是我们三姐妹中最温柔贤惠漂亮懂事的，在外赶着潮流喜欢周杰伦，在内传统以孟母为榜样，下一代的教育肯定没问题。职业稳定，父母都是国家干部。”

“我觉得你说这么多一定口渴了，喝杯茶去。”

对方竟然没有一点反应，林小艾顿觉自己失败，做红娘的心思被打得没影了。

“不去，姐暂时闭关修行，工作勿扰！再见，拜拜。”

林小艾伸了个懒腰，看看黑漆漆的屋子里，只有自己这盏灯还亮着，陈一凡的办公室房门紧闭，思路有一刻开了小差，遇到他是幸运还是不幸？

林小艾伏案继续工作，单身的日子就这点好，永远有时间腾出来处理意外发生的事，不必请假和内疚。

林小艾的视线定格在他的办公室，什么动静也没有，她怀疑自己出现了幻听，好像他回来了，拍着她的肩膀说“这么晚还在工作真让人心疼”。这是一种严重的病，对女人发出两个信号，一代表你老了，二说明你在强烈思念某个人，这两个她都不愿承认，跑到洗手间冲了把脸，妆已经花掉，用洁面纸整个擦了下来，一层化学成分。二十六岁怪不得被剩下了，用战斗的年纪做灰姑娘的白日梦，让她想起一个悲剧：王子每年只能对公主说一个字，终于攒了三年，王子深情地说“我爱你”，结果公主说了一句“啥”又昏睡过去了。

所谓的意志和理想就是慢慢死去或者慢慢升级的游戏，林小艾在行政部彻底捏死了这两样东西，如今要起死回生，并非朝夕就能达成。如果不是家庭变故、工作差池和同学聚会，她可能还在悠闲地畅想天上掉房子、车子和帅哥。现实是她比不了嫁给富豪的，比不了学习比她差工作比她好的，更无法拿出平息一场变故的灾难钱。失败是成功他妈，说得真对，这个妈不是后的。

林小艾看看时间，再不回去赶不上最后一班车了，打工族的悲哀是错过最后一班回家的车和丢了吃饭的钱，她匆匆收拾了桌子拿着包就走了。

陈一凡本想到办公室拿点东西，但被一个电话叫走了，他们一个前脚一个后脚，只差一班电梯的时间。

林小艾疲惫地坐在公交车靠窗的位子。前几日家里说林大刚手术一切顺利，现在处在恢复期，让她不用担心。

“小艾，自打你哥出了事，家里生意也做不成了，妈也病倒了，我一个人又要照顾孩子又要工作，还要伺候丈夫婆婆，我容易吗？要是别人早改嫁了，谁在这受苦？也就我心肠软，舍不得扔下这一大家子，他林大刚凭什么说我嗓门大，说我难看，没有女人味？腿都没了，还眼巴巴看着医院里的小护士，我上辈子造的是什么孽……”周美惠从咆哮到诉苦到最后的埋怨和责备。

“嫂子，怎么回事？我哥不是那样的人。”

“男人什么样你又不是没经历过，还用得着为自家人脸上贴金吗？男人好的话，聂伟就不会出国半年就把你甩了，这还是登记了过了门的，有多少女人谈了五年十年男人一句话就蹬了。”

她没资格说男人好，她就是失败的典型，不够机灵更不够火眼金睛。但是林小艾知道哥哥不是那样的人，他一定有苦衷。

“嫂子，你别急，我问问情况。如果真是这样，我一定不会原谅他。”她只能暂时安慰着嫂子，难道哥哥被撞坏脑子了，还是自暴自弃自轻自贱了？她不了解男人。

林小艾给母亲打了个电话询问情况，都说经历过死的人会更珍惜生命，哥哥不该是这样的啊。

“没有的事，你也知道你嫂子平时刁蛮，有点懒，还牙尖嘴利的，你哥就是心情不好，他心里难受，想发泄罢了。”母亲说着声音有点哽咽了，林小艾能感觉到母亲心里的难受，最宝贝的儿子差点接受了死神的召唤之后，即使再糟糕的情况他们也能忍受，何况只是脾气变差了。从某一方面上她同情嫂子，周美惠是个爱唠叨爱挑刺的人，但同时也是个热心肠的人，人说“刀子嘴豆腐心”。她能感觉出来母亲在袒护哥哥，可是许许多多的事情本来就没有对错，只有应该或者忍耐。周美惠在这种情况下只能忍耐，没有人会责备林大刚。

心里一阵酸楚，家里家外都是难，她只能安慰嫂子。

“我其实就是心里堵得慌，发发牢骚。”林小艾听到母亲在电话那头责备周美惠的声音，“她在外面那么辛苦，还把这些鸡毛蒜皮的小事跟她说，你不是存心想让她担心吗？前几次她要回来我都没让，你还嫌家里不够乱啊？”

父亲的声音穿插在里面，永远只有一句话“算啦”。

不但哥哥的脾气变了，连母亲也变了，原来的她是那么慈爱温和。原来灾难改变的不只是环境，还有人。林小艾告诉自己一定要坚强，没有打不倒的困难，没有翻不过去的墙，林小艾就是林小艾，不会服输。

她报了个培训班，她觉得系统的学习还是必要的，时间就像奶牛，挤挤总会流出一点纯的。

“工作没必要这么拼命吧？这种生活态度是不对的，睡眠是最好的美容，你现在简直直奔中年妇女了。”

柳絮专心修剪着脚趾甲，涂上蓝色的指甲油，将一双脚打磨成一件艺术品。她最在意的就是这身皮囊。

“没办法，现在我就是勇猛的战士，能量没了，也要拼力气。”林小艾一笑，轻松地回避了沉重的现实。

萱萱对着电脑的QQ傻笑，她已经忘记郭天了，电脑那边的陶宇发来的每个信息，她都能当爱的信号，有时候这个信号很微弱，弱得根本收不到任何频道。神女痴情，襄王未必有意。

林小艾想到陶宇今晚的电话，暗笑小孩子的调皮性格。

“明天有个相亲派对，免费的，街道组织的。”柳絮一面修脚还能把眼神瞟到报纸上，“是谁大言不惭地说要在三个月内解决单身问题，我这个恋爱达人都不敢这么夸口。”

林小艾一把抢过报纸，黑体大字打出的相亲标题，“白领、团体、免费”这些字眼触动着林小艾的神经。好像有一百个男人排成队，等她挑来捡去。但是脑海里又浮现出上次团体相亲的情景，太吓人了。本以为不断的相亲练就了百毒不侵，原来早有后遗症。

“不去，我什么分量的人，怎么能被人挑来拣去?”林小艾将报纸扬手一扔，做出潇洒的动作，像一只骄傲的孔雀开屏，尽情释放魅力。

最近忙于下季品牌服饰的走秀策划，前期调查基本完成得差不多了，林小艾晚上培训，周末就去其他服饰走秀现场观看，对比一下优缺点。制作一场与众不同的策划，虽然陈一凡把这个任务交给了琳娜，但是她还是想锻炼一下自己，不去做，又怎么能学会？进步，不是叔本华的意志力，你想到就能实现。

意大利品牌时装PENNYBLACK在北京中国大饭店举行了一场别开生面的时装发布会，由著名T台模特莫万丹领衔出秀，同时还邀请了众多知名公司、企业的高层人士参加。比较特别的是还请了世界花样双人滑冠军现场表演，把晚会气氛推向高潮。

林小艾知道PENNYBLACK的设计从不哗众取宠，以“舒适自在，乐在其中”为主旨，并没有特定的年龄层，也不会有太过前卫大胆的设计元素，却能跳出制式套装的枷锁，给以自由空间。她看着幻灯片上灯光闪耀交错，模特在T台上演绎着各式各样的服装，觉得假如把EV的走秀搬到T台上，却并不突出。EV更多的是张扬的内敛，而PENNYBLACK是内敛的自由，T台走秀最常用却最普通，如果没有花样滑冰冠军的精彩衬托，这无非是一场很普通的走秀。

林小艾上完培训课回去的时候，在地铁里穿行。夜晚的地铁还是有很多人，却比白天空旷些。左右地铁轨道中间的空地多么像 T 台，来来回回匆匆忙忙走路的人群，等车的、换线的、下车出站的，在这个 T 台上演绎交错。

她突然想到曾经听说过德国的一场地铁走秀，给观众近距离的真实，像是一场与众不同的歌舞剧，没有名模却吸引了很多观众。也许变换一下地点，一切就会不一样。

林小艾觉得自己找到突破口了，以至于思考的速度赶不上地铁的运行，她没注意到自己已经坐过站了，直到人群一拥而下，拥挤的车厢顿时空了下来，才发现已经坐过站了。

她从包里拿出纸笔，站在地铁的一个角落，趁着灯光，立刻把想法写下来，不知道的还以为哪个大学的学生在背单词呢，谁见过对工作走火入魔到这份上的？

从地铁里出来离家已经不远，林小艾边走边想自己的策划，夜里闪烁的灯光，天空点缀的星星，都好像变成了她手下的模特，在自己设计的 T 台上秀着美丽的衣裳。

“林小艾。”

谁？一个声音唤醒了沉思的她，也破坏了她做的美梦。

“我就说嘛，咱俩犯克，这么多路你不走，怎么偏偏和我同行！再说，你家也不在这附近啊，在公司你怎么挤对我就算了，下了班还不还我自由啊？”她越来越不舍得骂眼前这个家伙了，照着当初，还不把他祖宗坟墓都扒了，现在顶多费点唾沫星不痛不痒。

“我刚在附近吃过饭，看你痴痴呆呆地傻笑，担心你出事，真是好心当成驴肝肺。你这种女人就活该倒霉，不珍惜别人的关心。”

林小艾联想到的是聂伟，有阵子没他的消息了，说不定又出国了，工作一忙什么也想不起来了。“你这话什么意思，打击我被人甩了吗？没关系，我不在乎，男人，丢一两个我不心疼，像你们这样的物种，灭绝了我还敲锣打鼓欢呼去。哼！”她毫不在乎地继续走自己的路，想接着做刚才的梦，却怎么也接不上了。

“柳絮前脚刚走，你没看见她吗？”

“什么时候？”

陈一凡说：“你跟她比起来，没有一点女性特征，前不凸后不翘，说起话来还像小钢炮，多跟人学学含蓄和温柔。嫁人很难的，一不小心就剩下了，看你年纪也算初级剩女了吧。女人就那几年，哥好心提醒你，别错过了。”

林小艾恨不得扒开外套说：“姑娘我也是波涛汹涌。”想想而已，衣服紧了紧，她最恨别人说她是剩女。她本来是早婚一族的，一不小心又沦落为剩女了。所以她一脸鄙视地笑着说：“男人混成你这样应该考虑是上吊还是投河，吃药也可以考虑，但是多吃点，不然洗胃很难受的。到现在还在万花丛中穿梭，成家立业失败得一塌糊涂，为人子，你简直是失败的典型，成功的败笔。”

“你跟人柳絮差远了。”陈一凡鼻子凑上去闻了一下，“没有一点香气，啧啧，投胎的时候没想好性别就出来了吧。”

林小艾听到他说自己不女人，心里很不舒服，尤其是想到陈一凡身边那么多女人，都妖娆得跟红玫瑰一样，心里就酸酸的。“你连 Jack 都不如，色得这么猥琐！这么含蓄！这么阴暗！你以为有了 Mary、Kandy 还有什么 Sunny、Ellen 就证明你有魅力了？醒醒吧，还不知道你是不是别人的逢场作戏，别最后惹了一身风流债。小心到处都有看着你的眼睛，女人的心思小得能整死你。”

“吃醋了？”陈一凡见小艾的表情已经从玩笑到脾气爆发了，马上收敛起调侃的语气，“风大，林妹妹弱不禁风，小心着凉。”

“阿嚏！”真是着凉了，她看了一眼倒霉熊，发现他把自己裹得跟粽子一样，“真是乌鸦嘴，你就不能喘口气歇歇？衣服穿那么多，还说这么多话，小心累着。”

陈一凡把外套脱下来，小艾以为他要给她披上，结果他搭在胳膊上，看着天空说了一句“真热”。

“道不同不相为谋，别跟着我。”林小艾故意走另一边和他撇清关系，假装不在意地瞅了一眼他那搭着外套的胳膊，有点生气又多了点失落，快走两步，想把他远远甩在后面。

夜色更猛地扑过来，混合着四处袭来的冷风，林小艾有些冷了，打了个冷战。陈一凡犹豫了一下，还是把外套披在她身上。小艾默不做声，他也不说话。

“我到了，谢谢。”小艾把外套塞给陈一凡就消失在楼道里了，她第一次觉得回家的路这么近。

很巧，每次都能遇见她，就好像那句话说的："时间无涯的荒野里，没有早一步，也没有晚一步，刚巧遇上你"。也没有别的话可说，唯有一句："原来你也在这里"。是不是真有缘分？他居然心疼起一个小姑娘，想到那个笑话"女孩说多冷啊，男孩说幸好我多穿了一件"，他是不是该像笑话里的男孩那样，这个举动又说明了什么？

回到家，柳絮正对萱萱炫耀自己跟陈一凡"如何如何"，林小艾觉得脸红红的。柳絮又骄傲地对她说："姐姐我有的是办法，工作我没辙，男人还不好对付吗？女追男隔层纱，下次我直接把这层纱捅破。"

林小艾觉得自己好像偷情了一样，有点内疚，遮掩着对柳絮说："陈一凡挺喜欢你的，说你很女人，轻轻一闻就是一阵香气，够味，姐姐你大胆地去表白吧。"

不知道什么时候柳絮像个小姑娘一样，动了真情。还是萱萱八卦的时候透漏了一点点信息，林小艾观察了一下，只要跟陈一凡有关的东西柳絮就特兴奋。她只不过陈述了一件极其普通的事，就是陈一凡很成功地拿到了静怡的代言，柳絮就激动得跟自己年轻了五岁一样。

由于东西南北的同学并不能很顺利地聚在一起，同学聚会推迟了两周。林小艾松了一口气，好像获得了秋后处斩的宽大处理。

自从那晚的外套事件之后，林小艾见到陈一凡就觉得不自在，感觉跟偷情一样。她在想，聂伟在国外鬼混的时候会

不会和自己现在的感觉一样？

林小艾拿着做好的策划，不知道应不应该交给陈一凡。她站在他的办公室门口，犹豫了一会儿，最终还是抬起手敲门。

“陈总，这是我的策划，麻烦您看一下。”

陈一凡很疑惑，“哪个策划？”

小艾说：“下季时装走秀的策划。”

陈一凡更疑惑了，“我不是交给琳娜做了吗？”

“我想尝试做一次，多做点，总会学得快一点。”

“有专业精神。”陈一凡接过去看了看，被林小艾的点子吸引了，地铁走秀，他知道这样的特殊案例，但是国内还是很少，倒不失为一种尝试。

“你不会以为一个大型活动的策划用这两张纸就能体现出来吧？它的市场、SWOT（优、劣、机会、风险）、STP、营销策略、经费预算等等都需要详细分析，公司不是办家家，不是做慈善事业，就算再小的 case 都要产生利润的，否则要你我干什么？这个方案已经做了一个月了，你还是配合琳娜做调查分析吧。”陈一凡说完把文件夹递给了她，小艾一下子失落了。以为是表扬，结果是鄙视，她觉得自己好失败，以为好点子就那么容易想，这样的话，那么多人都占着这个位子吃干饭啊。

“既然我重新回到公司，就不想这么浑浑噩噩混下去，我想改变自己，想快点学会这一切，融入市场部。”

陈一凡觉得自己的话说重了，怎么说这种态度都是好

的，“有进步，点子还是不错的，不过照搬德国柏林的案例并不见得多么明智。你可以改变一下地点，毕竟我国的地铁情况不一样。在北京这样人口众多的城市里，人能挤进地铁去就不错了，恐怕没时间、空间展示，群众会因为耽误了上班的时间迁怒 EV，说不定适得其反。想学的话这个给你做参考。”

陈一凡从文件夹里找到一份资料，是 EV 上一年的服装展销活动策划案。

看到林小艾灰溜溜地出来，琳娜有一丝得意，看别人悲惨是最亢奋的一种游戏。

表白不能选在咖啡厅，那些悠扬的歌声会推动也会毁坏整个气氛；也不要选在走路的半道上，不利于表白时的心情；最好在酒吧，在歌声很大很吵的时候，喝杯酒，告诉他，或者是激动地抱着他激吻而没有人在意，或者是再喝一口酒说再见。

这是柳絮的经验。

她喝了一口酒，有些预料到惨败的下场了，可是她还是想说出来，从来没有过的坚持和犹豫。“一凡，”她停顿一下，又喝了一口酒，音乐声突然很高，下面欢呼的声音几乎盖过了她的声音，她鼓了鼓勇气，看了他一眼，扯着嗓子喊，“我喜欢你！”然后只听吵闹的音乐走到了尾声，一个长发披肩的女子上去唱了一首光良的《第一次》，酒吧里突然静下来了。背后的大屏幕里光良对对面的女子喊“我喜欢

你……萧淑慎”，她却没听见。

“你刚才说什么？音乐太吵了。”

柳絮看着他的眼睛，无限深情，“我想我爱上你了。”

陈一凡没料到他装作没听见的结果是另一遍的重复陈述，尴尬，多年没遇到这种情况了。

“玩笑再开下去我会认真的哦。”陈一凡嬉皮笑脸地打趣着。

“如果是真的呢？”柳絮再次斩钉截铁地说出来，眼神里没有捉弄的成分。

“我不适合你。”

“适合不适合只有试过才知道。”

也许应该直接一点，闪躲犹豫不是他的性格，何况在他心里始终还有一个无法忘记的身影。

“可是你不是我中意的类型。”陈一凡说这话的时候尽量把严肃的事说得轻巧。

“我知道，你心里有林小艾，每次我们吃饭你谈的都是她，如果省略了和她有关的内容，我想我们就是两个哑巴。”柳絮苦笑一下，如果不是林小艾恐怕他都不会坐在这里和她喝这杯酒。

“林小艾？这个玩笑开得大了，我怎么可能喜欢她？”怎么可能，在他的内心始终有一个身影无法忘怀。

“是吗？不是因为林小艾，估计我们连一起吃饭的机会都没有吧。别当我是三岁孩子，有些东西，再隐藏也全在眼睛里。”

“她是我公司员工，仅此而已。”

“好一个仅此而已。”

陈一凡离开了这个本不该来的地方，他也搞不懂自己对林小艾是什么感觉，只是一句“小艾的事”，他就改变了决定。

回忆往事，机场遇见林小艾的前一晚，她说“我们分手吧，我是个不能拥有爱情的人”。再累再苦他都忍受过来了，都没有想过放弃这段始终只能存活在地下的恋情，而她却淡淡地说了出来，字字扎在他心上。

柳絮一直把自己认定为三朵花之首，她比小艾强的不止一个档次，结果却败给一个并没有心思和她斗争的对手。

是不是林小艾说了我什么？在陈一凡面前，柳絮一向表现得乖巧。她被自己这个想法吓到了。小艾不会这么做的，但是陈一凡的话时刻在她耳边聒噪，让她觉得一定有什么人说了什么不该说的话，所以她失败了。

回到家，她旁敲侧击地问林小艾，一脸颓废。

“居然说我不是他喜欢的类型，姐一向表现得很好，我什么类型了，真不知道是谁说的。”

“哟，灭绝终于败在了第三十九个男人手里，敢情陈一凡是为男人寻仇来了。”小艾还和平时一样说话，没心没肺。

“都怪你，鼓励我，简直让我去送死，你不知道，姐就没这么丢人过。”

“唉，没丢人就是你人生的一大遗憾，这下子完整了，这也符合你快刀斩乱麻的个性，要不，这小子还耗着你的青

春。咱还有几年鲜艳劲儿？就好比那雨后的海棠花，绿肥红瘦了。”

萱萱一脸可惜地说：“爱情，太伤人了，我再也不相信了。”然后躲在电脑前等着陶宇上线，把准备好的话说给他听，几部电影，几首歌，试图寻找一点共同的爱好。可是她发现陶宇除了喜欢健身，只喜欢吃。于是萱萱到处搜罗好吃的店，美滋滋地想着有一天和陶宇手牵手吃遍整个北京城。

林小艾培训归来已经很累，还要继续想策划。她最不能忍受的就是自己觉得不错的劳动成果被批判得一无是处，一颗充满期待的心胀得跟气球一样，被人一针戳破，撒了气，瘪了。

柳絮坐在客厅看青春剧，一个小女孩表白被拒绝，大片的梅花纷纷落下，哀伤的音乐响起，小艾看到柳絮用手拭了一下眼泪。柳絮居然看起了偶像剧，而且还感动得稀里糊涂，绝对的反常。

柳絮真的失恋了，而且是没有开始恋就失恋了，从什么时候起她也对感情认真了？小艾看着一脸受伤的柳絮，和坐在电脑前兴高采烈地等待别人回复的萱萱，一阵难过。女人的喜怒哀乐都拴在男人身上，男人是什么动物，居然有阴晴雨雪的功能。

男人像毒品，沾染不得。

不喜欢也不能这么直接地说出来，他不知道这是一种伤害吗？真不明白他有什么好骄傲的。林小艾觉得还是单身保险，剩就剩吧，起码不会把自己的喜怒哀乐和别人的阴晴联系在一块。

林小艾一定要做出一鸣惊人的举动，这么大型的活动她还是第一次操刀策划，内心澎湃沸腾，像打了兴奋剂。她已经等不及一年一年地熬出来，于是搜集资料，自己调查做策划案。

终于，她的策划案做得差不多了，她幻想着陈一凡看到策划案后在众人面前表扬她，说："你们都跟小艾比比，这么好的策划不是你们这群酒囊饭袋能想出来的，除了吃饭就是偷懒，脑子里都是散沙。"

正在美滋滋幻想的时候，手机里说"来电话了，来电话了"，她一看是陈一凡，不知道这厮是来慰问的，还是为打击员工积极性的行为道歉。

"我们的时装秀提前了，就在下周六，这几天都要加班。"不等林小艾说话电话就断了。

为了配合静怡的档期，以及赶在早一拨寒潮到来前，公司决定将时装秀提前半个月，届时将会邀请业内著名人士小Q和几木亲临现场指导。这两位都是国际服装设计师，对潮流的把握和引导具有重要的作用。陈一凡第二天一早就开会说明此事，要大家将手中的工作放一放，集中精力完成这个case。据说如果一切顺利，年底销售情况良好，市场反应热烈，陈一凡可能角逐总裁了。

琳娜、哈利、东子都在公司，有些迁怒那些明星大牌，害得他们牺牲休息时间加班。陈一凡要琳娜协助小艾把她的点子做出一个方案。

林小艾拿着做好的策划案递给陈一凡，他看了不禁拍手叫好。

在人流量较大的步行街举行一场特别的走秀，不用搭建T型台，直接铺上红色的地毯做表演场地。而模特在EV店前的街道走秀，将会吸引众多逛街的女人，加上两位设计师助阵，凡在店内购置衣物均有礼物赠送，消费上万元者将由小Q和几木亲自指导造型打造。Show场上还会有静怡的参加，走秀加演唱，将会在热闹的现场掀起一阵购物狂潮。林小艾称为“百变T型台”，主题就是这次冬季服饰的风格“延续爱，贴近心的温暖”。

而之前琳娜操刀的策划是找一家高档的酒店，宴请著名的设计师和业内有名企业助阵。

相比之下林小艾更突出了策划与销售的结合，或许会带来直接的利益，可以一试，即使不算很成功，其功效也不会低于一般的走秀。

“琳娜，你配合林小艾把方案完善一下，点子不错，但是方案太简单。”陈一凡交代了任务，便去和高总谈静怡代言的各种事宜。

“什么人，就会在背后捅刀子。”琳娜不高兴，半路杀出个程咬金。

小艾模模糊糊地听到这么一句，又不真切，摇摇头，继续工作，没有闲暇生气。

电话响了，林小艾一看是拉斯的内部电话，心惊胆战接了起来，被叫到拉斯办公室谈话。林小艾有些害怕，天不怕地不怕就怕砸人饭碗的，不知道这次是触犯了他老人家哪根神经。

“小艾，一凡说这次的方案是你做的，very good!”

听到这里林小艾一颗扑通扑通乱跳的心暂时稳住了，恢复了正常心跳频率。

“有些不开心已经过去了，我希望你能做好，这也是展示你能力的时候。”拉斯说。

林小艾觉得自己在接受一件艰难的间谍任务，很悲壮地接受了，然后做出坚定的保证，“不成功便成仁”，雄赳赳地走出去。

行政部配合林小艾完成这次任务，她熟悉行政部的人和工作，表面和谐，私下却相互排挤对付，她凡事只能小心再小心。

对会场的布置以及所需人力、物品，林小艾事先做了精确的安排，以免出现纰漏。

林小艾忙得不可开交，一会儿去行政部交代所需物品采购计划，和届时发放规定，一会儿跑到销售部询问服装销售情况，一会儿到市场部，一杯茶放凉了还没时间喝上一口，这时陈一凡打电话过来要她确认到场的公司名单。林小艾头大了，这么多任务，实在分不出三头六臂。

“琳娜，麻烦帮我联系一下参展公司，再确定一下到场情况。”

“小艾，这个我不是很熟悉，况且我也在忙啊。”琳娜并不理会，看着这个快飞上枝头做凤凰的女人就想掐掉树枝，让她掉下来狠狠摔一跤。琳娜来市场部三年了都没有一次主持大型会场的机会，这个小丫头才来多久，居然就可以接手负责大型会场的走秀活动。琳娜愤愤不平，几年的摸爬滚打居然败给了一个丫头片子。

林小艾情知只有靠自己了，刚拿起名单打起来，那边行政部的人就一直催着她过去。

“等一下，几分钟就好了。”

“快点啊，时间多宝贵啊，我们在为你扼杀自己的生命，你还不抓紧。”

行政部的人难伺候，当年她也极不情愿市场部一有活动他们就要24小时待命，围着市场部的人团团转。她现在才明白，工作好做的话，谁愿意用自己的热脸贴一群冷屁股，还得装作乐此不疲的样子？

“林总，你们来不了？这个我们之前就沟通过的，而且海报已经发出去了，这不是……”

那边一直声称内部问题，不能按时出席时装会，连个抱歉都没有，口气比拉斯还硬，还有点不耐烦。林小艾着急了，单位都是定好的，一旦有变动，现场的布置，标志牌等物品都要改动，以现在的人手和时间根本忙不过来。

“林总，拜托您再挤一下时间，改动已经来不及，或者可以让您下面的人代替出席。”

“我想我还不需要一个市场部的助理教我怎么做，有事让陈总和我联系。”

“林总，林总……”小艾还没说完，电话就挂断了，她看到其他人在侧目看好戏，心想：看在同事的分上，饶了你们，每天为了几千块钱被人呼来喝去蛮可怜。

地位的不对等，决定了话语权。

林小艾觉得林总一定是个暴发户，说话这么冲，一看就没有内涵，包装再好也是屎壳郎。

告诉陈一凡，艾克公司的林总来不了，需要您联系？这不是砸自己饭碗吗？她几乎能想到陈一凡用蔑视的口吻说：“没能力就回家奶孩子，别浪费资源，外面排队的人多着呢。”

方法一，说服林总，不太可能。

方法二，找新单位，工程量大。

方案三，撤了这个单位。

林小艾思来想去觉得最后一个最不靠谱，活动还需要各公司领导的协助，就连座位的位置摆放都是严格按照风水学和星相学排的。拉斯很讲究这个，移动的话，如果销售不好，肯定迁怒于她。

她咬咬牙，决定啃掉这个硬骨头，难不成林总还长了三头六臂？

各项工作紧张地进行着，看热闹的琳娜，游手好闲的行政部，一天见不到人的陈一凡，团团转的林小艾。

“露西，有艾克公司林总的资料吗？给我看看。”

“好像没有吧。”

林小艾直接从桌上抽出一个文件夹，翻到艾克公司那一页，这个文件夹是她做的，没有人比她更清楚。

林文强，江苏盱眙人。林小艾有了主意，从市面上买了几只龙虾，找了个标着“盱眙龙虾”的壳子套上，送到林总的办公室。

第二日林总打电话感谢小艾的龙虾，林小艾没有哀求林文强参加活动，而是说：“有一年我去苏州，同学带我吃阳澄湖大闸蟹，但是我说自己爱吃虾，同学就说盱眙的龙虾最出名，下次去盱眙请我吃龙虾。因为他一直没有履行诺言，所以我对盱眙的龙虾一直惦记着。这次刚好朋友送了点给我，想着您也是盱眙人，美食同享。”

林小艾绕了很大的圈子，绕不晕你，也得绕懵了。果然林总越听越觉得惭愧，说：“周末的走秀我们一定参加，林小姐放心好了，我也不能白吃你的龙虾啊。”

“太好了，谢谢，谢谢。有艾克参加，这次走秀一定锦上添花，感谢林总。”

林小艾为自己扳回了面子。陈一凡还没回来的时候就听琳娜报告，艾克公司不能参加时装走秀会，正着急用什么办法对付这个老油条，结果林小艾没费什么劲就解决了，这绝对对得起一流大学的一流智商。

“琳娜，你负责会场的模特吧。哈利，帮忙把物品摆放的数量以及备用量确认下。东子，会场布置就交给你了……”

林小艾把任务分配给大家，众人却不满起来，凭什么在我们头上拉屎，一个黄毛丫头，就会拍马屁，还没当官呢，就摆起官谱了，真捞个一官半职还了得？

当小艾从他们身边走过的时候，那些反对的声音让她如针扎一样疼，她默不做声地走过去，打电话联系模特，确认物品数量。

“一切按林小艾的安排去做。哪个环节出了问题，我直接找负责人。”不知什么时候陈一凡回来了，好像她的保护神，以领导的姿态，适时地出现在狂乱的办公室内斗中，护住了劳心劳力的小艾。

时装走秀会即将开始，头天晚上陈一凡再次叮嘱大家把自己手中的任务检查一下，确保没有问题。而林小艾不但检查了自己负责的范围，还统一检查了一下，确定没有问题，关灯，下班。

第六章　走秀发生意外

陈一凡的车就停在公司门口的路上，他看到林小艾一出来，整个七层的办公室熄了最后一点光亮。

林小艾摇晃着手提包，戴着耳机哼着歌，伸了个懒腰，定了定神，想着不知道能不能赶上最后一班车，准备跑步去站台等待。

陈一凡把车喇叭按得嘟嘟地响。林小艾加足马力狂跑起来，好像后面扑来一只饿狼，模样极其怪异，两条腿像兔子一样摇摆着。

她似乎听到了有人在叫自己的名字，但是眼看 11 路车马上就要开走了，也不顾是不是有人叫她，加速往前跑，手提包被甩得东摇西晃。眼睁睁看着就差一步了，司机发动了车子，林小艾气喘吁吁地停下来，弯着腰。

陈一凡追了上来，喇叭按得更响，刺激着音乐保护下的耳朵。

林小艾这才看到陈一凡，冲他一笑，摆摆手，自己走自己的路，让他开他的车吧。

小艾故意要挑战他的耐性吗？陈一凡下了车，扯住她就往车里塞，像塞一个不会说话不会走路的洋娃娃。

“干吗？我没时间吃吃喝喝，没时间加班，没时间伺候大少爷你。”

看着她着急的样子，陈一凡只是说“我送你”。

气氛立刻凝固了，林小艾看看时间，不能跟自己过不去啊，于是说：“给你一次做雷锋的机会。”

车里正在播放屠洪刚和王菲的《爱人》。

为了打破尴尬的气氛，小艾说：“这唱歌的女的是谁呀？声音不错。”

“王菲你都听不出来？作为‘80后’，你是不是out了？”

“‘80后’都听陈奕迅和王菲的《因为爱情》，你这首是70年代的大叔听的吧。”

王菲和屠洪刚的声音一刚一柔，这首凄美的歌，让她想起了聂伟，她曾经那么爱他，最后还是分手告终，聂伟留给她的只有“离异”这个身份。

“我选择了你，我从不后悔”，可是小艾有些后悔了，有些刻骨铭心还是不要的好，不觉鼻子有点酸。

陈一凡看小艾安静地坐着眼睛里含着泪气的样子，恍惚中觉得坐在身边的是她，记忆里始终挥之不去的女人，两人眉骨间有一丝若隐若现的相似。他不自觉地握住了她有些冰冷的手，温度慢慢地上升，可是如此的不真实。小艾用力将手抽了回去，陈一凡没坚持，很简单地分开了两种温度。

小艾努力说服自己，她对他没有好感，他对她也是一样。他们就像蝴蝶和飞蛾，不是一类。

气氛再次陷入僵局。

“那个，柳絮挺喜欢你的，她是个需要保护的人，很脆弱，对你是认真的，你考虑一下。”这是小艾下车前最后一句话，她不想在闺密看上的肉咬上一口。看柳絮近几日的表现，确实受伤了。

这夜，小艾睡得不踏实，梦到她做了第三者，而女主人在她回来之后，端了炖好的骨头汤，说她最近忙需要补充营养。

闹铃聒噪的声音把她从梦中拉醒，林小艾第一个念头就是时装走秀，生怕迟到了，以台风席卷的速度穿上衣服洗漱后赶着去现场。

看到一切都正常，她放心多了，这是她手上第一个case，绝对不要飞来横祸。

在临近路演一个小时，模特在后台排练的时候，不知何故，模特们全肚子疼了起来，工作人员怀疑是食物中毒。早晨统一早餐，但是其他人并无异样。

“可以坚持吗？”

“不行了，都这样了我们必须去医院，出了事你负责啊？”一个模特疼得脑门全是汗珠。

任林小艾如何劝说，这些千娇百媚的模特仍拒绝。此时陈一凡还未到，没有商量的人。

忽然一个模特昏倒了，陈一凡的电话总是占线，着急的林小艾只能救人第一。

“赶快送医院。”

“小艾，这样不好吧，陈总知道了肯定会发飙，还是报告领导吧。”哈利皱着眉头，面对这么大的事，担忧地说。

“小艾最擅长危机处理了，也许能化险为夷呢。”琳娜把哈利拉到一边，小声说，“她愿意揽事就给她表现的机会，不然出了事你负责吗？”

模特们走了之后，琳娜打电话给陈一凡说：“这边出事了，林小艾一意孤行，不听劝告。”

陈一凡直奔林小艾面前，满腔怒火，“发生这么大的事，为什么不事先告诉我？上医院是你的主意吧？现在距离走秀只有半个小时，我们从哪找来十多个一线模特？公司里备用的模特也都各有演出。林小艾，我拜托你做事思考一下，过过脑子。You，understand？”陈一凡发火了，一时间所有的人都凝固了一样，谁也不敢大声喘气，生怕触动上司的神经。

“陈总，她们坚持不了，你没看到那种情况，说不定会出人命，我们不能因为一个演出就牺牲十多个还在花季里成长的姑娘吧？”林小艾有点不服气，告诉你，她们的病就能好吗？

“这个锅谁来背，这次时装秀多重要，你知道吗？”

“公司要罚就罚我好了。”她一副大义凛然的模样。

陈一凡本是不在公众场合抽烟的，如今心情有些乱，点起一支烟，烟雾缭绕地一圈又一圈盘旋，像烦恼挥之不去。

“陈总，要不我再去联系模特，我们把活动稍微延迟一点?”林小艾小心翼翼地提着自己的建议，生怕撞在枪口呜呼哀哉了。

“你要有点时间观念，不要觉得一切都无所谓，没有人原谅你的失误，在策划界是不允许有失误的。把他们叫过来开会。”陈一凡掐了手中的烟。

琳娜、哈利、东子、小艾到齐的时候，陈一凡在电脑上打字，几个人沉默着，大气不敢出。一刻钟后陈一凡抬起头，开始布置任务。

“东子，最近的广告公司就在拐角处，照这个制作海报，简单就行，速度要快，十分钟拿过来。”

“哈利，接应东子，海报一到，将这条街上所有关于模特的海报覆盖上。”

“琳娜去看看模特怎么样了，尽量早点赶回来。”

“我呢?”林小艾小心翼翼地问。

“你把自己朋友都叫来，越多越好。”

媒体都在休息室里等着看一场好戏，已经有些媒体听到小道消息，凑过来问陈一凡情况了。

东子拿来了海报，林小艾看了一眼，上面写着：

沿着红地毯走进的不是厨房，而是女人的梦想，EV服饰，抓住冬季的炉火，循着女人的梦，温暖每一位女士。

凡购买EV服饰的顾客，均可在百变T型台上走着猫步，在灯光和闪光灯下感受星光闪耀。还可以与内地红星静怡同台合影，机会不多，还等什么?

这一刻不需要心动，行动就在北京王府井大街EV专卖店前，时间，就是现在，没错2010年11月30日10:00。

Come on!

海报是提着购物袋的漫画女人，打扮精致地逛街。

媒体站在红地毯的各个方位拍照。

“不能让我一个人站在街口走来走去吧，怎么说也得找个搭档。”静怡很不满意，本来高高在上，现在却要沦为比三线模特还惨的走秀，一个人穿着单薄地走来走去，T台还是一条红地毯。

“我跟你搭。”陈一凡话一出口，众人露出惊讶的表情，堂堂EV的市场部总监，当街走秀?

陈一凡牵着静怡的手在红地毯上走，画面极其温馨，切合这次服饰的主题“冬温”，冬天里最温馨的画面。

“还记得我们第一次见面时的情景吗?”静怡的嘴唇没有动，却有细小的声音传出来，只允许陈一凡听得见。

“谢谢你今天帮忙。”陈一凡答非所问。

“那天，你穿着和今天一样颜色的衣服，站在学校晚会的舞台上。我像今天一样搭着你的胳膊……”静怡细小的声音传进陈一凡的耳朵里，勾起深埋的记忆。

校园的夜晚静谧得听得到星星聊天的声音，屏住呼吸只为看校花静怡走秀。镜头慢慢地往前走，走到全场只有她翩翩出场的美丽。他就是凭着内心的冲动，从台下跳上台和她来了一段优美的舞蹈。观众的惊叫声，伙伴的口哨声，灯光闪来闪去闪出五彩斑斓的光，那夜只有他和她。

林小艾看着静怡挽着陈一凡的胳膊走在红地毯上，两个人的眼神总像有种深层次的交流，也许演戏就是这样吧，但是不知道为什么她总有一丝不快。

柳絮假装购物，穿着 EV 的服饰走在红地毯上，摆着她 S 型的曲线，搭着静怡合影，吸引了不少女人羡慕的眼光。

那些热衷追捧明星的女孩子，还有热衷出名的漂亮女人，毫不吝惜囊中的人民币，EV 服饰销售节节攀升。而平民化的模特在感受星光之路的同时，也带来了另一场不寻常的时装走秀。

媒体的热情和灯光一样闪耀。

在活动结束前的半个小时，模特们赶了回来，作为最后的压轴掀起另一次高潮。

一切很顺利，看着女人们疯狂地购物与不可抑制的展示欲，林小艾一颗忐忑着快要蹦出来的心也安定了，内心对陈一凡更多了一分感激之情。

连日来没命地加班工作，严重缺乏的睡眠袭击着她。小艾趴在存放货物的仓库里睡着了。

疲劳是一种游戏，有时候你不得不去玩，其实不是上瘾，而是戒不掉，因为它总和饭碗有关。

林小艾的疲劳除了和饭碗有关，还和自己有关，也是忘记一些东西以及得到一些东西最笨却最有效的捷径。

走秀结束了，静怡接受了媒体的采访。陈一凡安排工作的时候发现林小艾消失了。

四散的人群，没有人注意到林小艾的出现与消失，除了天上掉钱，恐怕没人注意周围还有谁，还有些什么。

陈一凡接了一个电话，外面的热闹还未散尽，他便躲进仓库接听，结果发现林小艾趴在一堆衣服上睡着了，正微微打着细小的鼾，双目紧闭，睫毛弯弯。陈一凡竟然想如果她睡在自己怀里，半夜醒来看着这样沉静的面容应该是一种幸福。

他把外套盖在小艾身上，轻轻的一个动作。

“怎么了？出事了吗？”

小艾警觉地抬起头来，看到身边只有陈一凡和一件刚刚吵醒她的男人的衣服，陈一凡看着她笑。

“活动呢？进行得怎么样？是不是出问题了？我不是故意偷懒的，实在是……”

“小艾，”陈一凡猛地把她拉进怀里，“我想我爱上你了，慢慢地，我没办法抗拒这种感觉，答应我，跟我在一起。”

林小艾被他这突如其来的举动吓到了，她不知道该说什么，甚至忘了该推开他还是迎合接受。

陈一凡又拉近了，紧紧把她搂在怀里。这一紧，林小艾回过神来，从陈一凡的怀抱里挣脱出来，嘴角浮现一个不卑不亢的微笑说：“陈总，我一直把你当正人君子的，不要……不要自甘堕落。”说这话的时候小艾不敢看他，声音也比平时低了几度，本想像平常那样玩笑一下，说出来却没有一丝幽默感。她以为他一定是第二个Jack，因为他和她简直不可能，难不成他对她一见钟情，还是她身上有魔力吸引了他？

平日里自信是七仙女，但一到关键时刻就下凡变村姑了，林小艾毫无仙法和信心。

“我是认真的，就从我们在机场你撞了我的车，还死气白赖要我赔偿开始。那天星座里说我会撞出桃花运，我不信，可是真的很神奇，你就这样慢慢吸引了我。”陈一凡说话的时候眼睛里的真诚，让小艾无法不相信。她的心跳就要以每分钟120次的频率跳动，几乎要把她震晕在眼前这个男人的怀抱里。

“别偷懒。”一声呵斥惊醒了她。

原来是一场梦，幻想而已。看着陈一凡两手插在口袋里，骄傲地走过来，林小艾竟然羞红了脸。

林小艾调皮地吐了下舌头，刚才睡觉的糗样肯定被他看到了，梦里的情景又让她难为情。她不敢直视陈一凡，脸红到脖子根，似乎是一朵玫瑰忽然绽放了，整个花瓣散落在脸颊，散落在脖颈，散落了一地。

“哎哟，我腿麻了。”林小艾要站起来，由于在仓库睡了太久，腿一直保持一个姿势，无法起来，腿抽筋了。

“别动。”陈一凡蹲下去，抬着她的腿来回伸展，“活动活动就好了。”

梦和现实混乱了，直觉眼前强烈的灯光让她眩晕了。他的手温搁在皮肤上流进血液里。

“是不是好多了？以后别这么睡了。”他的声音异常好听起来，林小艾还陷在幻觉里，白光眩晕的世界。

她的皮肤白得像百合的花瓣，柔嫩而带着露水。陈一凡看着她的脸，瞳孔里深渊一样的颜色，好像要把他吸引去，忍不住想吻住那眸子。

靠近，靠近，再靠近……

他逼近她的脸。她以为又是梦幻，闭起双眼。慢慢地，他和她的脸贴近，她能够感觉到他呼出的热气，吹在她脸上，痒痒的。

越来越贴近的呼吸惊吓了沉浸在梦幻中的林小艾，一个激灵把仓库里堆放整齐的衣物推翻了。她惊吓得目瞪口呆，又一次糟糕的形象落入他的眼里。

“说你二吧，你还总很能二到家。”

“我……”林小艾不服气，却又找不到理由反驳，这么一大堆衣服被自己弄乱了，还有什么借口？

“还不赶紧收拾，想什么呢？”陈一凡把手伸到小艾背后拿了一个纸箱子。

林小艾的脸更烫了，自作多情的羞愧，恨不得把自己装到箱子里盖起来。两个人收拾起杂乱的仓库来。

“小心！”由于刚才的自作多情，林小艾的心思完全不在收拾衣物上，不小心撞到另一侧堆得很高的货物上，货物摇摇欲坠的险些要倒下。她却完全没有意识到自己的危险，陈一凡的“小心”也让她莫名其妙。

来不及思考，陈一凡把她拉了出来。她重心不稳，一个踉跄跌进他怀里，身后是货物重重砸在地上的声音。她睁大眼睛惊恐地看着他，此时只有呼吸的声音，天旋地转，瞬间静止。

他们彼此对望着，回忆像倒流的时空，瞬间迅速地播放，机场车祸、手拿菊花出丑、办公室相遇、酒吧……也许这就是命运，把彼此送到对方的身边，就算是冤家也是缘分。

突然电话响了，小艾从另一个时空回过神来。柳絮说："下班了就到家附近那家麻辣烫来，等你呢。别太拼命了，公司又不加你工资。"

"我一会儿就过去。"

挂了电话，她还在陈一凡怀里，她这才注意到，急忙逃出来。身上似乎还残留着他的味道，小艾尴尬地看着陈一凡，脸颊彻底红透了。

"我，有事，先走了。"

不久前柳絮才向陈一凡表白，自己却跌进了陈一凡怀里胡思乱想，林小艾不知道自己怎么面对闺密。爱与不爱，不是自己说了算。

"快来，不等你我们早吃了。"

柳絮这样朴实平常的热情，今天在她看来却与众不同，"等等就能生出两碗了。"

"这个给你吃，我要吃这个。"柳絮把自己碗里的贡丸放在小艾碗里，从小艾碗里面挑出金针菇。

"好辣，明天拉臭臭有得受了。"林小艾恢复了平日的彪悍。

"小艾，我这还吃着呢。"萱萱抗议了。

三个人一边吃一边说笑，一起回家，争着谁先洗澡，争抢电视遥控器，争着谁坐中间的大沙发，林小艾害怕这种平衡会一下子破坏了，再也恢复不了。

一个人可以没心没肺地睡觉，却不能没心没肺地做事。

缺乏的睡眠在这个夜晚可以好好地补充一下了，柳絮还拿出自己特制的面膜，珍珠粉里加蛋清，给小艾美容。

“灭绝，你太好了。”

“死丫头，今天吃什么了，脑子抽风啊。”

“你活该单身到今天，给你两句好话，就像割了你的肉。胸垫得再高，也摆脱不了剩女的命。”

“谁说我剩了？姐姐我还要接着甩第三十九号男人，我被甩，谁相信？萱萱你信吗？她都不相信。你说你一离异女青年，就别和我们这些未婚女人争市场了，年轻的对手已经够多了，顺利把自己嫁出去得打败多少 lady。”

“你们俩掐吧，什么时候互相残杀得重伤，我就坐收渔翁之利。”萱萱得意地笑起来，她终于在三人之间说了句比较经典的话。

“有进步啊，在我们两个美丽与智慧共存，知性与性感并重，幽默与优雅兼备的新时代女性的熏陶下，你这个只有胸器没有脑器的女人也开窍了，终于能在激烈的争斗中杀出一条血路来，值得赞赏。以后再泡帅哥，你可以独自下山闯荡了。”林小艾觉得最近的幽默感下降了，几乎降到萱萱的档次，这才是自甘堕落。工作固然重要，金钱固然要拼命赚，但是生活缺了幽默感，就好像菜里没有盐，整个难以下咽。

三个女人一台戏，这台戏斗斗嘴就充满了乐趣。

冬季时装品牌策划告一段落，林小艾给家里打了个电话。退休的父亲又义无反顾地担当起顶梁柱，母亲从伤痛中缓过神来，嫂子慢慢地厌倦了将青春埋葬在伺候一个后半生可能都站不起来的人身上，侄子还是天真地以为爸爸生了一场病。

“爸，现在不是安装假肢就可以像正常人一样走路吗？钱不是问题，我们可以赚。我还年轻，有的是时间，真的，不要放弃，我不会让哥哥一直坐在轮椅上的。”林小艾说每句话都好像有根针扎在喉咙，她从来没想过，有一天自己必须强大起来支撑这个家。都说嫁出去的女儿泼出去的水，女儿都是赔钱货，可是她必须用微薄的力量撑起倾塌的家。

“你哥自从截肢以后很少说话，自暴自弃，我和你妈劝了也不管用。我真怕，有一天我们会白发人送黑发人。”父亲的话更深深地刺痛着林小艾脆弱的心脏，她必须也没有选择地要坚强。

“把电话给哥，我跟他说。”

“你哥现在不能动了，我们娘俩现在自己都顾不了，还得照顾他，他还自暴自弃。没腿的多了，桑兰不也是坐在轮椅上的，人家怎么都能活下来，还笑得那么甜？看你哥，想拖死我们母子啊?!”嫂子的声音在开着扬声器的喇叭里格外刺耳，这些声音飘进了小艾的耳朵。

“哥，”一个字叫出来小艾已经忍不住悲痛，强吐了口气，“我知道你很难接受这个事实，但比你更难接受的是爸，是妈，是嫂子，还有浩浩，他们比你更爱你自己。他们尚可以忍受现在的状况，可是不能忍受失去儿子、丈夫和爸爸的痛苦。你一直是家里的顶梁柱，没有你，我们都没有坚持下去的勇气。爸妈抚养我们二三十年，你可不能这么不振作，即使坐在轮椅上也要坚强地活下去，只有活下去才有希望，你才能看到浩浩长大。现在科技这么发达，我不相信别人可以站起来，你不可以……”

“你别说了，我现在就是个累赘，我在一天，你们都不会有好日子过。这就是个无底洞，你们努力一辈子也不可能给我一双腿。我不想看到你们这么操心这么难过，我就应该在车祸中被撞死，就不会有这么多麻烦了。我就是个麻烦，麻烦！”林大刚咆哮起来，多日没有这么完整地说过一句话。

“哥，我们都不希望你有事，你还有爸妈，还有老婆孩子，你怎么舍得？只要活着，一切都不晚。我们应该往好的方向想，等你换上假肢，慢慢康复，能走路了，我们再做点小生意，不是也很好吗？”

林小艾也忍不住哭了，电话里外都是难过、痛苦。生命有时候很脆弱，脆弱得来不及想就失去了。

人生总是一波未平，一波又起，谁也预料不到下一个浪头打在哪里。

北京的风带着碎屑的沙子席卷而来，陈一凡刚从拉斯办公室出来，站在窗口呆立，就被一阵风袭击了，脸瞬间抹了一层粉。

这次策划因祸得福，陈一凡本想趁此机会申请为员工加薪，拉斯却说只能加一个。琳娜在公司多年了，东子勤勤恳恳。可是林小艾近期工作很努力，又是最需要钱，作为一个管理人员，于公于私都应该帮她争取。

拉斯终被陈一凡说动了，给林小艾加薪百分之十，但是要林小艾自己申请，并要直接主管陈一凡写员工评价及加薪看法，还要考察。

陈一凡知道拉斯工作上极其认真，哪怕一个小决定也要像美国总部视察一样事事谨慎，步步小心。

拉斯从公司电梯里的摄像头里观察到林小艾总是上班最早，下班最晚，而且每次都抱着一堆资料，有时候电梯里也翻开资料做思考状，突然来了灵感，就拿笔涂画，然后就忘记了该按哪一层，任电梯上上下下。从摄像头里观察是他了解员工的方法之一，这次时装 show 也有林小艾的功劳，虽然最后有点小瑕疵。

卖力加能力是拉斯用人的基本条件，而程序还是要走的。

钱，钱，怎样才能更快赚到更多的钱？林小艾在茶水间走神。卖身？不行。卖艺？身无一技之长。刷盘子？一年也挣不了多少。家教，好像是个不错的方法，上学期间就是这样赚生活费的。她好像找到了出路，似乎看到了哗啦啦的人民币像仙女散花般撒在她眼前。

“想什么这么出神？”

再见到陈一凡，小艾有些不自在，那个梦代表什么？自作多情吗？她不知道。她自嘲地说：“除了钱，还有什么能让伟大的我魂不守舍？”

陈一凡并没有任何异样，以一个领导的口吻说：“不用想了，回去写个加薪申请，我跟拉斯提过，给你增加百分之十的薪水。”

“真的？”她把情绪转移到加薪上，突然而来的百分之十，让她有点不敢相信。她进 EV 也两年多了，除了按年限增加百分之三，基本没有加薪的机会，除非升职。几百块钱虽不是很多，但这样的意外还是给她带来了惊喜。

加薪审查是秘密进行的，但是办公室没有秘密，再隐秘的事都会像风一样钻出来，供人茶余饭后猜来论去。

最近琳娜和哈利走得很近，他们总在林小艾身边嘀咕，凭什么到市场部两个月就加薪，我们在这三年了，没有功劳也有苦劳，却连个毛毛雨都看不到。言语里冒出的全是嫉妒的火焰和不服的愤怒。

“东子，琳娜和哈利最近怎么老是说悄悄话，而且眼睛总是瞟着我，是我多心吗？”

“小艾，他们听说你加薪了，很不服气。说实话，你加薪实在太快了，虽然是你应得的，但是对干了三年都没涨工资的我们来说，很突然，还得慢慢消化。”

林小艾不明白了，我加薪，你们接受不了，难不成我倒霉了，你们高兴看笑话？不只同行是冤家，同事也是冤家。别说你升职了，你加薪了，你得到奖励了是好事，这是刺激，比被老板骂还要恐怖的刺激。

柳絮告诉她，“让嫉妒的火慢慢把他们烧死吧，没必要为了讨好他们，清高地说，我不需要加薪。这不是伟大，是傻。办公室男女最善于接受飞来横祸，抗压力不是一般的强，他们会慢慢习惯。”

父亲也说：“小艾，木秀于林，风必摧之。你做人做事要低调，我们不争不抢，但是属于自己的劳动成果一定要捍卫，没做错，就没必要怕。”

林小艾发现父亲真的老了，以前总教自己不争不抢就没有机会，上帝不会把馅饼看准了砸你脑袋上，要是真砸中你，估计也是陷阱。现在教自己凡事低调，不争不抢。时间真的很残忍，把一个血气方刚的年轻人磨成了凡事三思的老年人。

林小艾像平常一样上班下班，她要对得起这增加的百分之十的工资，而且要得到第二个、第三个百分之十，除了努力，没有别的办法。

又是一个加班的夜晚，熄灭办公室最后一盏灯，她走出去，霓虹闪烁的北京之夜，弥漫着圣诞节的气氛，商家下手都很早，提前一个月就准备过节了，到处都是圣诞老人的头像和挂满礼物的圣诞树。

电话响的时候林小艾正想着去年的圣诞夜，一个被抛弃的女人，一个从婚房逃到出租屋的女人，一个热闹的却不属于她的圣诞夜。

“小艾，我在你公司下面，一起喝杯咖啡吧。”

萱萱很少这么晚还出来，乖乖女的她几乎每周都要回家，大包小包地打包回去换来的全是崭新的东西，还有一包包的零食。她被称为“长不大的孩子”，但还总是说自己已经长大了，现在强制和父母分居。

分居？小艾总是嘲笑她，每天晚上睡觉前都要妈妈讲故事，像小孩一样。

好像这样的夜晚特别需要她这样从小强悍的朋友保护城市里娇生惯养的小姐，她出现在萱萱面前的时候，看到了另一个人。

“萱萱，让我当电灯泡啊？很晃眼的。”

“我跟陶宇说你在附近上班，他就说要一起。”

林小艾骂自己不问清楚，红线没牵成，还阻挡了前进的路程，为萱萱本来就坎坷的情路增加了一座大山。

“我还有事，你们慢慢聊。”

“找你有正事，我有个外国朋友想找个中文老师，我想问问你们有没有朋友想试试，我周围实在找不到这样的人。”

“你眼前就站着一位，英文足以和老外交流，中文系高才生，看在你的面子上给他打个八折。”小艾似乎看到了发财致富的道路。

陶宇和林小艾聊起家教的事，萱萱插不上话，一个人自顾自地搅着咖啡，心不在焉地抿着。

“我这朋友，性格特别好，而且刚到中国，什么都不懂，你忽忽悠悠她就晕了。我说娘和妈是一个意思，她问我姑娘是不是就是姑妈。”

林小艾和陶宇都笑了，只有萱萱没有笑，林小艾意识到自己喧宾夺主了，假装看了一下时间说自己还有事，麻烦陶宇一会儿把萱萱送回家。

她走的时候在萱萱耳边小声说“把握机会”，她希望萱萱不要像以前一样，拉一下手就好像会怀孕，然后慌张地给妈妈打电话，郭母杀过来非要把男人碎尸万段。

结果她到家的时候萱萱已经在家了，她和陶宇什么都没有发生，白白错过如此良宵，然后心里跟吃了蜜一样守着电话等着那边发来“晚安”的短信，枕着祝福睡觉。

共同吃过一顿饭，走过一次路就好像已经恋爱了，萱萱心里再不想其他人，也不允许陶宇在他的世界里出现第二个女人，傻得天真。

为什么有些人总可以那么潇洒，即使开个玩笑，还会留下笑声？林小艾不明白那天在仓库里和陈一凡的拥抱是否只是偶然。难道在他的世界皮肤相触跟放屁一样没有理由？他总能像往常一样开会、安排任务、叫她来训话，连一个异样的眼神都没有。

“平白无故被占便宜，下次再被姑娘碰到，先踢你个半身不遂。倒霉熊的模样，还能有喜羊羊的运气?”她确定自己再也不会瞎想，更不会心慈手软。

“小艾，把这份文件打出来以邮件的形式发送给拉斯，抄送一份给我和销售总监，半个小时内搞定。”陈一凡看也没正眼看她一眼，直接把文件扔给她。

“没问题，十五分钟就可以。”林小艾说得慷慨激昂，自信地微笑，你无情别怪我无意，你可以潇洒，我也会忘记得漂亮。

当年苦练的五笔终于派上用场了，完成后检查一遍确认没有错误将邮件发出去，还不忘在QQ上提示陈一凡，已完成并发送请查看，然后附上一个大大的笑脸。

下班直接走人在小艾这算第一次，赶去做中文家教。对没有化知识为金钱的知识分子来说，赚钱最快最轻松的办法就是家教。

她在路上仍不忘给哥哥打个电话劝慰。这些天哥哥似乎好多了，再也没听到他抱怨生死，林小艾总是尽量说些高兴的事。

林小艾家教的对象叫黛丽丝，三十岁的美国女人，丈夫是中国人，这次到中国就是准备见公婆的，但是除了“你好”、“对不起”、“谢谢”就说不好汉语了。

那是一所高档住宅，怎么也得上千万了，阳台都能当小花园了，摆着各式的盆景。林小艾从基本的对话讲起，有语境才有语言，别像国人学了六七年英语还是哑巴，看到外国人只能说“hello”、“sorry”、“thank you”。

“林老师，你来吃果盆。”黛丽丝端了一盘水果沙拉。

“黛丽丝，这是盘，盘子的盘，我们说果盘，不说果盆。盆比盘深，比如洗脸盆、洗菜盆。”林小艾拿着盘子、盆子来回比画，黛丽丝若有所思地点头。

家教很快结束了，林小艾还要回到家里准备明天要用的文件，培训的课程已经落下几次，必须抽时间补上。

班级聚会的电话催命似的一遍又一遍打过来，林小艾抽不出时间应酬这些发达了还得拿出来显摆一下的熟悉却陌生的同学。

“最近特别忙，实在没时间，下次吧，下次我一定去。”

“不行，林小艾，我可是咱班第九个打电话请你的老同学了，你不会让所有的人请你一遍吧?”

“哎哟，五线谱我都看不懂，哪有那个谱啊？废话别说了，除非我横尸北京大街，要嘛一定去。”

“这才是我印象中的林小艾，哥几个就等你了，你不来，我们上公司抓人啊。”

这帮兔崽子不把人逼到绝路是不会罢休的，究竟是为了怀旧而聚会，还是为了展示今天拥有的一切，抑或是为了看看明天谁更强？林小艾打定主意，先答应下来，到时候放鸽子。人生几十年谁没被放过鸽子，偶尔自己也得放几次才对得起自己。

北京香格里拉大饭店，除了公事她还没去过这么高级的酒店，工作和吃吃喝喝无关，偶尔出去陪个酒还是个配角，总是随时待命的角儿。

林小艾坐公交车到达的时候，看到门口大胖子和四眼围着夏雪、李玲，热情的笑脸比冬天的阳光还暖和，那几辆奥迪、宝马就像摆在汽车行里一样无比遥远。

林小艾没有过去，又回去上班了。选择在这样暖和的天气里回公司上班。

“你不是请假了吗?”

“我?没事了。”

陈一凡碰到小艾的时候有些许的担忧，小艾眼里掠过的忧伤刺激了他的心，是家里的问题还是和今天的请假有关?莫非是聂伟?陈一凡猜测着。

林小艾心不在焉地整理着文件，有着深深的挫败感。男人，没有；事业，一事无成。

别说宝马、奥迪，她就是买个奇瑞 QQ 也得考虑存款了，最多买个人力自行车不需要考虑分期付款还贷和吃饭问题。

为什么当初不坚持一下，硬扛着不离婚，到现在怎么说也是全职太太，或许还是大肚子妈妈。女人不就是找个好男人生个优良品种专心培养下一代精英吗?

这个念头闪了一下，就被她掐断了。聂伟，不是一个为了你可以丢弃一切的人，做一时的丈夫，却做不了你一辈子的男人。

“你的加薪没有得到批准。”

“为什么，有什么问题吗?”林小艾愤怒、不解加疑惑。

“有几个高层领导说你态度转变太快，一听说要加薪了，加班都不自觉了。”

林小艾明白了，这些日子又是培训又是家教，基本下班就要赶路，当然没有加什么班，何况近来并不是很忙。

“难道加薪的前提是加班?那些每年加薪却从来不加班的高层是不是应该考虑加班了?我不知道《劳动法》里加薪

和加班还有直接的关系，所谓的加薪难道就是加班费吗？事情明明做完了还要为了加薪而加班，这是效率还是浪费公司资源？”林小艾自嘲地说，她总是不明白为何有些事情对大人物来说是一句话的事，对她这样的小人物就要难上加难。

“还是有机会的，下个季度有一批优秀员工的名单，我希望你能加把劲。”

林小艾觉得他这话说得很勉强，像空头支票，一个没挑明的许诺吗？

原来，你不过是领导的你，而我不过是你下面做事的我，我们隔着地位，也隔着权力和整个世界。

“林小艾，有人找。”

“亲爱的，说好婚前财产公证，你怎么还没到？我的宝马在外面等很久了。”

林小艾差点没碰到墙，大胖子雄赳赳地过来接她，后面跟着两个西装墨镜武装良好的兄弟，俨然无间道，仔细看，原来是班级里最调皮的无情浪子和多情公子。

“哎呀，快点嘛，时间就是金钱啊，我这一会儿银行账户少几个零了。”胖子焦急地扮着绅士，等着林小艾。

“我？”

这样的排场让琳娜几个人看呆了，陈一凡也仿佛受了骗一样，情绪低了几颗星。

“这里是公司，请别妨碍别人工作。”

小艾瞄了陈一凡一眼，发现他情绪不稳，像随时会爆发。大胖子还无休止了，太太、太太地叫着，她无奈地跟着大胖子出去了。出了公司门口，几个人就笑喷了。

“我可是待嫁女青年，这样挡我的桃花运，小心下辈子走霉运。”

“呸呸，什么霉运，我们做生意很讲究风水的。”

林小艾现在就是实打实的无神论者，别说霉运，说狗屎运她也不介意，因为她已经一无所有了，输能输多少？大胖子他们就比较介意，生意做久了，慢慢就相信风水算命，谁家不摆关二爷、招财猫？

“明明是阔太太，小艾还这么拼命工作干吗?”哈利看到这场面惊都惊呆了。

“深宅大院，空闺寂寞你没听过吗？阔太太就是孤独寂寞的代言人。”琳娜总是看不惯林小艾，凭什么她什么都可以得到，有了钻石级老公还在这争抢小地盘。

“看着不像啊，小艾一直都说自己未婚。”

“我告诉你，可不要跟别人说，听说她结过婚。”琳娜小声地把这个神秘又有新闻价值的消息传给哈利。

“工作。”陈一凡掷下两个有力的字，包含着愠怒和不耐烦，还有疑惑……

聚会上，李玲一副官场上混久的模样，喝起酒来那叫一个豪爽，连行酒令划拳都利索了许多。记得毕业前这妮子还只是一杯见底，说不全酒令的小姑娘，才几年，短却不可忽略的几年，变化大得让人吃惊。

夏雪俨然贵太太，貂绒大衣价格不菲，从上到下一身限量版香奈儿，连那包也是CUCCI限量版的。贵在限量，无法雷同，这就是贵族的特别吗？林小艾不知道，最起码那些东西她是不会买的，顶多看一眼。

大胖子还是那么能说，作为典型的富二代，他活得太成功了，小企业大老板。

“小艾，听说你和聂伟离婚了，你们到底结婚了吗？当初就打了个招呼，连酒席也没摆，哥几个都等着喝酒呢。”大胖子说话了，这茬别人都不好提，他偏揽烫手山芋。

“大家都变了，我的变化就是从一级女人，变成二级了。最倒霉的是我连洞房啥样都没见过，这家伙九块钱盖个章就把我从一变二了。现在我就是一怨妇，你们这些男人别惹我，小心我发飙。”大家心知肚明的事没必要掩藏，爽快地说出来，还是那个林小艾。

“小艾，你跟我，我离婚。上学那时候就追你，你眼里就只有聂伟。他瘦得跟干柴一样，一看就知道小时候营养不良，你嫁过去也是受苦，跟着我，绝对不会让你受苦。”

大胖子大学平白无故对林小艾好了四年，在名花有主之后还是不减余情。这时候玩笑中带着认真，认真中有点调戏。

“我这只丑小鸭还不想飞上你那个枝头变凤凰。我，活的，四肢健全，不随地吐痰，环保无污染，看到国旗会敬礼，遇到美女构不成杀伤力，为了金钱不会出卖亲戚朋友，多好一姑娘，前景大大的好，多少帅哥等在我家门口排队，没有一个连至少也一个班了。”

林小艾如果没有这点幽默就被排挤出这个圈子了，她没有富爸爸，没有金龟婿，没有好机遇，只能凭着这点特长杀出一条血路，有时候幽默也是一技之长。

聚会结束的时候醉得差不多了，开车来的全都不能开车回去了，幸好林小艾从来不能喝酒，可以安全地回去。没有人顾得上送她，醉的自身难保，不醉的还在夸大话为朋友两肋插刀，真到这时候，估计跑得比谁都快，酒总是能壮胆，反正吹牛不纳税。

看看时间，已经临近傍晚了，有些同学得去机场火车站返程了，醉的那些人，估计得另改归期了。

“一望无际的原野随你去流浪，所有的日子像你一样晴朗。”

林小艾唱着这首《套马杆》，唱得无比惨烈。

小艾走进楼梯时，门外的那辆车打了方向盘，回去了。

陈一凡内心有些挣扎。

林小艾回去的时候柳絮和萱萱在谈男人，柳絮说必须要主动出击，萱萱说女人就得含蓄，跟你一样，陈一凡还不是吓跑了。

“姑奶奶我还不相信了，从明天起我扮清纯，借我一套休闲服。”柳絮一直为此事耿耿于怀，从来没有怀疑过自我魅力的她，开始不自信起来。原来觉得触手可及的婚姻现在像天方夜谭，原来看自己愿不愿意，现在看别人中不中意。

林小艾一进门就跑到厕所呕吐，尽管沾染不多，但排异反应还没得到缓解，严重呕吐。酒不是个好东西，喝的是钱，吐出来的是垃圾。

“又一个未婚先孕的可怜女人，所以有时候单身并不见得是好事，最起码孩子在法律上是黑名单，必须得男女结合才成。”

“说谁呢？闻闻这身酒气，还孩子，未婚先孕？你的脑子里该用360杀毒软件过滤了，不良信息太多，污染环境。”林小艾凑在柳絮脸边哈了一口气，把柳絮熏了老远。

“不能喝酒还死撑。”柳絮帮小艾煮了碗醋汤，解酒之外还能做饭后茶点，林小艾抱着柳絮说：“灭绝你真是太好了。”

“别误会，我怕酒气熏得我毁容。”柳絮拿着热毛巾在脸上敷，使沉睡的毛孔呼吸一下新鲜空气。

“还不是聚会，死胖子居然冒充我未婚夫，到我们公司逼我出山。今天是声名俱损，以后在单身贵族的行列是混不下去了，估计我得站到被遗弃的贵妇堆里了。可我这身行头哪像贵妇，简直是破妇，破破烂烂一妇女。”

“天哪，小艾，就那个大胖子？难看死了，如果周杰伦哪天肥成那样，我一定不会再听他的歌。”萱萱的审美一向属于苗条淑男，细胳膊细腿类型。

这个夜就在三个女人的笑谈中落幕，可是夜色下谁也不知道笑谈中的某个男人辗转难眠了。

第七章　林大刚自杀

林大刚最近的情绪好多了，小艾的心情终于放晴了。她再去家教的时候，黛丽丝正在整理屋内的摆设。

“林老师，随便坐，刚搬来，有些东西来不及整理。喝杯水我们开始。”

林小艾坐在柔软的沙发上，看着墙壁上挂着大大的结婚照，男人的脸那么熟悉那么深刻地刺激着她的神经。

怎么可能，看错了吧？

她捧着水杯的手有些许的颤抖，上帝不会没事干，专门整人吧？居然在黛丽丝的结婚照里发现了聂伟。一个前妻一个现妻，教汉语，赚钱，这些都是什么关系？林小艾不知道自己是怎么坚持下来的，只觉得恍恍惚惚的恐惧，害怕突然门开了，他进来，然后三个人尴尬地站着，或者尴尬的只有她。

“林老师，你怎么心不在焉？”黛丽丝发现她的恍惚，不认真，几次问她问题，她都要再重复一次。

“黛丽丝，对不起，我今天不舒服。”林小艾结结巴巴，不知道如何描述，找借口离开，黛丽丝满脸无从解答的疑惑。

家教，说不好听点，就是给前夫的老婆打工。如果不会污染环境，为了钱可以出卖点尊严，但是这个钱当不起这个尊严，不干。林小艾怎么算自己都亏了，亏的事她不干。

“陶宇，我不想教黛丽丝了。”

“我的好姐姐，出了什么事？你说走就走，刚才黛丽丝专门打电话给我说你状态不好，叫我慰问您老人家。”

“工作太忙，领导要求我加班，我没办法做家教了。”

“时间可以调啊。”

“什么调，她乐意我还不乐意呢。”

林小艾发了脾气，挂了电话。有些人可以一辈子不见，一旦见了就控制不住情绪，或许激动，或许残忍，或许冷静。她属于见了前夫和洋媳妇亲热会拿菜刀直接拼命的那种。

琳娜看到小艾来了，把文件一合，收拾好自己的东西，走到小艾面前说：“小艾，这个 case 对你是个锻炼，你试试做吧。”

“好，谢谢你，琳娜。”林小艾看到有工作又充满了动力，百分之十，第一个，第二个，第 N 个，然后就能实现还款存钱……

她给自己喊了加油，然后把精力集中起来对付琳娜留下的 case。忙碌是清除脑部残留余情的最好方式。

越来越接近圣诞节，离过年也近了，到处都是节日的热闹气氛，林小艾一个人穿过夜晚繁华的王府井大街。

在公司的路口，林小艾依旧看到露西从那辆车里出来，身上那款风衣是香奈儿新品，昨晚她在专卖店窗外看到，始终没进去摸一下的那款风衣。

再上班时，哈利、东子追问胖子未婚夫是怎么回事，说林小艾都贵妇了还跟贫民老百姓抢饭碗。

“我？像吗？不过是几句玩笑话。”小艾知道淡然可以让绯闻消失，越描越黑。

“我看也不像。”

“长得还不如我，要嫁进豪门也轮不到她。”

东一句西一句，交头接耳的声音在小艾走过的身后窃窃响了一片。她职业性地微笑了一下，何须理会，豪门公子的，又有什么好？

看到陈一凡过来，憔悴得不够潇洒了，显然睡得不踏实。

自从在黛丽丝家里见到聂伟的照片，林小艾对男人的仇恨又从心底浮起来。陈一凡与她擦肩过去，互相瞟了一眼，谁也没读懂彼此的眼神。

“小艾，我在你公司附近的西餐厅。”陶宇几次骚扰她，非要问清楚什么原因。

林小艾进去看到的不是一个人而是三个，在陶宇对面的是黛丽丝和聂伟。小艾转身想走，一回头又遇见了陈一凡。

“怎么没带钱吗？我请你。”

林小艾傻傻地一笑，“谢了，怕你破产。”

林小艾走到陶宇旁边的座位，聂伟的眼神里掠过一丝慌乱，但最终按兵不动。

“林老师，这是我丈夫，聂伟。”

“你好。”聂伟就这样喊着“你好”，伸出手来要握手，林小艾没有把自己的手伸过去，而是拿起桌上的杯子喝了口茶。

“林老师，我找过好多人教汉语，你教得最好，我希望我们能继续上课，我可以加钱。”

“有些事不是加钱就可以的。对不起，我还有约，你们吃。”林小艾盯着聂伟说，他不敢直视她。

“算了，黛丽丝，我们再找更好的。”聂伟想速战速决离开此地。

林小艾走过去，坐在陈一凡面前，叫了一份牛排，拿刀切起来。

“吃牛排最解恨，不但能切成一块块，还能用叉子再狠狠戳一下，特别适合白领发泄解压，怪不得白领们都喜欢吃西餐。”

“见到前夫跟别的女人吃醋了？没关系，你不是还有一个未婚夫吗？”陈一凡话里充满了醋味。

“我听着怎么这么别扭，牛排里没老陈醋啊，味道怎么这么冲？”

“别往自己脸上贴金了。兜来转去都是前夫，你的目标圈子怎么这么小？你要想办法走出去了，不然老在家里没人要。”

“不用你操心，吃你的吧，吃饭讲话会消化不良。”

回去的时候林小艾听到琳娜在说：“再强也被我攥在手心，现在我使用温柔战了，她不是喜欢工作吗？我就给她做。她不是喜欢打小报告吗？我就说给她锻炼，时间不允许可以不做，绝不勉强。”然后尖细的声音笑起来，小小阴谋得逞的那种得意的笑。

“琳娜，老员工就是老员工。”旁边的几个女孩子露出佩服的目光，但看到小艾回来都闭口不说话，琳娜还很享受地说：“我就说她傻……”

“是吗？”小艾站在琳娜背后问。

“当然。”琳娜还以为是哪个女孩子跟她谈林小艾，说完感觉声音不对，回头看到了林小艾，更要命的是小艾背后站着陈一凡。

“机会是要给自己利用的，不是浪费的，做事也是做给自己的，这是对工作起码的态度。另外我真的很感谢你给我锻炼的机会。”林小艾说完坐在自己的位置上开始工作了。陈一凡觉得小艾身上那股木讷的自以为是的性格其实是良好的原则。

最近几起策划案效果都不错，销售业绩一路攀升，小艾功不可没。

“下班后跟我一起出去。”陈一凡用直线电话直接通知林小艾。

拉斯最近对小艾的态度改观很多，当然是跟业绩有关。

一个能给公司带来效益能给领导带来业绩的员工，没有什么不可以原谅的小失误。

下班的时候陈一凡和小艾一起出去，陈一凡去开车，小艾刚出了大厦的门，就被一个男人拉到一边了。

“你跟黛丽丝怎么回事？我不想让她知道我们之间的事。”

“放心，我以后都不希望再见到你和她。”

“我没有别的意思，小艾，我，我知道对不起你，而且我对你的感情一直都没变，只是有时候我们不得不对生活低头，你如果还……”聂伟像从前一样要把小艾搂进怀里亲吻。

有一刻小艾以为自己还在两年前，和聂伟难分难舍，连脖颈里的温热气息都一样，没有变过。她想靠下去，但是周围的环境已经变了，这不是他们的两年前。林小艾用力推开聂伟。

“聂伟，我对你已经没感觉了，我们也没什么关系了，请你以后好好对你的洋太太。”

林小艾转身要走，聂伟追上来，拉住小艾的手。

“我不是那个意思，小艾，我……”

“你变了，聂伟。以前你很有责任感，很有原则的，为什么现在做事这么不理智？你应该好好地陪在黛丽丝身边，过你们的日子。”

“我以为我们再也见不到，没想到我回国后又见到你了，这不能不让我想起以前。”

陈一凡恰好开车过来，看到聂伟对小艾拉拉扯扯，小艾怎么也甩不掉被握着的手。

陈一凡下车，过去把小艾拉到自己身边，拉进车里驱车离开，车速开到最快，快得小艾有些害怕。他把小艾带到一个地方，一路拉进房间。

他扳过小艾的身体，疯狂地搂过来就亲。

亲到眼睛是咸咸的酸涩的泪，他停下来看着小艾。

“对不起。”

“你就是这样把每一个女人带到家里的吗？陈一凡，我对你真是失望透顶。”林小艾拉开门就要出去，陈一凡挡在前面说：“我就是无法容忍你跟别的男人在一起。”陈一凡也不知道自己怎么会这样，有时候内心疯狂的程度他都无法解释。也许从第一次见面就按星座里的解释将她当成自己的宝了，才不容许别人侵犯她一点点。而那个身影一点一点地淡出了他的世界。

“陈总，让开。”

女人是应该把自己卖了，还是继续升值或者贬值？林小艾不知道是应该接受陈一凡还是应该保持一个人的状态，她觉得当初发誓三个月结束单身生活的愿望要落空了，在二十六岁不会成双成对了。

轻易地说结婚，轻易地说离婚，然后轻易地说爱。真可笑，吹牛不纳税，说话不用负责，人就可以任意妄为了。每一个孤独的灵魂都是自私的，每一个成双的灵魂都是欺人的。

聂伟看着陈一凡把小艾拉走了，他本以为即使自己出轨了再婚了，小艾还是会等着他。这个对爱情没有丝毫抵抗力的女子，什么时候变得这么坚决了？黛丽丝不知道他曾经结过婚。

“我累了，你妈什么时候过来？”

聂伟最担心的就是黛丽丝与母亲的会面，那是一场国与国的交锋。老太太的爱国是历史教育的结果，黛丽丝的爱国是自我独立的意识。

如果是小艾就好了，她最会哄老太太高兴。聂伟发现这场婚姻不是小艾对自己放不下，而是他始终无法放下。也许离婚前一晚他应该得到她，这样就不会许多日子之后还对她念念不忘，不至于亏了。

当年纯洁的少男已经不在了，蠢蠢欲动的心思想把心里最后一点遗憾推到浪头上。

小艾最近更忙了，总是很晚才回家。柳絮问她，到年底了还这么拼命，公司姓林还是有你小艾的股份。小艾说拉斯在圣诞前要回美国，很多事都比较赶，会比平时忙。

柳絮买了几件中国结和刺绣，放进精致的礼品盒里，到了小艾的公司直接给前台，里面留了张纸条，一句话和一个电话号码。

没多久拉斯打电话，约柳絮晚上到家里坐坐。

柳絮特意打扮了一下，低胸装换成了公主式的蕾丝装，显得清纯动人。

“Uncle，听小艾说您要回国了，我编了些中国结，还有这个刺绣，都不是什么贵重的物品，算比较有特色吧。”

“柳絮，你真是个有心的姑娘。”

柳絮表现得温柔可人，懂事得体，既细心得让人欢喜，又体贴得让人动心，拉斯故意让陈一凡送她回去，叮嘱他一定要送她到家门口。

为了给陈一凡挑选媳妇，拉斯煞费苦心。他这个传统的美国人，在陈一凡母亲的感染下，也操心起陈一凡的婚事来。

“Uncle 真热情，我自己可以回去的。”

“我送你吧，不然回去该挨骂了。”

柳絮坐在陈一凡的车子里，感觉离红地毯近了一步，前段时间失恋的悲哀被车窗外吹来的风打散了。

“小艾认识什么钻石单身汉吗?”

“哦，好像有吧，差点结婚，但是不是很清楚，只听她提过一次。”柳絮本来不想这么讲，但是每一次他们单独相处的时候谈的都是林小艾。

情敌，不是你死就是我亡，没有永远的敌人，只有利用不上的朋友。别怪我狠，是你太仁慈。

“你们不是住一起吗？怎么会这么大的事都不清楚?”

“她离婚之后就很少说感情上的事了，我们也懒得问，揭人伤疤总是不好的。”

陈一凡“哦”了一声，若有所思。

“不知道小艾认识这么有钱的钻石单身汉，还借钱干吗，不过都是私事，她平时也很少奢侈的。”

如果是传闻，陈一凡就当笑话听了，可他亲眼看到胖钻石单身汉开着宝马接走了小艾。她有复杂的交际圈，而他有的只是落寞的背影。陈一凡驱车把柳絮送到家门口，忍不住往楼上看了一眼，可惜，十八层看不清楚哪个房间灯亮着。

“一凡，等一个人很辛苦，我愿意为你改变。如果有一天你愿意等我改变了，告诉我。”柳絮说完不等陈一凡回答，转身走进楼里。

是悲是喜，还是明天再出结果吧，不要死得太突然，也不能兴奋得太快了。

陈一凡在楼下站了一会儿，一缕灯光打在他身上，他后退一步，站在黑夜里，夜色更猛地扑过来。

小艾回来了，看到那辆熟悉的车，和站在车边那个熟悉的背影。

“找我吗？公事、私事？”

陈一凡转过身来，说：“等人，不是你。”然后拿出电话拨了一个号码说：“我等你，一会儿下来。”

小艾站着，挪不动步子，是啊，他从不缺要等的人，是自己自作多情了，这一刻她庆幸自己从未答应或许诺过他什么。

“你祸害的女人也能组成一个三宫六院了吧？不知道这次倒霉的是哪家姑娘。”

林小艾不知道怎么说的时候就开始运用自己的打击幽默了，深呼吸，然后转身。

“多谢夸奖，比不了你，至少我还未婚。你好好的富太太不当，出来工作很辛苦的。”

“富太太？辛苦？恭喜你，你的智商很正常。”

“一凡。”柳絮下来了，短短的时间又换了套衣服。

陈一凡拉着柳絮的手，把车门打开，柳絮看着林小艾，眼神疑惑地进了陈一凡的车子。陈一凡什么话也没说，驱车走了。

林小艾咬了一下嘴唇，很疼，至少比心脏上的难过来得轻松多了。容易出口的爱都是幼儿园没毕业，小学没进修，连个阿拉伯数字“2”都搞不清楚就说英文“love”了。

小区为了迎接圣诞节，树上挂满了彩灯，闪闪的刺眼。

柳絮坐在陈一凡旁边，感受着他身上散发的温度，心里暖暖的，但她知道，这温度并不持久。

陈一凡回了家，柳絮跟在后面。两人尴尬地站在房间里。陈一凡想自己为了一个毛丫头赌气，是为了什么？是自己仍旧忘不了那个人，还是那个人就这样慢慢地淡出了自己的潜意识？自己真的如星座运程的解释一样，用另一个人代替了原来的人？

“电话里说的都是真的吗？”

“什么真的假的？”

雷声大雨点小，又一次错报的天气预报。

“本来是小艾让我勾引你，我自己上钩了，而你上的却不是我这个钩，被她那个丫头的鱼饵钓走了。”

“啤酒还是饮料？”

“你带我来就是为了喝饮料吗？早知道你应该到我们家，虽然小了点，起码还有两个姐妹，热闹。尤其小艾也回来了，难得。”

“我不喜欢热闹。”

陈一凡拿了一瓶红酒，倒了一点给柳絮。

“小艾有自己喜欢的人，你没戏，不要再浪费心思了。每一个女人都忘不了自己的第一个男人。”

“我不至于这么差吧。”陈一凡轻轻地动了一下嘴角，肌肉生硬地扯动。

“我困了。”

“今天就住在这吧，明天送你上班。”

柳絮洗了澡出来，陈一凡还坐在沙发上饮酒。他看到柳絮修长的腿，白皙的皮肤和打湿散下来的海藻般的头发，血液流动加快，浴袍掩盖不住他的欲望。

柳絮坐在他身边，靠得很近，洗发水和沐浴露的香气在空气中弥散，柳絮靠着他的肩膀，手臂缠绕着他的胳膊，温柔地依偎，散发性感的诱惑。

“小时候我特别羡慕能靠着爸爸的肩膀的小姑娘，我爸爸早早离开了我。长大了，我希望有一个可以依靠的男朋友，却从来没有一个走进我的内心，直到你出现。我知道你对我没感觉，但是感情是可以培养的。”

陈一凡觉得自己掉进一个自己挖开的旋涡，慢慢晕乎乎地陷进去。他看着柳絮，眼神迷离，吻了下去。从客厅到卧室旋转着，拥抱着，激吻着。

电话响起，唱的是王菲的《传奇》，“只是在人群中多看了你一眼，再也没能忘记你容颜”。他想起小艾，车水马龙的路上，她夹在两辆车子中间咆哮的模样，张狂地说“姓名、电话、身份证号码、工作单位”，可爱得一塌糊涂。

“柳絮，我还有事，今天你就住在这吧。”

陈一凡拿了外套出去，柳絮坐在床边捶胸顿足，为什么？

林小艾刚到家就被聂伟的电话叫到医院。

聂伟把母亲接到北京，希望陪着聂母好好逛逛北京城，聂母六十多岁还从未出过远门。

但是聂伟从未告诉聂母儿媳妇是洋妞，老太太思想保守传统，接受不了，一想到自己孙子可能是黄头发蓝眼睛就难受，与黛丽丝的相处并不愉快。老太太更吃不惯西餐，每天早上的牛奶面包看着就腻。老太太每天早上煮粥，买油条，烙大饼，而黛丽丝以油腻对身体不好让聂伟少吃，更话里话外嫌弃老太太把厨房搞得乌烟瘴气。

“我就是不喜欢洋人，当年没少欺负我们中国人，我不允许自己孙子的血液里有半点洋人的血液。”老太太故意对着儿子训斥，把声调调高。

“战争是以前的事了，我们现在是和平年代。妈，我们过好自己的小日子就行了。”黛丽丝基本能听懂中国话了，就是说不上来，一知半解。聂伟怕两个女人再吵起来，到时候真不知道老妈、老婆同时掉进水里他该救谁。

“儿子，这话怎么讲的？你不知道今天的幸福怎么来的啊？要不是毛主席他老人家带着红军跟小鬼子拼命，能有你今天的舒服日子吗？”老太太对毛主席的敬慕完全是发自内心、无人能撼动的。

“我爱我的国家，你再这么说就伤害了我的感情，别怪我不原谅你，你要向我道歉。”黛丽丝在聂伟的劝说下这几日都没和老太太拌嘴，但是今天她实在听不下去了，别以为她听不懂中国话。

老太太看儿子软绵绵地像被洋媳妇捏在手里的软柿子，不敢发火，看着自己受气，“我马上回去，都别拦我。”

聂伟好劝歹劝老太太总算是消停下来了。但是黛丽丝那边却没那么好哄，晚上让他打地铺睡在地板上。看着床上娇滴滴的媳妇儿，半夜爬上床却被人一脚踢了下来。要是小艾，哄两句就会好的。他心想。

一大早老太太出去买早点，没留神，少下一个台阶，摔倒了，脚崴了，腰也扭了。

“别让我见到黄头发，我们聂家就没有这么出卖祖宗的，想让我多活两年就别折腾我了。我只认小艾。你个不孝子，自作主张离婚再婚，不把妈放眼里了。”

小艾虽没办酒席但是是经过老太太认证，七大姑八大姨审查过的聂家媳妇。她都已经改口叫妈了，老太太却最终成了别人的婆婆。

小艾在医院外一直想叫妈还是叫阿姨。她比不了那些生活了几年，过了半辈子再离婚的人。虽然老太太对她一直不错，把她当做聂家的宝疼，过年过节的都嘱咐聂伟给她添衣购物，出去玩玩，还不忘问候自己父母。

“小艾啊，可见到你了。”还没等小艾叫出口，老太太已经看到她。

“刚才看到医生，他说不是很严重，静养几日就能出院了，您还像以前一样硬朗。”

“我那个不孝子气死我了，你这么好的女孩他都不珍惜，妈还认你这个女儿，还疼你。”

小艾想起第一次去聂伟家，老太太做了一桌子菜，小艾要帮忙，她忙说：“厨房太乱，这些活我干了一辈子，闭着眼睛都能做好，你去吃水果，看看电视。”都说婆媳难相处，小艾那时觉得自己不但找了个好老公，还找了个好婆婆，老太太把她当女儿般疼爱。

冬天最冷的时候，老太太做了双棉拖鞋，里面塞了好多棉花，特别暖和，绝对爱心牌。这双鞋在办理离婚那天被林小艾放在床底下，舍不得扔，又害怕看到就想起某些事。

“其实黛丽丝人挺好，您应该慢慢接受她，毕竟以后还要长期相处。”小艾劝说道。

“我不喜欢洋人，更不想让我的孙子有洋人的血液。我们是纯正的中国人，新中国是多少革命先烈牺牲才打下的，祖先都在天上看着。我是跟新中国一起成长的，经历过太多事情，什么都能接受，就是不能接受血统的不纯正。你别劝了，我接受不了。”

“您吃什么？我去买。”

“小伟给我带了很多吃的，喏。我实在吃不惯洋餐，牛奶哪有家里的大米粥好喝，还有那面包，我宁愿吃棒子面蒸的馍，还是咱中国的饭吃着舒心。”

老太太拉着小艾的手忆往昔说今朝，对她怎么看怎么顺眼，执拗地让小艾再叫一声妈。小艾刚一个“妈”字出口，聂伟就进来了，小艾特尴尬，恨不得时光倒流，吃了那个“妈”。

“妈，我和小艾已经离婚了，人家还要嫁人呢，您这又弄一个妈。”

“怎么了，我高兴让小艾当我干闺女，不行啊？”老太太黯然神伤地把头转一遍，跟儿子生气。

“好好，只要您高兴，怎么都行。”

“跟洋女人离婚。”

“妈，您怎么老提这茬儿？黛丽丝到底是您儿子的媳妇儿，老洋女人、洋女人地叫，让人听了多不好。”

聂伟摘了一根香蕉，递给母亲，老太太说：“给小艾，她爱吃。”

“我减肥，香蕉里含糖。”小艾喜欢吃香蕉，因为不用洗，皮剥起来方便。

“减什么肥，看这段时间瘦的，妈看了都心疼。”

小艾夹在中间，推也不是，吃也不是。这对母子，到底上辈子她欠了他们多少债，要这辈子来还。

“小艾，这么晚了，你回去吧，我照顾我妈。”

小艾正好找个理由离开，老太太偏让聂伟去送，说夜里不安全，北京治安再好，也挡不住人杂。

“你说你妈这么好的人怎么把你生成了歪瓜裂枣？长得勉强，智商还残疾，好容易娶了媳妇，你还不知足，人林小艾多好一姑娘都被你踹了。”林小艾看着聂伟跟自己出来，以免误会那句“妈”，解释无意，只有打击。

“而且，人家林小艾美丽无敌，像花一样的年纪，早看不上你这棵歪脖树了。大好前途，无限康庄大道等着去开拓，才没空在你这浪费青春，摧残年华。”

“你总是这么牙尖嘴利，我妈也不知道哪根神经搭错了，非看上你了，不过这次谢谢你。”

“算了，到底认识一场，况且你妈对我不错，我作为晚辈看望她老人家是必须的。”

小艾回到家已经很晚了，萱萱被吵醒，柳絮依然没有回来。她感觉心有点刺痛，爱情来得轰轰烈烈走得悄无声息。陈一凡不是风儿，她也不是沙，只有傻瓜才相信这世纪还有爱情存在。不过是小孩子玩家家的游戏，互相欺骗的把戏。

过两天就是圣诞节了，柳絮两天没有回家，也许是和陈一凡相亲相爱去了，看着陈一凡这些天意气风发的样子，事业得意，情场也得意。也许柳絮只是回家看望妈妈了，每月都回家几次的。小艾忍不住猜测着。

柳絮再次出现在小艾面前还是以前没心没肺的样子，依旧爱做面膜，依旧在家里左摇右摆说减肥。

“小日子甜蜜啊。”

柳絮笑得都能闻到糖的味道了，“小艾，你交给我的任务基本成功一半了。”

“有困难就放弃吧，我就是当时生气随便说说。再说了，别耽误你美好的青春，一眨眼就步入中年了，趁着还在尾巴上多翘两下。”

“一不小心我就找到自己的白马王子了。”

“谁?”萱萱把视线从周杰伦的海报转移到柳絮身上，“要结束单身了，还是要凑够三十九个贱男了?”

“女人还是要结婚的，剩女是一种潮流，初级中级的稍微赶一下就好了，我才不愿意修炼成‘齐天大剩’，宁愿找个肩膀依靠，挽着他的胳膊逛街，郎情妹意。”

“萱萱，看到了吧，思春的症状。一旦你发现自己有这种苗头，千万慎重，容易感染，而且伤风。”

“到底谁呀?”萱萱问。

“就是我的领导，陈一凡是也。”林小艾还抱着一丝侥幸心理，希望柳絮能否认。

“哦。”萱萱若有所思。

“灭绝，我祝福你。”从柳絮思春的症状证实了是陈一凡，林小艾有些失落。

“谢谢你，小艾。”柳絮内疚为了达到目的牺牲了小艾，而且是在她不知情的情况下。

林小艾今天接到哥哥的电话，很惊讶，电话里他精神很好，和小艾聊起小时候的趣事。

“你小时候就是跟屁虫，我走哪儿你跟哪儿，上个厕所你就哭。”

“那时候我还不知道厕所分男女，你不让我进我就哭。”

这些笑话都在成长中风干了，再拿出来还能赚人几声笑。

“一个人在那边要学会照顾自己，家里人离你远，看着合适就找个男朋友，至少有个照应。跟朋友相处多忍让，有事互相帮助。还有上班一定得勤奋，别管别人怎么说，总是勤奋踏实就对了，这道理在哪都错不了。”

“哥，你今天特像妈，唠唠叨叨。”

“我闲得发慌，不能动腿只能动嘴了。”

“我上班了，回头打给你。”

“记住好好照顾自己。”

哥哥心情越来越好了，小艾很高兴，又觉得前景无限好，黄昏很遥远。

晚上接到嫂子的电话，哥哥吃安眠药自杀。

小艾喝水的瓷杯子颓然落地，砸出一个空旷的声音。她呆呆地站着，眼泪哗啦啦地流下来，然后她疯了一样跑出去，站在办公大厦前的路口，不知道向左还是向右，无论左右都离家很远。

陈一凡追出来，看着小艾呜咽着声音，嘤嘤哭着，身体发抖。

“怎么了？”他把她扶起来。

“我怎么这么笨，哥哥说了那么多话，都猜不到他在跟我告别。”

“出什么事了，要不要紧？”

“我要回家，我不想在这待了，我一点也不喜欢这个城市，这里的人。”她想到拼命工作百分之十的加薪成了泡影，甩了自己的男人还能觍着脸要求自己看望他的妈妈，说过喜欢自己的人却当着自己的面牵着好友的手走了。她一味赚钱却忽略了家人，年老的父母、幼小的侄子、残疾的哥哥，她都无能为力。

越哭心越痛。

“还在抢救中。”

“谁让你跟她说的，就是你告诉她，小艾也过不来，这不是平白让她担心吗？还嫌家里不够烦？”

“别说了，别说了。”

“我儿子出事了，你就一直唠叨，想改嫁现在去办离婚证。”

“别说了。”一家之主的林父终于制止了这场唇枪舌剑。

林小艾打电话询问情况，却听到母亲责备嫂子。哥哥是母亲的心头肉，嫂子本来就刀子嘴容易冲撞人，平时有哥哥护着宠着，母亲总是当做没看见。

林小艾叫了一声“爸”，电话转移到林父手上。林父安慰着小艾说没事，发现得及时，让她别回来了，有事他们会告诉她的。

“在这个城市我拼命挣扎、生存，可是连哥哥的医药费都赚不够。所有的人都戴着虚伪的面具，包括你。”小艾摸了口袋没有纸巾，拿着袖子擦了把眼泪，然后背过身去深深呼吸，再转过脸来已经带上了笑容，面颊上留了一滴没擦干的泪，她也要虚伪地生活着。

工作赚钱，继续挣扎着生存。这个社会就是这样，受了刺激的人什么都能丢下，唯一不能丢的就是工作。

“先回家休息一下，手头工作我让琳娜分配一下。”

“不用了，我可以。”她只能告诉自己“坚强一点，别倒下”。

两分钟两种表情，这是怎样强大的内心才能装在金刚套里左右自己的情绪，大悲大喜，又没有悲喜。

周美惠又打来电话，说林大刚已经脱离危险了，醒过来了，打电话就是报平安，谁知道小艾听到一半就挂了。原来林大刚每天都向护士要一颗安眠药说晚上睡不着，结果积攒下来，早早预谋了这件事。

小艾松了一口气，哥哥从家里的顶梁柱变成了包袱，无论怎么说他都始终无法接受现实。

“哥，你怎么这么傻，劝你那么久还是不听，要丢下我们。你想看到爸妈白发人送黑发人，你想看到他们哭死，你想让浩浩没有爸爸？其他小朋友问起来的时候，说他爸爸因为丢了一条腿不想活了？你怎么当爸爸的，给浩浩这种榜样，你不觉得很羞愧吗？嫂子是唠叨了一点，但是她从没想过离开你，所有的人都围着你的心情转，我们都不在乎付出多少，只在乎你是否珍惜。你这么不爱惜自己，不懂得亲人的心。没有一条腿照样可以活着，而且活得很精彩。如果你想这样下去，就好自为之吧。”林小艾感受到哥哥的言语里都是包袱，好言相劝只能让他更内疚，更自暴自弃，内心里希望哥哥振作起来的愿望掉进深谷又反弹起来，她对着电话声嘶力竭地喊出平生最大气力，希望那边的哥哥能懂得。

“嫂子，看着我哥，别再让他做傻事。”

林小艾说完喉咙里像卡了鱼刺，哽咽得难受。

林大刚被小艾骂了一顿，沉默着不吃不喝，吓坏了小艾的父母，周美惠又向小艾诉苦。

“你说话也轻点，他现在不能受刺激，现在你哥不吃不喝，刚从鬼门关过来又半条腿迈进去了。小艾，如果你哥有个什么好歹，你让嫂子后半辈子怎么过？你跟你哥关系再好，平时怎么打闹怎么开玩笑都行，但这个节骨眼你刺激他干什么啊，还嫌我们不够烦？大刚啊，你可不能走。”嫂子哭哭啼啼地说着，说得小艾心惊胆战，她怕哥哥有什么闪失，那是她一辈子都承担不了的罪过。她本想骂醒他，但现在就怕骂晕过去，醒不来。

整个晚上小艾都辗转难眠，时不时打电话过去问哥哥怎么样了。早晨被睡意袭击，实在扛不住眯了一会儿。闹钟响的时候她还在做梦，梦里哥哥想不开绝食抗议，小艾自责内疚，嫂子不原谅她，浩浩要爸爸，父母痛斥她。

电话再打过去，林大刚还是发着呆，什么话也不说，什么东西也不吃，让人担心。

林小艾只有自责，林大刚也不听她的电话，尽管她忏悔了千遍，却依然没听到林大刚说一句原谅她的话。

林小艾眼睛红肿，红血丝布满眼球，上班的路上差点睡着了。

洗胃是比生孩子还难受的罪，真的是生不如死。经历过鬼门关的人都比别人更珍惜生命，这话一点不假。林大刚醒来之后沉默了一个晚上，然后对周美惠说自己要创业，要坐在轮椅上赚钱养家。

周美惠听到林大刚这么说，激动的泪水滚烫地流下，总算守得云开见月明。

“死鬼，你真舍得看我们娘俩受罪，躺在这一动不动，还动不动寻死觅活，再不清醒我就带着孩子改嫁。嫁给你什么罪没受过，就是没受过这样的窝囊罪，你再也别吓我们了。”

“我对不起你们娘俩，对不起爸妈，也对不起小艾。没腿了我还是家里的男丁，是林家的顶梁柱，我不能让你们为我受苦，更不能让妹妹为我背一身债。”

难得清醒。

林小艾听到哥哥要创业的消息忍不住再次确定是真的还是障眼法，林大刚憨憨地笑了。小艾向朋友打听看哪些生意不用东奔西跑，本钱小利润大，好给哥哥一点主意。

第八章　陈一凡的表白

柳絮打扮得花枝招展，特意去香奈儿买了最新款的冬装，一款小巧的晚礼服，加上英伦风格子外套，从外面看具有学院派青春气息，脱了外套有浓郁的女人味。为了和陈一凡一起过圣诞节她准备了很久，期待给他一个大大的惊喜。

公司为了新年服装展示会准备了良久，却被告知同品牌的 LC 准备在新的一年大展拳脚，展示会上会有精彩演出。陈一凡要求市场部每一个员工拿出创意作品，能打赢这场仗，就有一半屁股坐上了总裁的位子。

市场部总是不能按照计划行事，谁也不知道什么时候一条小道消息就要改变所有计划，市场和销售紧密联系。

为了证明自己，林小艾比平时更加拼命，当然也是为了百分之十的工资，没有钱就没有动力。如果陈一凡明确说谁的创意好年薪翻一番，那肯定有更多的人拼命。重赏之下必有勇夫，为什么那么多公司效益不好了，就是舍不得孩子，套不住老狼。

届时各大服装品牌同台展示，一比高低，说是对过去以及新的一年服装走势的总结和开拓。其实业内都知道为了争抢下一年的销售商，每一家都拿出必杀绝技，出招麻辣。

EV一直走成熟路线，这意味着广阔的市场。现在年轻的女孩子模仿成熟，成熟女人却没办法回到年轻，成熟的市场还是很广阔的。问题是，那么多品牌，各个年龄层的都有，怎样才能在众多亮丽的服装中脱颖而出？

平安夜那天哈利送给她一个包装好的橙子，寓意心想事成，这个橙子一直伴着她到夜里。窗外是灯火辉煌热闹欢腾，尤其是商厦里，满是逛街的情侣、姐妹，再懒的人都会出来走动一下，买点什么回去。

她坐在办公室里，当别人都走掉，她还在苦思冥想。

出去走走，或许会有灵感。

在EV专柜前竟然碰到了陈一凡与设计师小安。小安的兰花指翘起来，捻了捻挂在模特身上的衣裳的一角，似乎在打量什么。

“陈总、小安，你们在密谋什么？”

“小艾，你来得正好，我在考虑如何把设计和策划配合起来，而且效果一定要把其他家比下去。”

小艾听着小安讲述设计理念，各种材质的料子，各种风格，流行的趋势，搭配的方式。小安比较娘，纤细的手摸起衣服料子都好像碰触到丝滑的刺绣，撩起的动作更是妩媚。

“LC每次都以尺度吸引人，以青春为主打的品牌走秀的时候总是袒胸露背，那些模特还不如日本的松下菜子演技好。”

“松下菜子是谁?”

陈一凡偷笑，小安不屑地看了小艾一眼，“别看我娘，我也是成年男人，你未成年吧，这都不知道。”

“你知道日本女人的名字都是子啊子的，什么美惠子，木子林子，总之都是演技派高手。哦，对了，我们可以找静怡啊，最近她又火了。据我所知她现在接拍了一部电视剧，演一个励志成长的白领丽人。趁着片子的宣传，我们找她再合作一次。”林小艾还真把菜子当成循规蹈矩演戏的了。

“静怡可是我心中的女神，她才不会在那种场合走秀，现在身价翻了一番，只有颁奖的红地毯她才露面。”小安打趣道，大名鼎鼎的静怡怎会以模特的身份和众模特走在一起，宣传他们的新服饰?

“我们这行做的不就是包装吗?秋香的美也是石榴姐衬托出来的，找一群丑小鸭，不就能让她和EV服饰出尽风头了?”

“明天我写个可行方案给陈总过目。”

一直往上爬的她，怎么可能回过头来重走一遍?如果能站在好莱坞，她是不会在国内的红地毯费时间的。但陈一凡对林小艾的这一提议没做肯定，也没否定。

“没想到你这个呆瓜主意还挺多。也是，女人天生都喜欢做公主。”小安扭了扭腰，兰花指翘起来，指着陈一凡说，“任务完成了，我该走了。”

小安走后，陈一凡对小艾说："没约会吧？一起喝杯茶。"

两人在一茶一坐找了个安静的位置要了壶茶。

"你不是应该和灭绝在一起吗？"

"我为什么非要和她在一起？"

"你们都，那个……什么了，你们男的怎么都这么薄情寡义？我早该提醒她，你不是什么好鸟，最好离你远点。"

"那个是哪个？"

"别逗我，喝你的茶吧。"小艾往茶壶里添了点茶叶又放了点水，给陈一凡的茶碗里倒了一点。

"很苦哇，我不是跟你讲过茶是以清新淡雅宜人吗？你到底喝过茶没有？"

"苦就对了，专门伺候你用的。"

陈一凡心中有许许多多的疑问想问清楚，有些话不说出来任意猜测只会让事情变得更糟糕。他也想给自己内心一个交代，是走是停，是留是离开，总需要一个明确的理由，犹豫不决不是他的性格。

"我想知道你借那么多钱真是因为你哥吗？为什么不找你的钻石未婚夫借？你和聂伟到底有没有结束？"

"神经抽筋啊，你怎么突然问这些？"

"告诉我，我需要知道答案，而且是真正的答案。"

林小艾看着他一脸认真的模样，这些日子他忽冷忽热的，自己的心也一时紧一时松，谣言止于智者，可是有时候还是需要解释才能结束猜测。

"一个是玩笑，一个是过去式，仅此而已。"

“小艾，我不是一个藏着掖着的人，对自己的感情我很明白，我想我真的爱上你了，希望你能对我坦白，这才是交往的前提。我不想我们在一起后，你还惦记着过去，我还纠缠着你的过往。”

“你发烧了吧，怎么竟说胡话？你要对柳絮负责，她对你是认真的。”

“我们什么都没发生，我对她并无感觉。”

“没感觉你就可以牵手了？没感觉就可以过夜？没感觉随随便便就说爱了？我对你也没感觉，我想我们并不适合，你不是我喜欢的类型，对没有责任心和担当的男人我丝毫提不起兴趣。对不起，陈总，我当你是老板和同事。”

林小艾一口气说完，心中汹涌澎湃，恨他说爱她又拉着柳絮，恨他总是毫不在意她的感觉。她端起苦苦的茶喝了大大一口，差点被这味道呛了。

好茶从不以苦涩凌人，就像一首悲情的好诗总没有太多伤感的词，只一句“相对无言”、“无语凝噎”就足够了。

“萱萱，我们坐边上。”

小艾听到熟悉的声音一回头，看到柳絮拉着萱萱走过来。柳絮看到小艾和陈一凡坐在一起，而陈一凡拒绝她的原因是工作，但其实又是因为林小艾。

几双眼睛怔怔地看着彼此，谁也猜不透谁眼神中的含义。

“陈总，我想方案我们研究得差不多了，明天可以交给你。”小艾慌乱地撒了谎，站起来拉着柳絮说，“你们怎么来了也不跟我说一声？喝什么？我请。”

“你们怎么工作到茶馆了？公司的办公环境真是自由啊。”柳絮还是醋意浓浓。

陈一凡什么也没说，直接站起来，从皮夹子里拿出一张人民币，放在桌子上，拉着小艾就走，任小艾怎么甩也甩不开。

“干什么？”

“你就那么怕别人知道？我非要她们知道。”

“无耻。”

小艾不知道柳絮什么时候回家的，她没听到开门的声音，也没听到唧唧喳喳的吵闹声。她本来买了一瓶除痘的面霜送给柳絮，放在桌子上，但第二天一早发现仍然没人动过。

小艾总是很佩服自己能公私分明，一上班就交了作业，对陈一凡的眼神没有半点反应。

太帅了，居然能视而不见，林小艾你是我的偶像，我佩服你。对着厕所里的镜子她对自己说。

小艾再回到家明显感觉到气氛不对，萱萱也当她是空气，原本闻到鸭脖子的味道就能跳起来的两个人现在一点被诱惑的感觉都没有。柳絮躺在沙发上，脸上贴着面膜，萱萱在网上到处勾引单身帅哥。

“吃饭了吗？鸭脖子，超级辣的。灭绝、萱萱。”

灭绝指指面膜，示意无法开口说话，更不能吃东西，萱萱说："最近上火，戒了。"

"灭绝你看杜拉拉了吗？电视剧版的，她男朋友跟她最好的姐妹在一起了，这剧情真现实。"萱萱一向心直口快，路见不平，拔刀就上。

小艾知道她有所映射，萱萱一向不爱看这些国产剧，眼里只有韩剧和日剧。

夹枪带棒的言语，简直是冷暴力，杀人不见血。小艾进了自己房间就不敢出来了，夺人所爱，这就是两位好友对她的定义。

清早红肿的眼睛有些胀痛，以往三个人因为上班挤着上厕所，洗脸，乱拿洗面奶用，今日看到她两眼泛红，柳絮从自己房里拿了瓶眼药水，话也没多说。柳絮再也不用林小艾的洗面奶了，前两天刚说过那款适合她的皮肤，两个人换着用。

上班的时候看到陈一凡飞车停在楼下，接她上班，还说以后要和小艾一起加班，一起上下班。

"大哥，我求你了，别折磨我了，本来正常的姐妹关系，现在被你搞得四分五裂了，我实在想不出我们除了工作还必须扯上什么关系。我服了你，饶了我吧，我脸上没刻'夺人所爱'几个字吧，可是现在已经被贴上这样的标签了。人要脸，树要皮，你给我点活路，我还能集中精力想好策划，为EV美好的明天作点贡献。"

"这些事情我会解决的。你现在要做的就是上车，然后跟我走。"陈一凡拉开车门。

“你以为我是韩剧里神经大条只靠运气取胜的女人啊，看到开车的男人就瞎了眼，随随便便就上车？告诉你，我喜欢公交车，环保，现在倡导低碳生活，为社会多作一份贡献是每个公民应尽的职责。别以为纳税了就可以任意破坏我们的非再生资源，这是浪费加犯罪，警察不逮捕你，心灵上的罪恶感也洗刷不掉。”

“我哪得罪你了，说得我像十恶不赦的罪人，枪决都显得从轻发落了。”

小艾扑哧一笑，“我每天都有车接，专车，3路公交，拜拜。”3路车刚好过来，小艾跟人流一起挤进去，座位也没有，在北京能挤进公交车已经阿弥陀佛了，有座位的不是老弱病残孕就是强者无敌。

小艾看着陈一凡开车从公交车边擦过去，拥挤的公交车和宽敞的私家车，她真后悔没有早点觉醒，非装三好公民。

结果自己到的时候陈一凡已经在大厦前等了。为什么那么多人买车，不是为了炫耀，而是为了线路自己定，还不用每一站都停。

林小艾还在加班的时候，陈一凡约了萱萱和柳絮，他先说明了自己对小艾和柳絮的感情，希望柳絮不要介怀，以前的鲁莽也以酒谢罪。柳絮罚了他几杯，他一一服罪。

柳絮是个聪明的女人，当着萱萱的面表现得大方。陈一凡话已出口，难道她非一哭二闹？失去两个人，总是比失去一个人惨烈。

小艾来的时候，所有的误会都烟消云散了，她不知道陈一凡为此不只喝了几杯酒，还赔上了公司最新款限量款的衣服。女人对衣服的钟爱绝不亚于对男人的挑剔。

“我们三个早就情同姐妹了，谁也分不开我们。小艾，不要因为我拒绝感情，如果你喜欢就接受他，我现在可以功成身退了，其实本来我对他就不感兴趣。”柳絮拉着小艾，比亲姐妹还亲昵。

“真的？灭绝，你太好了，我一直以为你生我气了。”有时候小艾比萱萱要好哄。

陈一凡招呼服务生把准备好的礼物奉上。是一个镶嵌着“艾”字的钻石项链，闪闪金光。

“小艾，我要在你朋友的见证下为你戴上这款专门为你选的项链。”

林小艾从没想到有一天自己也可以在大庭广众之下做一次公主，等着王子把最深情的吻送上，唤醒沉睡的美人。

有些沉醉地任由陈一凡撩起她的发丝，项链凉凉地贴着脖颈的肌肤。

“我想到了这起策划的主题。”

本以为这神圣的时刻她能有一丝感动和动容，结果话一出口就雷到了三位盼着柔情蜜语的人。

“这个时候可不可以不要想工作？”

“等我。”她风风火火地拿出纸笔写下灵感，名字就叫“公主驾到”，当然公主是静怡。繁华的场面，各种不同款式的服饰演绎着一位现代公主的美丽幻想，完美无瑕的身段演绎着爱的神话。每一个女孩子梦寐以求的时刻，每一个穿上

EV服饰的女子都会在下一年遇到自己的王子，这个主题得吸引多少剩女，为单身行业解决多少难题啊！

“怎么到了市场部你就成了工作狂？以前你也拼命，但还不至于走火入魔。”柳絮打趣道。

陈一凡送她们回去的时候，林小艾坐在副驾驶的位置，柳絮和萱萱坐在后面。从后视镜里小艾看不出柳絮是不是真的不介意了，她对陈一凡是真认真还是假痴心。

柳絮看不到小艾的脸，无法知道此时她想的仍旧是工作，还是为这一刻的甜蜜开怀。

没有了爱，就要很多很多的衣服，这个交易她不会错过，她不是林小艾，没有达到为了环保坐公交车的地步。

自从陈一凡和林小艾确定关系之后，陈一凡就成了她们家的常客，经常留下来吃饭。

从避讳到毫不在意其余两个人的存在，小艾总是坐在陈一凡的腿上拿着遥控器换来换去，还找不到一个可看的频道，遇到有美女的电视剧就绕开。

“少儿不宜，亲热去自己窝里，这边还有未成年呢。”她们都把萱萱当“90后”看待，一切成年人的游戏对她都是少儿不宜。柳絮总是以萱萱为理由把这对男女轰进小艾的窝里。

然后她有点失魂落魄地接过小艾拿过的遥控器，来回换着频道。有时候她在想这个遥控质量绝对有保证，这么折腾还好使，如果产品都这样，电子废品该少多少。

有时候小艾会在吃饭的时候夹自己喜欢吃的菜，送到陈一凡嘴里，强迫他必须吃掉。陈一凡会装作很好吃的样子，还会给小艾一个大大的 kiss。这个时候柳絮就特别不自在，不是低头扒饭就是开玩笑说“受不了你们”。

再加班就不是林小艾一个人了，总有一盏灯跟她的台灯一起亮着，然后一起熄灭。这种有人陪伴的感觉真好。

“以前我就想如果有了女朋友，如果她爱吃就带她吃遍北京城，如果她爱穿，就买各种名牌衣服给她，但是就没想过她是工作狂，我也只能选择跟她一起加班了。以前我埋怨员工不积极主动，工作消极，现在我总算知道了，下班之后把时间浪费在没有报酬的加班，还不如抱着喜欢的人在冬天互相取暖。”

“你们这些当领导的就是体会不到小人物的辛苦，我容易吗？上班伺候领导，下班伺候男朋友，结果还是一个人。你是最赚的那个，而你还能公报私仇。我哪点惹着您老人家了，借公司职务之便，对我进行严加斥责，变相体罚，不然我何苦加班受罪。”

“好了好了，我宣布下班。”

“不要，明天又要说我消极怠工了，我可不想被扣上这么大的帽子。”小艾还在翻着文件，在网上查着资料。

“我舍不得你这么辛苦，何况我现在嘴痒痒，先亲一个。”陈一凡说着就要亲上去，小艾拿着文件挡在脸前，陈一凡亲到了一堆墨字。

印刷机质量不好，这墨也是劣质产品，陈一凡一嘴黑墨。逗得小艾用餐巾纸狠狠地擦着他的嘴，就差把嘴皮子擦破了。

“哪个部门中饱私囊，以次充好，公司绝对不能允许这种事情发生，多影响办公室恋情的进展啊。林小艾我告诉你，不准笑，这是很严肃的。”小艾已经笑得抽筋，捂着肚子止不住地笑。

你总会发现原来一本正经的男人慢慢地变得不正经了。在人类学上，男人总比女人会装，所以说男人左右逢源、油腔滑调，说女人就成了牙尖嘴利、善于交际。

偷偷地恋爱，趁没有人的时候亲上一口，吃饭的时候故意坐在一起斗嘴给人看，好像水火不容，其实如胶似漆。

两个人计划着新年时装展示会结束后一起去美国旅游，顺便看看拉斯，小艾终于也能在拉斯面前挺起腰了。

圣诞已过，天气越来越冷，北京的冬天不知道什么时候就下起了雪，大片的雪花覆盖在地上厚厚的一层，踩上去嘎吱嘎吱地响。林小艾用脚画了一个大大的心，然后在中间写上陈一凡的名字，说：“你是我的了，无论怎么蹦跶也跑不出我的伏魔圈。”

陈一凡爽朗地大笑一声，说：“小样，你早就在我的五指山下永不翻身了，你脖子里套的那个圈就是证据。”

林小艾抓起一捧雪狠狠砸向陈一凡，“我就说这么贵重的东西，总是有特别意义的，原来用意在此啊。”

“我们堆个雪人吧。”小艾双手被冻得通红，慢慢地由极冷变成极热。温度和运气一样，总是否极才会泰来。

一个拿着糖葫芦的小雪人，香肠做的嘟嘟的嘴巴，像极了小艾，陈一凡看着忍不住笑起来，这是他心目中的她的形象，总是可爱居多。

也许爱一个人，无论她身体的哪个部位，她说的哪句话，做的哪个动作，都可以归为可爱。但一旦不爱了，就都成了厌恶的借口。人因为喜好不同，才有了爱憎分明。

陈一凡搂着小艾，胖胖的衣服，隔不开两颗温热的心。

“我到家了。”有些时候会觉得路变短了，腿变长了，小艾拉着陈一凡的衣角摇晃，舍不得离开。

“回去吧，外面冷。”

“舍不得你嘛，亲一下。”小艾把脸凑过去，调皮地扳着陈一凡的脑袋贴近自己的脸。

“好了，我回去了。”

“不行，还有右脸和嘴巴。”陈一凡拉着小艾的手又依依不舍起来。小艾撅起嘴巴没等他亲到就笑了，“看你一脸色迷迷的样子，是不是心中邪念横生?”

“跟我回去。”陈一凡央求道。

“不。”

“跟我回去嘛。”

“就不。”拉拉扯扯在楼下磨蹭了半日，小艾才上楼，回眸的时候，陈一凡站在远处傻傻地笑着摆手。恋爱中的人智商都低，什么白痴的事都能做出来，小艾真想不到平时雷厉风行的陈一凡也有撒娇的时候。

小艾刚到家就收到短信，打开一看满身鸡皮疙瘩，短信写着：想你甜甜的笑，胖嘟嘟的笑脸，你生气的表情，还有你抱着我的感觉，睡个好觉，做个有我的梦。林小艾看着痴痴地笑，柳絮酸酸地说：“又不是世界末日了，怎么那么黏糊？笑得跟老年痴呆一样。”

林小艾和陈一凡处在热恋的时候，分开一刻就不停地想念，晚上的电话、短信，上班时QQ信息和邮件，都是传送情书的鸿雁。想要忘记的人真的就这么简单地忘记了。

柳絮听到小艾情意绵绵地守着电话说情话或在视频开玩笑，就特别希望自己能消失。她告诉自己不介意，小艾也多次询问她是不是不介意了，但是无数次浮现在眼前的情景还是如针扎刺痛了她的心。

“小艾，我妈这几天不舒服，我过去住几天。”柳絮收拾了几件衣服到城郊的母亲家住。她是个单亲家庭的花骨朵，对男人的免疫赶上禽流感疫苗了，这次突然感染，温度一直降不下去，只能将自己隔离，希望远离病毒就能身心健康了。

“代我问好。”小艾的世界里已经全是工作和陈一凡了，全然没有察觉他人的感觉。

柳絮回到家，母亲正在为她织一件围巾。柳母平日在家无事，一个人孤孤单单三十多年了，总是习惯做点事打发时间。

“不是告诉你别做这些事吗？多费眼神啊。”柳絮夺过柳母手里的线，扔在柜子顶。

“闲着没事，又不是力气活。”

柳絮在家里的几日，柳母看出女儿心情不好，追问下，柳絮才说出是喜欢上一个不该喜欢的男人。

“絮儿，记住，找男人一定要找疼自己的，爱不爱的都瞎扯。我跟你爸当年也爱来爱去，结果他还不是扔下我们母女跟别的女人跑了。”柳母提起男人总能迸发出很多经典言论，在她大半辈子的经验中，男人都是骗子，甜言蜜语都是谎话。

“别提他。”柳絮从小接受了父亲抛弃她和母亲的事实，对男人恨之入骨，能甩一个甩一个。

“絮儿，听妈的话，赶紧找一个，别再挑挑拣拣了。男人都喜欢吃嫩草，过几年他们又盯着水灵的小姑娘了，到时候你只能捡歪瓜裂枣。”

“妈，如果凑凑合合地结婚，还不如单身。我现在多好，没有负担，没有伤心。”年龄越大，看过的男人越多，越对婚姻失去信心，被抛弃的、被玩弄的、被糟蹋的，那些傻傻的女人把自己的后半生拴在男人身上，在她看来，女人就得活得像蜗牛，不靠天不靠地，自己背着房子想住哪就停在哪。

婚姻不是爱情的坟墓，而是女人的坟墓。黄脸婆和泼妇、欧巴桑说的都是已婚女人，看婚姻把女人折磨成什么样了？像母亲这样领着一个孩子互相依靠着生活，而那个被称为亲生父亲的男人从来不曾出现。

可是对陈一凡的感情她自己也说不清是挫败感还是真的

喜欢。

聂伟说这几日聂母就要回老家了，想在临走前见她一面。小艾犹豫着要不要告诉陈一凡，最后还是不知该怎么开口。

“晚上吃什么?”

“晚上还有事，你自己吃吧，乖。”小艾和聂伟约好晚上见老太太。

老太太左手牵着儿子，右手牵着小艾，不知道的真以为他们是一家三口。

“小艾，你帮我挑一下看什么样的衣服适合买给你爸，他一辈子没穿过好衣服。给你自己也挑一件，你们结婚的时候本来按家里的习俗要给你添几件衣服的，但你们结得匆忙，连喜酒都没喝，这些妈一直放在心上，今天一定给你补上。大大方方地挑，捡最贵的。”

“真不用，我衣服够多了，给您挑一件吧。”

聂伟不敢言语，一心伺候老太太回去。

他们到了西单商场，老太太一进去，迎宾小姐一起喊“欢迎光临”，把老太太吓一跳。

“声音真突然，脆巴巴的，真跟到了电视上一样。”

再看到衣服上的标价，18000 元她看成 180.00 元，说这个便宜，那个便宜。小艾心想别看一农村老太太，消费观念真超前。

“小艾，别跟妈客气，我说了你就等于我女儿。”小艾也不知道自己给老太太灌什么迷魂汤了，后来才弄明白就为了和洋媳妇对比，老太太做给儿子看的。

“他那个洋媳妇我就是看不惯，你看那头发黄得跟一堆稻草一样，穿个衣服扣子还不扣紧，胸口露那么大。都说外国人开放，但这也太不讲究了。还是咱中国人实在，看小艾这衣服多合身。”

“您脚刚好，走路慢点。”地板比较滑，老太太腿脚不灵便，又差点滑倒。

西单商场里有 EV 的专柜，转来转去就转到了他们公司的牌子。小艾跟老太太介绍，“这些衣服就是我们公司做的。”

话说完一抬头，看到陈一凡在望着自己。她和聂伟的手还握在老太太的手里。

陈一凡和小安在专柜研究，听到小艾的声音，抬起头就看到这无比“温馨”的一幕。

老太太还口口声声地说：“看上让小伟给你买，妈在这他不敢不买。”林小艾尴尬得恨不得自己变成衣架子，所有的衣服都穿在自己身上遮得严严实实。

她不知道怎么跟陈一凡解释，让谁看见都觉得她有一脚踏两船的嫌疑。

恋情是地下的，还未转正，小艾没有介绍陈一凡给老太太，偷偷给他发了短信说稍后解释，带着老太太到其他地方去了。一路上她忐忑不安，心神恍惚。

回去的时候聂伟把她送到小区，陈一凡一直在等她。

“一凡，他妈妈要走了，想见我一次，我只是陪老太太。”

“谁看到不说你们是夫妻俩？你说你们除了领证什么都没有，可是我看到的是你们之间纠缠不清的太多，包括上一代的感情。如果你对聂伟没有感觉，你应该把这层关系坚定地切断，而你以一个儿媳妇的身份陪伴在他们身边，小安还说不知道我们部门的林小艾什么时候结婚了，一直以为你单身。”

“你在怪我吗？我想告诉他们你是我男朋友，可是谁说先不让同事发现的，说会影响我们的工作。”有时候小艾不知道该选择相信他还是怀疑他，不被公开的爱情总是很难有善终。

“我也是为你好，凭你的努力和能力，别说当主管就是经理也没问题，但是如果我们是这种关系别人会怎么说？即使知道你如何拼命，也没人说你是凭自己的能力坐到这个位置的。”

“是这样吗？真的吗？”相爱容易相处难，林小艾真的不想怀疑他什么，但是她却看到他和静怡在一起，亲密得像一对多年的恋人。

“我看你是想回到聂伟的怀里吧，拿老太太下手你心机也太重了。”陈一凡一想到刚才一家三口温馨的画面就遏制不住地发狂，这个女人真是不知轻重，不知道男人的忍耐都是有底线的。

“算了，我不想跟你吵架。”林小艾不愿去猜测他是否拿她当挡箭牌，当替身，当过渡。

林小艾把精力又放在了新年时装会上。元旦是阳历年的开始，这段时间公司的每个部门都挺忙，辞职的入职的，内部元旦晚会，年终奖，优秀员工，还有关于升职和加薪……每个员工都关心和自己相关的那部分，而林小艾把一切都交给了上天，她还是相信付出总有收获，如果没有，就是付出的不够多。纵观职场风云，为什么杜拉拉就能升职？不是傻人有傻福，而是大家都退缩的时候她总是毫不犹豫地努力，努力不求回报，做出成绩再要求回报。

“小艾，你的效果图不做出来，我的工作没法进行啊。”琳娜看见陈一凡过来了，装作没看到，抬头看了小艾一眼，犹犹豫豫地支吾着，无意中说出有意的话。

“忘了告诉你效果图和策划预估效果我都做出来了，正要给你看呢。”

“你真是三头六臂，我们的存在无疑是浪费公司资源啊。哈利，你还有没有完不成的？小艾可以代劳。”

“琳娜，我不是那个意思，我刚看了一本时装杂志，很有感触就趁着灵感做完了。”

“开会。”陈一凡掷地有声地扔给市场部这群员工一句话。

琳娜、哈利挤挤眼，撇了撇嘴，煞有介事地轻摔一下文件夹，跟在领导屁股后面进了会议室。

“我再分配一下任务，小艾你负责策划案和效果图，琳娜你负责后期成果分析，哈利你配合小艾搜集资料，东子负责业务联系。每项工作落实到责任人，如果哪个环节出了问题，我会直接找负责人。还有，有能力的完成自己的 case 后，可以跟我协调具体工作。如果对其他人的工作有何建议，可以直接与负责人提或者告诉我。我不希望以后听到你们为了工作任务吵吵嚷嚷，影响团队合作，OK？散会。”

有些努力得不到奖赏，反而是一顿臭批。看着琳娜得意的表情，林小艾很不服气，你陈一凡还是我的人呢，胳膊肘却往外拐，不心疼自己女人也就罢了，还要往伤口撒盐。再者，如此浇灭员工积极工作的火苗，是可忍孰不能忍。

“我有话说。陈总您曾经说过‘分工不分家’，拉斯常说‘作为公司的员工不只要做好分内的事’。我想有些行为构不成越俎代庖，而且良性的竞争会促进一个团队的进步。如果有能力可以多做，没能力的连自己分内的工作都无法按时完成，被淘汰只是早晚。”

“林小艾你说清楚，谁没能力，谁没完成任务了？”琳娜咆哮起来，委屈得含泪。

“其他人可以出去工作了，你们两个留下来。”陈一凡脸色阴沉，好像预示着一场暴风雨即将到来。

林小艾也赌着气，琳娜装得楚楚可怜，一副被欺负的模样。

“林小艾，有能力是好事，但是不要觉得有能力公司就能事事迁就。你最大的错误就是经常自作主张，以后有任何事都必须向我汇报。”

琳娜更得意了，继续楚楚可怜着。

“琳娜，如果每次你都无法完成任务，在公司三年，做出来的文案连一个新人也比不了，对不起，你最好卷铺盖走人，公司不养闲人。”

林小艾想到电影版《杜拉拉升职记》里王伟对杜拉拉说“我对你不会有任何优待”，又一个“公私分明”的男人。难道男人都能做到公是公，私是私？林小艾转不过弯来，她无法想象一个在耳边甜言蜜语的男人，会这样不顾情面没有顾忌地训斥自己，想着想着就觉得难过委屈。

“我希望我的团队团结合作，非要把自己当成骂街的泼妇，干脆回家嫁人站在菜市场骂，气氛比公司要好。”

琳娜很不服气，自己在市场部三年，一直平平稳稳，安安全全，来了林小艾就乱了。工作必须要提前完成，还要查阅很多资料保证比她完成的好，因为你不知道她什么时候突然来了灵感，把你的工作顺便做了，而且还告诉了领导。琳娜很看不起小艾，觉得小艾就像小姐身子丫头命的晴雯，总是把自己当主子，拼命想要转正，最后被整死了。

琳娜觉得自己还是做袭人命运好点，能力和智慧都要恰到好处，该搬弄是非就到关键人物那边去，吵架，简直降低了她的身份。

小艾回到自己的位子就心烦意乱，像金刚战士突然倒下了，勇猛奋进的力气回光返照似的用完了，瘫软无力地趴在桌上，两眼无神地发呆。她想自己究竟该怎么处理两个人的关系，也能那么公私分明吗？

“小艾，效果图发到我邮箱里，我看看。”琳娜的转变真快，小艾听到这句话，看到那张职业性的微笑时，竟然以为是幻觉。

“好了，你看看。”

“不对啊，是新年时装的效果图，你这个是上次冬装发布会的，你不会没做吧？”

“我重新发给你。”

三魂少了七魄，她找时装会的效果图，却不知道放哪里了，翻来翻去还是没找到。她双手捂住脸，眼泪不断地流下来，闭着眼睛深呼吸一下，弯腰装作找文件，用纸巾把眼泪都擦掉了。

起身到茶水间冲杯咖啡，她需要清醒。

“水流出来了。”

这丫头接着滚烫的热水，眼睛和思想却不知道跑到哪国了，水溢出来烫到手了。小艾把手指放在口里吮吸，减轻被热气烫到的痛。

陈一凡看着小艾魂不守舍的样子，知道自己话说重了，才跟了过来。

“怎么了，要紧吗？”陈一凡心疼地问。

“不要你管。”小艾端着杯子离开了茶水间。

到了下班的点，她第一个收拾好冲了出去。陈一凡想拉她去医院看一下伤口的时候，她已经不在办公室了。

所有陈一凡的电话小艾一个也不接，最后干脆关机。柳絮疗伤回来，见到林小艾用面巾纸包着手指，她拿出酒精棉消毒，然后用纱布包扎了一下。

“看你心情也不好，一进屋一嗓子都没嚎，太不正常了，又拖个受伤的手指。说吧，怎么回事？姐给你撑腰。”

“小艾，不会是他有新欢了吧？”被爱伤怕的萱萱，总是能和感情连起来。

“灭绝。”小艾委屈地抓住柳絮的丝巾擦掉眼泪。

“好几百呢，去去，眼泪多，拿毛巾。”

小艾把今天发生的一切讲出来，姐妹给分析原因。

“小艾，他那样说你，很难受吧？陈一凡怎么能偏袒别人呢？”萱萱为她打抱不平。

“小艾，这就是你不对了，你能力再强也不能抢人家饭碗。你这么做好像人家是闲人，反正你一个人能做两个人的工作，而且工资这么低，公司还用她干吗？为了保住饭碗吵架，我反而觉得她没错。”柳絮到底是主管，总能从领导的高度分析问题。

“灭绝，你怎么跟陈一凡一样，都帮着外人？”

“我这么说没错，但陈一凡就有问题了，他没必要这么发飙。他是不是后悔了，想找机会把你踢了？”然后柳絮用怀疑的表情看着林小艾，“你不会把自己奉献给他了吧？怪不得，越早得到就越容易失去。”

“想哪了？没有。”

“那他就更有问题了。现在他应该百般哄你，万般怜爱才对。新婚夫妻都腻在一起跟蜜一样，你们刚谈，不应该这样。”

萱萱也说：“我也觉得他小题大做。”

手疼，心更疼，心事最不能和姐妹分享，越说只能越糟糕，这是经验。比如男人出轨，她们只能告诉你离婚或者不能放过他，除此之外还有什么？林小艾的心情被两姐妹激怒起来，下定决心对陈一凡冷战到底。

门铃响了。

“如果是他，就说我没回家。”

小艾躲回房间，柳絮从猫眼里看到站在门外的正是陈一凡，她开了门，说：“怎么就你一个人，我们家小艾呢？是要帮她搬家还是拿东西？”

“她没回家吗？我找她。”

“真不巧，她没回来。你们不是一个公司一个部门吗，下班没一起走去吃饭啊？小艾是有约了，还是培训了？不应该啊，她的培训课程已经结束了，打她电话问一下吧。”

“她真的不在这里？”

“我骗你干吗，是不是吵架了，小艾不会受了委屈找地方哭去了吧？她会不会想不开呀？”

柳絮每句话都说得陈一凡内心一阵一阵地翻滚，他开始不安起来。“如果她回来就告诉她给我电话，还有，今天我的话重了，让她别放在心上，这个给她。”陈一凡拿出一个精致的锦盒。

陈一凡走后，小艾跑出来说：“拿个破盒子就想收买我，明摆着一顿棍棒一颗糖，我才不稀罕。”

萱萱说：“你上班还是要面对他。”

小艾最近很累，本来所有的力气足够撑到元旦之后，可是今天陈一凡把这个鼓鼓的气球扎了一针，现在瘪瘪的，丧失了力气。

再上班她有点厌倦繁重的永远做不完的工作了，原本充实的生活现在看来枯燥至极，恨不得统统推掉，去买几套衣服，美容美容，旅游旅游，这些奢侈的活动离她越来越远了。

“小艾，陈总让你来了到他办公室。”

小艾敲了敲门，陈一凡没有抬头说“进来”。小艾越来越觉得自己的恋爱不过是玩笑一场，她以为他会盯着门口，看自己什么时候来了，道歉、拥抱、鲜花，可是除了两个冷漠的字，什么也没有。

“陈总找我？”

陈一凡放下手中的工作，走到她面前，说：“手还疼吗？”

“谢谢领导关心，是我自找的，并非工伤，我不会以此要挟公司出医药费，所以不需要担心。”

“小丫头！”陈一凡刮了一下她的鼻子，好像什么事也没发生过。

“请陈总您自重。如果没有什么事的话，我出去工作了。”

陈一凡听她这么说心里很纠结难过，只能说：“希望你和其他同事好好相处，对你的前途也好。”

小艾忽然觉得自己和陈一凡就此完蛋了，恨自己为什么不顺着台阶下，非要僵着，非要赌一口气。

新年时装展示会马上开始了，忙碌的工作使人暂时忘记了痛苦，小艾有时候看到陈一凡跟静怡谈新年时装会时高兴的表情，就有些窒息。她对自己越来越没有自信，二十六岁，稚嫩得没有女人味，不漂亮又学不会温柔，不懂得体贴又倔强。两个人除了工作就没有交集了。

有一天她突然想到那个锦盒，翻箱倒柜地找出来，发现原来是一瓶烫伤膏。

柳絮近几日心情很不错，经常帮着小艾分析她和陈一凡的关系，还教她如何才能握住男人的心，只可惜都用不上。

三个八卦的女人又凑到了一起。萱萱和陶宇连朋友的界限都没越过，急得柳絮和小艾直说她笨，只聊天能聊出什么，要多相处，感情都是处出来的，不然古代全是要离婚的。

陈一凡忙着接洽时装会，还要和高总讨论与静怡合作的相关事宜。有时候他很想抽出时间关心小艾，两个人吃顿饭，却发现打电话给她总是不在服务区，编辑好的短信也总是在发出的最后一下掐断。

元旦前夜，Jack 邀他出来喝酒，连日来的忙碌和冷战给了他放松的理由。后海的酒吧让陈一凡想起小艾，蓝色的玛格丽特却烧出通红的肌肤，不免有点想念，有些伤感。

酒越喝越多，直到有些醉了，陈一凡嚷着要回去，Jack 说不醉不归，一切都准备好了，明天就是新年时装会，还有什么担心的，一觉睡醒又是新的一年了。节日的气氛，跳动的旋律和酒吧里催人迷醉的味道，只能让酒精挥发得越来越快。

看着陈一凡醉了，Jack打电话让柳絮送陈一凡回家，而他又另觅新欢了。

柳絮看着陈一凡有些沧桑的脸，比起以前的英俊明朗多了一份让人心疼的忧伤。

柳絮把陈一凡送到家里，搀扶着沉重的充满酒味的身体，一个踉跄跌倒在床上，柳絮正要起来，陈一凡的胳膊搭过来搂着她。

“别走，我想你。”

柳絮闭上眼睛，被陈一凡压在身下，贪婪地享受着并不属于自己的欢娱。灯灭，人醉，沉睡。

电话吵闹的声音把陈一凡催醒的时候，他看到床上躺着赤身裸体的柳絮。电话里小艾催他赶去会场，各大公司的人都已经到齐。

陈一凡怎么也回忆不起来昨晚这一切是怎么发生的，最要命的是他发现床单上有一滴殷红的血渍。

“不用内疚，我不会告诉小艾。”

第九章　阴谋与爱情

第二场走秀是 LC 公司，但是陈一凡惊奇地发现策划案与他们公司的几乎一样，只不过他们找了另一个明星饰演公主。陈一凡看到头都大了，窃取创意是商业大忌，而他们在次序上又排在 LC 后面，现在改策划案又来不及，实在不行只得打乱计划，走一次普普通通的时装秀，在这段时间里还能赶出一份普通的策划案。

“小艾，你在公司暂时不要过来，打开电脑立刻把我们的策划改了，LC 公司不知怎么回事用了我们的策划。”

听到这个消息小艾也懵了，这是她想出来的策划案，根本没有窃取任何人的成果，也没有盗用，怎么就这么倒霉相撞了？现在想什么也来不及了。第二场到第十二场中间还有一个小时，小艾想改一下还来得及，但是她知道这次新年走秀会花了那么多心血，而且对陈一凡的职业道路有决定性考验，与其坐以待毙不如搏一搏。

小艾在原来策划案的基础上，把“公主”主题改为“寻爱”，穿上 EV 服饰就能找到自己的真爱。所有陪伴的模特都是公主，但是不见得公主都能找到自己的王子，最终穿上水晶鞋的还是心地善良的灰姑娘。

一群骄傲的公主，一个善良可爱的现代灰姑娘，王子毫不犹豫地拒绝了众多公主，而亲自把戒指戴在灰姑娘手上。这款戒指也是EV设计的，寓意“只中意你”，选择独一无二的创意，而王子也有自己中意的女子，有自己独一无二的选择，选择灰姑娘的独一无二。

时间紧迫，小艾把策划案打印出来传真给陈一凡，并且告诉陈一凡最好能约上与静怡有“金童玉女”之称的王皓，费用估计会花一大笔，但是总好过没创意，让新年时装秀最佳得主被竞争对手LC获得。

即使联系上王皓也来不及了，陈一凡眉头一皱，真的要栽在这场子上吗？

“王皓，我是EV的陈一凡，新年时装会你应该知道，五十万元一场，可以的话二十分钟赶到。”

“陈总，我也想过去，但是我现在在海南拍戏，就是飞也飞不过去。”

“Shit。”陈一凡眼看着一场一场秀结束了，马上到他们上场了，后台在排练新的策划，以她们的专业应该不是问题，最主要的是没有男主角，难道让他抛头露面吗？可这毕竟是职业模特走秀，他不过业余过几天，而且自己上台，同行会怎么耻笑？

“王皓约到了吗？”小艾过来了。

“在海南，飞不过来。”

“那就你吧，反正你正好会走猫步，而且对我的创意比较熟悉，不用排练。”

“我怎么行?”

“都这个时候了，还犹犹豫豫，你是不是想看到大家的努力白费啊?”

接下来是EV公司的走秀，主题为“穿EV的水晶姑娘”。

一个个公主，穿着高贵的服饰，表情高傲地走出来，排成两排站在T型台上。之后静怡穿着EV的主打冬装，眼眸含水似的犹如桃花瓣绽放，嘴唇恰如樱桃般美艳，走走停停，在每一位公主面前自惭形秽，眼中渐渐蕴涵了无限愁绪。陈一凡出现，踏着轻盈矫健的步子，如中世纪的欧洲骑士，为爱可以角斗生死，在每一位公主面前端详又离开。静怡看着陈一凡从自己身边走过，爱慕却又自卑地低着头偷偷望着。

最后陈一凡走到静怡身边，单膝跪下，拿出准备好的戒指，为她戴上，两人挽着手走完正常的时装秀，公主们陪伴在身边各自循环走秀，展示各色服饰。

最后一幕，当静怡挽着陈一凡走到T型台最前面时，灯光咔嚓咔嚓地闪着，她微微仰着头，纤长浓密的睫毛，彩色的眼影，在金黄的灯光下充满了诱惑。陈一凡低着头，灌注了怜爱的眼神充满疼惜地注视着静怡，定格一分钟然后一个突然的转身，两个人回环一个圈，再慢慢走回开场的地方，两排公主慢慢走回后台，一切结束。那个镜头是小艾想的，不是为了陈一凡的成功，她根本不想他把这样的深情用在别的女人身上，那本该属于她的缱绻情深。

最后宣布得奖名单的时候，每一个人都屏住呼吸，陈一凡也同样紧张。当听到“EV”的时候，陈一凡上台领奖，发表感言。

演出结束，小艾到处找陈一凡，想一起庆祝，想到晚上又是两个人的独处，她内心的兴奋压抑不住地疯狂滋长，可是她到处找不到他，给他打电话也没人接。

“听说你又恋爱了?”

静怡的声音，林小艾不知道静怡在跟谁谈话，声音从二楼走廊拐角一个因设施毁坏被封闭起来的角落传来。

“Jack告诉你的吧?”

“忘记一个人最好的办法就是爱上另一个人，可是你也太残忍了，你根本不爱她，只是为了忘记我。我知道是我提出的分手，是我不对，但是我心里始终还是有你的，只是我们工作不一样，我没有自由……”

“够了，我们已经过去了，我不想再提。”

林小艾看到口口声声说爱自己的陈一凡和静怡面对面，两人曾经是爱人，而她，不过是陈一凡忘记静怡的药。

“Jack说你看了星座运程，星象说你会以非常方式邂逅桃花，于是就在车祸中遇到了林小艾。她不过是你的目标，你接近她不过是想知道能不能忘记我。一凡，我对你的感情你应该知道，分手也不是我的意愿……”静怡上前抱住陈一凡，“给我点时间，我们重新开始。”

陈一凡任由静怡抱着，林小艾的心被针扎了一下，刺痛的感觉疯狂炮烙着稚嫩的心肝。原来这场爱情只是她一相情愿，原来所谓的“我爱你”只是替身疗伤的过程。

“作为公众人物，我与公司签订了合约，不能谈恋爱，即使谈男朋友也要通过公司批准，我是身不由己，你知道的。”

愤怒、委屈、怨恨，发了疯一样混合进林小艾的眼睛里，氤氲出一层一层的水汽，模糊着朗朗世界。刚刚还兴奋的劲头颓然倒下，她有些重心不稳，靠着墙支撑。

静怡抱紧陈一凡，“我会跟公司说，每年放一个月的假期，我跟你去国外过我们的二人世界，好吗？欧洲？马尔代夫？纽约？你不是说想去巴黎看时装展吗？我陪你去。”

林小艾已经虚脱，用最后一点力气想听听他是怎么回答，她不死心，她不甘心。

陈一凡推开静怡，说：“我爱过你，我承认到现在我还无法完全忘了你，我用星座运程算姻缘也是为了忘记你……”陈一凡的话还没说完，背后传来沉重的声音，林小艾的身体砸在了地板上。

他发现了她，她躺在地上，身体铺成一只蝴蝶的样子，沉沉地闭着的双眼，仿佛再也不想睁开看这个混沌的世界般。他把她抱在怀里，疯了一样叫着“小艾，小艾”。

她闭着双眼，长长的浓密的睫毛一动不动，毫无生气地躺在眼睑上。

“东子，把我的车开过来，快，快！”

陈一凡的心剧烈地跳动着，内心呼唤着“小艾不要有事”，只怪自己太大意，忽略了她，自责、内疚。

贫血、疲劳过度、严重缺乏睡眠，加上情绪刺激导致的间歇性休克，休息一段时间就会恢复。听到医生这么说他才放心了。

柳絮和萱萱赶到的时候，陈一凡不敢看柳絮，很不自然地说：“我在就行了，你们先回去吧。没事。”

看着小艾平静的脸，几乎能听得到的呼吸声有节奏地喘息着，两侧因为婴儿肥胖嘟嘟的脸庞那么熟悉，却好像隔了很多天一样。前一刻还慌张地催他扮演模特，前几日他们还像情侣一样舍不得分开，腻在楼下难舍难分，这一刻却仿佛身处两个世界了，谁也听不见彼此心里的声音。

陈一凡握着小艾的手，冰凉。他把她的手放在手心里捂着，希望身体的温度能传递给小艾，可是他又不知道小艾醒了后他该如何面对她。

公司里举行的元旦晚会催他过去，拉斯要他把小艾的升职文件传真一份过去，销售部等着他把这次经销商的情况反馈过去。陈一凡看着小艾平静的脸孔，轻轻在她额头留了一个吻。

小艾终于清醒了，睁开眼看到柳絮陪在身边，还有她煲的汤，抱着柳絮就哭。

陈一凡忙到晚上再去的时候才得知小艾出院回家了，也无大碍。想到林小艾对他和静怡的误解，柳絮的咄咄逼人，本来他想上去看看小艾，不得不打消了这个念头，还是让她好好休息吧。

第二天上班，小艾一出现，哈利就羡慕地用夸张的表情说：“小艾，你太幸福了，昨天听说你晕倒了，陈总紧张得不得了，抱着你就要去医院，你们该不会……”哈利两手的大拇指对对碰，做出“好上”的手势。

“真的吗？我晕倒了，当时没感觉，真是可惜了。”林小艾觉得陈一凡不过是内疚罢了。

小艾敲了门，看到陈一凡拿出一份文件，“公司对你担任主管一职的建议，顺利的话正式通知应该会在最近出来，这两天人力资源部和我会找你谈话，希望你把握好机会，这样失去的百分之十才会回来。还有我希望你将来与自己的下属能好好相处。”

小艾看着陈一凡不知道该说“谢谢陈总抬爱”，还是说“别想用这点小恩小惠让我原谅你”，他所做的一切不过是为了救赎内心的不安，自私的人，之前在琳娜面前训斥她不过是想慢慢地分手。林小艾为什么你这么笨，他怎么会看上你，怎么会想要和你执子之手，傻瓜！笨蛋！

故意躲着陈一凡，只是不知道该如何面对，已经是第二次面对背叛，她为何还是这么难受？鸭脖子遭到惨不忍睹的肢解，细小的骨头和麻辣的味道在林小艾的嘴巴里反复，在唇齿间碎了。她看到公司的吸烟室多了一个人，时不时抽一根烟，陈一凡也是不知道如何开口吧。

“小艾，我想跟你谈谈。”该来的终于来了。

“好。”

坐在二楼的咖啡屋里，棉质的沙发垫盛放得下疲惫的身躯，却无法盛放一颗颠簸的心。靠窗的位子，可以看到车水马龙的街道，透过窗户的缝隙飘进来的细小的风，已吹不起像心情一样沉重的头发了，乌黑的颜色像要宣布的死亡信息一样。林小艾静默着，等着宣判。

陈一凡伸出手来，握着她的手。

“这段时间好好休息，什么也别想，不要再突然晕倒，把大家吓坏了。”

陈一凡不再说什么，他也不知道该如何开口，给小艾倒了一点咖啡。灯光映在咖啡杯里，窗外是灯红酒绿的夜色，这一刻在钢琴奏出的抑扬曲调里更悠扬地眩晕着。林小艾想幸福一次，狠狠地幸福下去，只要他不说出那两个字，只要他们还能在一起。

回忆像黑白电影，一幕幕地播放着，不停歇。

“这里有五万块钱，你再找个更好的吧。”

林小艾拿起钱砸向那个男人。“当初我眼长脚心了，没看清你这么洋气。你洋气，用洋钱，娶洋老婆，还搞了个洋名字，有空去小学进修，别丢人现眼了。”

“我也很怀念我们在一起的时候，希望你过得更好，但是……”聂伟捡起飘飞的钱，钱散落一地，像几年的感情一点点地抽空散落，无处安置。

“你马上在我眼前消失。”林小艾赶走了聂伟，没有婚房的婚姻到分手时也没有一砖一瓦掩盖悲伤的心。五万块钱能买来什么？

她已经不想再被抛弃了，如果可以。

倔强不能当饭吃，只要有一个道歉，只要有一个拥抱，一个安慰，她就能原谅他。

“小艾，我希望你幸福。”回忆破散，陈一凡的话把她拉回现实。

“我很幸福。”小艾佯装无事地咯咯笑起来，一脸天真，丝毫没有预料黑压压的一层乌云向他扑过来。

“明天放假，你想去哪里？”

“你要带我去玩？”林小艾不敢相信自己的耳朵。

“是。”对那天的事两人闭口不谈，似乎故意要淡忘。或许过去的真的应该过去了。

陈一凡把小艾送到楼下，不舍得放她走，抱着她索要多一点再多一点的温暖。

“告诉我，你爱我吗？”

“嗯。”

“不要说嗯，我要听你亲口说爱我。”

小艾从他的怀抱里出来，精灵一样地把他往后推了一下，说：“快走，明天还要去玩呢。”

陈一凡看着小艾消失在自己面前，银铃般的声音连回音都没了，活蹦乱跳的机灵模样也只有在回忆里搜索。

柳絮看到小艾回来，很甜蜜的样子，禁不住问：“你们和好了？”

“是啊，他还带我喝咖啡，听钢琴曲，吃大餐，我们明天还要去欢乐谷。”小艾的笑声泄露了所有秘密，没有提防地说着自己的甜蜜。

柳絮内心掠过一丝不快，装作毫不在意地问："他有没有说什么？"

"他和静怡已经过去了，我会给他时间忘记。"小艾以为柳絮担心的是陈一凡因为静怡的事欺骗她。

"没有说别的吗？"柳絮追问。

"哇，你比我还担心，是不是想挖墙脚啊？"小艾玩笑地说。

"才没兴趣。"柳絮拿过遥控器漫不经心地换着频道，眼睛却始终没有看电视上演的到底是什么。

"柳絮你怎么了？心不在焉的，到底看哪个频道啊？"萱萱不满，韩庚在做访谈，小帅哥的舞跳得她意乱情迷，柳絮却总在换台。

晚上小艾和陈一凡视频聊天，小艾的声音很大，虽然在自己的房间，柳絮还是听到了。

"亲一下，晚安。"

"乖，睡觉去。"

"不。"

"好，乖啦，晚安。"

一切好像都没有发生，还是摔倒之后遗忘了部分记忆？

第二天小艾早早起来，梳妆打扮，犹豫着到底挑哪套衣服赴约。

电话响起，小艾一看是陈一凡的，兴奋地接着电话，幸福满满地说："我马上准备好。"

"小艾，我今天去不了了，临时有事。"

"哦。"小艾的情绪立刻晴转阴了，柳絮在隔壁听着她的动静，"没关系，我们还有时间。"

"小艾，我要出去了。"柳絮拎着她最爱的包包。

"逛街吗？算我一个。"

"我有约会，你不是要和陈一凡去欢乐谷吗？怎么了？"

"他有事。"小艾情绪低落地说。

柳絮穿上她的普拉达出去了，还有她的香奈儿外套，她的LV包包，她勾引男人去了，她有新欢了，这是小艾的判断。

柳絮来到陈一凡家，走进这个她曾经来过的地方，而且有复杂回忆的地方。第一次是被人当做挡箭牌带过来，第二次是送喝醉的人过来，这一次是她自己的主意，不再是什么人的棋子了。

"那天我喝醉了，为什么是你送我回来的？我们怎么会……"

"Jack打电话给我的，我知道你们都看不起我。"柳絮冷笑了一下，情绪有些激动地说，"我从小就没有爸爸，我恨男人，但是你的出现让我停止了对男人的报复。我无可救药地爱上了你，而你总是对我视而不见，我的感受对你来说比不上小艾的一个表情。"她整理一下情绪，恢复了冷静后说："放心，我不会纠缠你，小艾也不会知道。就当你糊涂了，你把我当做小艾了，就当我们什么都没有发生。"柳絮冷冷地笑着，好像一切都不重要了，她始终是个受害者，是个无关紧要的人，但她的每句话都扎着陈一凡。

他在回忆那天的事，为什么策划案被盗了，为什么 Jack 让柳絮把自己送走？他们发生了这么荒唐的事，真的对柳絮不管不问就当没发生吗？或者从此忘了小艾然后接受柳絮？他做不到，他也不想。

柳絮抽泣了一声，“我知道你们都看不起我，没关系，我会坚强，我和小艾还是好朋友，我不会抢她的男人。”

陈一凡感到头疼，从来没想过有一天自己会纠缠在这种事中。如果柳絮大声骂他，要他负责，他就会心安理得无耻地说：“我醉了，你是清醒的，你应该拒绝的。”但是柳絮楚楚可怜的模样，像是他深深伤害了她，可是天知道他到底做了什么，他一无所知。

“我会对自己的行为负责，但是给我点时间，我不想伤害小艾。”

“你不用管我，让我自生自灭好了，小艾是无辜的，我真的不想伤害她。”柳絮抽泣起来，一声一声像尖锐的刺插进了陈一凡的胸膛。

陈一凡觉得自己已经无可选择了，他只能硬着头皮解决这件事。

自己就是一个错误，父母酒后犯错有了他，而他也是酒后犯错伤害了两个女人。

小艾宅在家里过了一个周末，柳絮约会去了，萱萱回家吃妈妈做的菜了，陈一凡有事不能赴约了，欢乐谷就这样泡汤了。

上班的时候，林小艾看到陈一凡一副没睡好的样子，平日里十分注重形象的他，竟然允许胡楂密密地钻了出来，组成一个成年男人的标志。小艾关心地问：“怎么这么没精神，要不休息一会儿？”

“小艾，我……”陈一凡吞吞吐吐。

“怎么了？有事说。”

“没什么，晚上想吃什么？”

女人的第六感告诉小艾，陈一凡心里有事。陈一凡说是因为策划案被盗的事，此事毫无线索，暂时决定密封消息，内部调查解决。但不管怎样，新年服装秀这场仗他们打赢了。

柳絮离开家又回到了租住的公寓。她捏住了陈一凡的七寸，任他怎么蹦跶还是没逃过自己的手心。妈妈曾告诉她：强扭的瓜不甜，不是自己的强求不来。她觉得就是因为母亲懦弱，所以没有把那个血缘关系上的爸爸从别的女人那里抢回来。

柳絮有点悲伤地冷笑，对手竟是自己的闺密，这仗好比古时候骨肉相残，兄弟夺位，“小艾，别怪我。”她在心里忏悔，离异的父母留给她的除了恐惧还是恐惧。她担忧将来的人生落在一个男人手里，从此悲哀地度过下半生。她担心突然红颜老了，杀出个娇嫩的小妖精夺了自己的幸福。她害怕心软一点就失去很多很多。

她得意地握着自己的幸福。小艾还没回来，她猜想一定和陈一凡约会去了。她内心不安又内疚地任由这个约会慢慢发展，心想暂时给你们甜甜蜜蜜吧，终有一天会分开的。

“别夸，我手艺不怎么样，但是味觉一流，吹吹可以，别到时候露馅了就糗了。”小艾越来越觉得幸福，她看着陈一凡脸庞分明的棱角，慢慢地把爱一点一点刻进心里。

“你说说你一个女人连男人的胃都抓不住，小心我跑了。”陈一凡每一次都觉得他们的爱情时日不长，害怕有一天必须对小艾说“对不起”三个字。伤害她，自己无论如何也于心不忍，可是生活有时候很无奈。

“一副倒霉熊的模样，房间收拾得比女人还干净整齐，做菜熬汤都能入选吉尼斯纪录了。有时候疯狂地骂人，有时候温柔得像绵羊，你知不知道自己在动物界属什么?”

“我属龙的，生下来就是皇家身份，富贵相。”陈一凡牵着小艾的手，一晃一晃，有些傻气，但是他愿意这样傻下去。

小艾咯咯笑起来，“不对，你属狗，有时候狂吠，有时候蹲在窝里看家。”

“敢笑我?!”陈一凡挠起小艾的胳肢窝，但厚厚的衣服使他无法得逞。

小区里绿化面积很大，风一吹，树上堆积的皑皑的雪花瑟瑟地抖下来，散落一地。他加了手劲，握得更紧，怕小艾变成了雪花，一阵风吹走了，握不住。

陈一凡扎了围裙在厨房里忙碌，小艾凑过来看看有什么能帮忙的没有，陈一凡总把她赶出去，说她那两下子只会越帮越忙。

“谁说的，当初和聂……”话说了一半还是硬生生咽了回去，她不敢提聂伟，每一段过去都得尘封成木乃伊，诈尸就不好了。

“小艾，不要离开我。”陈一凡想到了柳絮，缘分无定，不知道什么时候谁已经不在谁的身边。他用力抱着小艾，一股暖暖的味道从他身体里散发出来包围着她，她眩晕得厉害。

“小艾，我妈住院了，脑溢血。”柳絮电话打来的时候，声音颤抖不已。

“不要着急，我这就过去。”

小艾拉着陈一凡要他一起过去，他有些犹豫，小艾马上命令陈一凡必须和她一起过去。

柳絮是单亲家庭里孕育出的心理残缺不全的花骨朵，前面三十八个男人的悲惨下场都是她爸爸影响的。

就像林小艾介意别人说她已婚一样，柳絮介意别人说她是“单亲家庭的小孩”。母亲的被抛弃，整个世界里父亲角色的缺失，造成了母女相依为命。

“现在怎么样？”

“还在昏迷，是脑溢血，医生说再醒不来就真的……”柳絮失声哭了起来，抱着小艾好像抓到了稻草。柳絮招摇的性格没混到几个朋友，小艾算一个，柳絮总会在遇到困难的时候第一个想起她。看到陈一凡一同出现，陈一凡的眼神闪烁着不自然的光，柳絮有些后悔了，本来小艾会很幸福的，可是转眼就被自己的幸福代替了。

“别着急，阿姨吉人天相，一定会没事的。”小艾没注意到柳絮的眼神里有陈一凡存在的痕迹，她只顾柳絮的伤心和慌神了。

安慰也只是安慰，谁也不是命运的操盘手，能掌控生死大权，就像林小艾不能控制她的酒量，她的升职加薪，她什么也做不了，有的只是口头安慰和内心的祈祷。柳絮太需要一个男人依靠，而所有的男人都以为她是一只森林里迷路的狐狸，每个男人都不属于她的归宿。

脑溢血可大可小，一不小心就有可能走了不回来了。

“小艾，医生说我妈这次凶多吉少。”柳絮的眼睛在泪水中浸泡太长时间，严重浮肿。她趴在小艾身上瘫软了，没有休息，没有吃东西，神经高度紧张，整个过程里只有她一个人。若不是此时有小艾这个姐们儿，她还要继续撑下去，在陌生人面前表演坚强，在看不见却仇恨的人前假装坚强。

“我妈有事，我不会让严绍康好过的。”柳絮提起父亲严绍康就激动。

医院里连气味都是发白的，这样的世界很容易让人精神崩溃。母亲在病房还未脱离危险，父亲却可能在某个地方和女人浪荡。柳絮情绪无法稳定，只要母亲出现状况，她总会更深切地想到背叛了她们的父亲。

小艾等到医生从急救室出来，医生说暂时脱离危险，但是这种病很难根除，病人不能受刺激，一定要密切注意病人的情况，再晚送一分钟命都保不住了。柳絮很害怕，出院后想把母亲接过来一起住，省得每次都要跑到郊区那栋老房子里。那房子潮湿得能长出青苔。母亲不愿意离开，留恋父亲曾留下的记忆，说是恨，又何曾不是深深的爱。

柳母醒来的第一句话就是“绍康”。她要见严绍康，那个曾经给过她承诺却又给了她伤害的男人，也许是生命弥留之际的愿望。

“还见他做什么？你从小就告诉我当没有这个爸爸，他在我心里早就死了，我们不需要他来可怜。”柳絮情绪再次激动。

“灭绝，别动气，阿姨不能受刺激了，她想见自然有她的道理，你就当完成阿姨的愿望吧。”小艾看到柳母想说什么话，却吐不出来，声音好像被卡住了，柳絮的话更加使她激动。

陈一凡借口出去买点粥等柳母醒来喝，其实找个角落抽烟去了，他不知道该如何面对柳絮的眼神。直到小艾问粥买来没有，他才停止烦乱的思考。

为了母亲，柳絮想找父亲谈一次。她对那个陌生的，曾经在小学门口拦着她让她叫爸爸的男人印象模糊，那时候她只会哭，然后喊“妈妈，妈妈”，在她的印象里，没有“父亲”这个词。

没有男人，女人就很可怜吗？林小艾觉得是。一个再潇洒的女人也不是铜墙铁壁，女人的柔软在于她始终需要一个肩膀。

柳絮本姓严，严旭，父母离异之后，随母姓柳，改为柳絮。父亲对母亲的背叛、对亲生女儿的抛弃，是她心中的一根刺，时常痛进骨髓。

小艾对陈一凡讲着柳絮的故事，除了同情还有怜惜。“她很坚强，从来不依靠别人。她总能不断物色到新的猎物，又很快甩了他们。不是她花心，是她不敢相信男人，每一个男人贪图的都是她的漂亮、她的身体。她需要一个肩膀依靠，其实她很脆弱，活得很无奈。比起我们这些贫二代，她打拼得更不容易。每个人都以为她风骚，喜欢勾引男人，都离她很远，其实她从来都很认真，只是不认真的是他们。”小艾絮絮叨叨讲了很多柳絮的事，俨然夸成了新时代的巾帼英雄。而句句话却刺着陈一凡，他伤害了柳絮，没有给她肩膀，而是给了一剑。就算是个错误，也是应该有人承担。

严绍康还是来了，同时还带来了那个女人——夏海棠。

柳母要求单独和严绍康说几句话，柳絮和夏海棠在外面等着。柳絮第二次见这个女人，第一次是小学时父亲拦住自己让叫爸爸那次。她还和以前一样漂亮高贵，而自己的母亲却形容枯槁，头发蓬乱，多年没有修饰的面容都有老人斑了。作为女人她有些羡慕夏海棠，保养自己等于保养爱情。

但是想到她脸上这么粉嫩都来自自己亲生父亲的血汗钱，而自己在最艰难的时候都没用过他一分钱，柳絮就恨得不得了。

“也许我的日子不长了，别的没什么事，就是女儿我放不下。”说到这里柳母眼泪从眼眶里溢出来，严绍康抽了张纸巾给她轻轻擦拭掉，仿佛日子还是二十九年前，她躺在产房等着生小孩，严绍康擦去她由于疼痛而掉的眼泪。时间过得真快，一转眼他们都老了。

“她也是我的女儿，我会好好照顾她的。”严绍康没有说过多的话，已经不像以前会说“放心，有我在”，还会握着她的手告诉她不用怕。感情和年纪一样容易老，老到你想不起来那是多少年前的事了。

他们一时间沉默，谁也不知道再聊些什么了。都是孽缘，一错错到今天。

柳母想说她后悔那时的任性，不应该不给他空间，造成今日的局面。可是说出来又能怎样，时间回不去了，他们都已无能为力。

夏海棠谄媚地对柳絮说：“过得好吗？需要帮忙的时候说一声，到底是一家人。”

“一家人？”柳絮冷笑，“有一家人二十九年不见面的吗？生老病死不管不问的吗？别假惺惺了，你夺走我爸那会儿，没想到一家人吧？今天是来给下马威还是看笑话来了？真让你失望了，我们都很好，什么也不缺。”

“我不是那个意思，你怎么这么钻牛角尖啊？跟你妈真是一个模子。”

一个脆亮的耳光落下，柳絮怒气冲冲地指着夏海棠说：“你说谁呢，我妈是你随便说的吗？”她不允许任何人说母亲的任何不好，尤其是夏海棠，她恨这个夺走她们一切的女人。

夏海棠也不甘示弱，动起手来，一时医院特别热闹，医院的护士嚷着“安静点，这里是医院”，可是没人停下。严绍康听到动静出来一看，喝止了这场战争。

严绍康拉开夏海棠，用安慰的语气说：“她还是个孩子，你也不用跟她较真。”没有埋怨和谴责，听了这话柳絮将这个挂名的父亲彻底钉死在心中的十字架上了。他已经属于别人了，和躺在病床上的母亲还有自己都毫无瓜葛。同时她也明白了一个道理“男人一定要勇敢地抢过来，不然只能悲惨地活下去”。严绍康又笑呵呵地向她道歉说：“都是误会，你妈还在里面呢，让她听见不好。”

柳絮痛恨这样的女人，妖精。如果婚姻注定是柴米油盐，她就要做粉红女郎。

再一次想起陈一凡，她无意识地握紧了自己的手，下了个决定。

“絮，这是爸给你的十万块钱，你妈生病需要，你也给自己买点喜欢的东西。”严绍康跟夏海棠商量了一下，决定先补偿十万块钱，一个女孩子在社会上打拼不容易，到底是骨肉亲情，血浓于水。

“十万块钱？补偿心里的亏欠吗？我随便找个男人也能给个十万八万的，这些钱你留着养老吧。”柳絮爱钱，但是宁死也不想要这个男人的钱。

“絮，爸知道亏欠你太多，其实这些年我很想见你们母女，但是你妈太倔了，我找过她几次，她都不肯让我们见面。”

“我妈应该感谢你的抛弃，让她知道了什么是始乱终弃，糟糠之妻是什么下场，也教会我怎么看男人。”没有父亲的痛楚和内心的痛恨纠结着她，她无法原谅这个陌生的却给了她生命的男人。

“绍康，我们走吧，改天再来。”夏海棠把严绍康拉走了。柳絮其实希望严绍康能态度再软一点，再对她们好一些，在这个地方再待久一点，只是他被那个女人拉走了，而且没有反抗。于是她更恨他，父亲在她心目中的形象彻底倾塌。

柳絮走到病房，看到母亲身上扎着针，手有些浮肿。原来刚才柳母见严绍康的时候有些激动，针头移动了，手肿了个包。

“絮，别跟你爸生气，都过去了，怎么说他也是你爸，而且他答应我照顾你的。”

“妈，我不用任何人照顾。”

“妈最不放心你了，马上都三十的人了，连个对象都没有，我怎么能放心?”柳悦红遗憾的是不能看到女儿出嫁，每次想到这个都后悔给女儿造成了影响。不幸的婚姻对孩子心灵的伤害是无法磨灭的，从小没有父亲的柳絮，对生活坚强，对男人厌恶。

“我会找到的，您就放心吧。我这么漂亮还怕没人要啊?”柳絮看到母亲欲言又止，这个相依为命的亲人已经老了，不是那个教育她要坚强，要靠自己，不要哭的母亲了，而是老到可以妥协的迟暮女人了。

结婚，一是情投意合，二是年龄到了，三是冲喜。柳絮是后两者的结合，可是对象呢？她还是死盯着一个人。

陈一凡几日没接到柳絮的电话，不知道她要选择忘记还是要什么结果。这几日他越来越无法面对小艾天真的脸，那一汪清澈的湖水是怎么也照不到他心底的淤泥。电话总是不期而至，柳絮要见他。

“你娶我吧，我必须和你结婚。”这是柳絮见面的第一句话，再也没有海藻般的头发随意地拨弄，再也不见温柔的轻言细语，更没有有意无意地露出香肩，单刀直入。怪不得说女人的脸比天气还恐怖，一会儿冰雹一会儿大风沙。

“开任何条件都可以，就是结婚不行。”陈一凡真想用钱解决一切，但是对小艾的闺密，一个单亲家庭的女人，被父亲抛弃的孩子，他却开不了口。

“我妈想在临走前把我嫁出去，我的初夜给的是你，我只能嫁给你。”

陈一凡又想起那恐怖的鲜血，像花朵一样绽放，却沾满了罪恶。“我什么都可以给你，就是结婚不行，我们不会幸福的。我爱的是别人，你也不见得多么爱我，我们根本不是一路人。”

“我要的只是一场假婚礼，就是在我妈面前承认一下，让她高兴一下，也许身体就好了。医生只说她暂时脱离危险了，但是她年纪大了，加上操劳，各方面都可能……”脑溢血之后的柳悦红说话不大灵光，动作迟缓，这种病挨不了几年。降临人世的时候十月怀胎给你预兆，走的时候都是突然之间。谁也不希望突然之间没能好好留住最亲的人。

陈一凡说：“如果有其他的要求都可以，但是这种欺骗性的行为我不会去做。”

柳絮在陈一凡那里得不到任何温柔的安慰，更没有一点妥协，这使她更恨林小艾，恨她像夏海棠夺走父亲一样夺走了本属于自己的男人。

回到公寓，柳絮扯了丝巾扔在沙发上。电视里正播着《蜗居》，宋思明的老婆到公寓找海藻要钱，语言极其恶劣。

萱萱说：“男人有钱有权就变坏，宋思明对海藻再好也弥补不了对糟糠之妻的冷漠。小艾，小心你沦落为宋太太的下场，都一把年纪了再考虑要不要离婚，陈一凡也算成功人士啊。”

小艾说：“他啊，我太了解了，在我的淫威下，他有脾气都不敢发，还敢养女人？”

柳絮接了一句，“你了解他吗？真了解吗？”带着质问的语气，小艾听了有点莫名其妙，这口气像是谁得罪了她。

“还算了解吧。”

“了解？你知道他内裤的颜色吗？”柳絮的情绪又被“陈一凡”三个字吊起来。

“她不知道，难道你知道？”萱萱凑热闹般凑过来问，有点诧异这玩笑开得太雷了，怎么论起男人的内裤了，少儿不宜。

“至少我比林小艾你清楚。”

“灭绝，你不会做梦的时候YY我家男人吧？朋友之夫不可霸占，你不厚道。”林小艾也觉得这丫头太能开玩笑了，平时猜猜男性的内裤就算了，闺密男友的内裤可不是用来开玩笑的。

“玩笑。吓死你。”柳絮舒了一口气，恢复了往日的不正经，对小艾笑笑。

说是玩笑，可在林小艾的心里种下了阴影，隐隐约约从柳絮前后的表情看出一点端倪，可是她又不敢相信，或许是多心了。

小艾接到陈一凡的电话，两个人甜甜蜜蜜地通过电话传递绵绵情意。小艾时而咯咯地笑着，时而亲昵地说着。柳絮躲进房间尽量让自己隔绝，神经大条的小艾边看电视边说着话，还说“我要你像宋思明对海藻那样对我，不许反抗，只能接受”，萱萱吐了吐舌头，有点恶心那两位腻歪的样儿。

热恋的时候总有说不完的话题，谁也没见结婚十几二十年了两口子还能煲电话粥的，电信、移动的营销策略对付的也是年轻情侣或者是老牛和嫩草型的。小艾把自己归为热恋类的，当时一气之下定的目标奇迹般地实现了，三个月结束单身，不多不少刚好三个月。

萱萱和陶宇总是有一搭没一搭地聊着，不主动出击，慢慢地冷了下来，那小子也好久没出现了。

男人和女人不存在谁先追谁，结果才是重要的，当然女人可以引导男人早点觉悟，先下手为强。像萱萱这样只等着别人主动投怀送抱，而且要附加上自己看得上，太难了，不是一般的难。

恋爱就像女人淘衣服，一堆破烂里总会蹦出几件还不错的，但是往自己身上比画一下，大多不适合，买与不买都是鸡肋。刚好能穿的是幸运儿，不能穿的就没有资格挑挑拣拣犹犹豫豫，赶去专卖店试一件合适的吧。

找男人不是穿衣服，还分S、M、L、XL、XXL、XXXL甚至还有更大号的XXXXL，男人都是一群乱码，谁知道哪个适合你，适合她，看着顺眼拉回家里培养几年，出来好歹也本科毕业了。

小艾说："萱萱你总挑嘴上不长毛的，现在还在幼儿园，心智成熟点好不？你整天枕着入梦的杰伦，也留了一阵小黑胡子，男人越成熟学历越高。不像工作，自己培养出来都是死心塌地的心腹。找男人还是找个被培养过的，省得你操心了。"

"哇，看见了没有？辰亦儒，我就喜欢这样的。"萱萱又是拍手又是跺脚，看到嫩嫩的帅哥恨不得立刻下嫁。林小艾看了一眼，小孩子一个，脸比女生还粉嫩，干净得没有瑕疵，甚至看不到粉刺和黑痣，她把这样的男人称为小男孩。

"醒醒吧，照照镜子看看自己属于哪个等级，现在的'90后'势头汹涌，这样的男人早被她们先下手了。即使有个单身的，身边也是美女如云，绝对不安全。再说……"林小艾不忍心打击萱萱，她穿上鞋差不多155厘米，饭也不会做，整个生活不能自理，每个月都有几天要回家抱着妈妈睡觉，哪个男人愿意还没结婚就养个女儿？林小艾接着说：“老老实实找个男人嫁了总比单着强。”

她得意自己的陈一凡懂得女人心思，一个标准的毕业了的男人，说不定还是个研究生。然后就痛恨自己，曾经也培养了一个马上本硕连读的，结果升级失败，现在便宜了别人。

萱萱的同学又帮她介绍了几个相亲对象，小妮子一看照片，衬衣扎在裤子里，一副领导的样子就拉了脸，“穿这么成熟又不是面试，就不能休闲一点？你看杰伦、庚宝还有胡歌，哪个不是休闲的时候最帅？”于是乎印象分大减，已经没有心情见面了，网上有一搭没一搭地聊着，鸡肋。

“你活该被剩吧，知人知面不知心，不见见面聊聊天处一处，你怎么知道老实巴交的人不会甜言蜜语，你怎么知道油嘴滑舌的人内心不单纯？男人都是装出来的，衣冠禽兽懂吧，有多少戴眼镜斯斯文文明目张胆嫖娼的？外表就是呸，什么也不是，一个爷们儿，脸长得像小白脸恶不恶心，放在家里能生产面包啊？”小艾最看不懂现在的女孩子怎么都喜欢脸白的奶油小生，最好嫩点，脸能掐出水来，到底找的是男人还是人妖呢？

这场谈话结束，广告插播完毕，电视又开始放宋思明，相对小贝她还是喜欢宋思明这样的男人多一点，够爷们儿。

第十章　闺密和男友同时背叛

上级评估团例行程序考察林小艾，打分晋级。直接上司陈一凡、人事经理、人事总监，还有行政部 Jack 都来了，就晋升芝麻大点的官，动静好像弹劾克林顿。

噼里啪啦的问题甩过来，她一个一个地回答，小艾已经不是行政部那个小艾了，嘴巴厉害，专业知识过硬，人也学会稳重了，在 EV 这么多年不是白混的，身边还有陈一凡这个军师，这些问题基本拿下。

“公司虽然没有明文规定，但是行内潜规则，办公室恋情，你对这个怎么看?”

林小艾打破脑袋也想不到会出这种问题，她觉得不像升职主管而是马上荣任教导处主任，见一个打一个，绝对不允许早恋，不能残害祖国花朵。

“国家是保护个人隐私的，我认为在不影响工作的情况下秘密进行不为人知的，没有触犯原则性错误的是可以。但是一旦因为个人感情影响到工作，影响到公司的利益，是绝对不能宽恕的，必须严惩。”

陈一凡偷偷地伸出大拇指，小艾心里乐起来了。一行人浩浩荡荡地又走了，小艾从会议室出来，舒了一口气，这场面太吓人了。

陈一凡从评估团回来后，对小艾打了一个 OK 的手势，两人心知肚明。

哈利凑过来，“小艾，以后你就是领导了，有没有什么效劳的？姐妹可靠你了。”

东子说：“恭喜哦。”

琳娜做了一番思想斗争，能屈能伸是办公室一大生存法则，暗示自己低个头一切又是晴天。

“小艾，我早就知道你有潜力，你现在实至名归，晚上为你庆祝。”她转向大家，“好不好?”

所有同事都赞同，琳娜立刻拨电话定了包间，以行动证明自己的“改邪归正”，回归组织。

吃吃喝喝唱唱歌，办公室娱乐无非如此，每个人都敬酒，小艾只是稍许喝了一点。自从上次醉酒出了疹子之后，她对酒就后怕，每次只喝一点点。

结束的时候，陈一凡送林小艾回家，绕开同事的视线却送到自己公寓。

“太想你了，跟我待一会儿，我再送你回去。”陈一凡觉得好像要失去她一样，只想多点机会静静地抱着。

“看不出来，你还挺痴情的，你至少是个本科。”

“说什么呢，我是从美国回来的。”

“咦，难不成你以前的女朋友是外国妞，怎么你们都抵制国货?”有些许的醉意了，小艾倒在他怀里糊里糊涂说着话。

脚下有什么东西硌着小艾的脚丫了，抬起脚一看花容失色。

这个刻着LX缩写的亮晶晶的东西她太熟悉了，那是柳絮二十九岁生日时她找人专门刻上的字母，柳絮的生日礼物。什么内裤的颜色，什么这段时间恍惚，什么害怕失去她，这一刻小艾觉得自己被蒙蔽了，被欺骗了。

“这是什么?”

陈一凡沉默着，不知道如何回答。人赃并获，人没有获，好歹抓到赃物了，任他三寸不烂之舌也难辩。

“你们早就好上了，那你为什么还要跟我在一起，为什么要瞒着我?”林小艾酒醒了大半，眼泪扑簌簌地掉下来，滚烫的愤怒。

“小艾，你听我说。”

“怪不得她说我不了解你，她连你内裤的颜色都知道。我就是一个傻子，被你们玩在手心。”小艾摔了手中的东西想逃出这个世界。

陈一凡抱住小艾，不让她走，说:“我是喝醉了，那天的事我真的不清楚，醒来她就在……”

“无耻，我连最隐私的秘密都告诉她，她是我最好的朋友，你们却……”眼泪大颗大颗地滴下来，流在脸上，烫伤了被酒麻醉的意识。她闭上眼，又滚出一串泪珠，心如死灰般地说:“放开我。”

“小艾，小艾……”

小艾一层层楼梯爬下去，她只想不让自己停下来，不要再有心思想这件荒唐的事。袖子完全用来擦眼泪了。冬天的风刺骨地吹来，她却觉得不够冷，吹不醒麻木的神经，吹不走慌乱的心情。

她从矮小的树枝上抓了一把雪，揉在手心，把手冻得冰凉冰凉，以驱走集中在这件狗血事件的意识，手慢慢地烫起来。运气也是这样，否极才能泰来，泰完了才能遇到否。极冷会极热，极好运的结果是极坏运。事业得意了情场就要失意，什么道理？

陈一凡坐电梯追出来，没遇到小艾，驱车到处找她，喊着她的名字，可是名字上没有地址。

夜凉了，也深了，已经十二点了，这时的游魂野鬼开始出窍了，这时的荷尔蒙也浓浓地散发着，冷静的街道盖不住夜店里的热闹，到处都是暧昧的味道。柳絮看小艾还不回来，以为她和陈一凡在一起，酸溜溜的。

“这么晚了，你在哪，跟谁在一起，还回来吗？”柳絮忍不住拨个电话。

“柳絮，你勾引了三十八个男人还不够，我的男人你也不放过，亏我把你当知心姐姐，你太对得起自己的名号了，灭绝人性，妹妹我谢谢你这么照顾我，照顾我男人。”咆哮的声音忽然很悲伤很悲伤地哭起来，几乎哀求地说，“既然你喜欢的话当初就不要劝我和他在一起，既然不在意了就该让我们好好过……”

电话从滚烫的手中滑落，她的嘴唇在发抖，手在发抖，整个身体在发抖，是寒冷还是心冷？

陈一凡在背道而驰的路上和小艾越走越远，小艾不知不觉走到黛丽丝家的小楼前，委屈的泪水和内心的痛楚一样纠结着。抛弃和背叛，背叛和欺骗，这是两个男人送给她最深刻的东西。

爱情都是扯淡，女人永远没有最漂亮，没有最温柔，没有最可爱，只有最新鲜。

小艾不知道自己要去哪里，小楼的灯灭了，她没有理由站在这里，都是过去，怀念还是祭奠？

升职的最终通知还未正式下达，残酷的事实就昭然若揭了。老天爷是不是太小心眼了，总不给人喘息的机会。小艾现在恨极了传说中的老天爷，脑子里出现的是瘦小的、眼光毒辣的、头发稀少、皮肤黝黑还布满皱纹的老头子。

柳絮不定时出现在陈一凡面前，咄咄逼人，有时候哀求着，“我只想让我妈高兴，我保证是假的。”

陈一凡说：“你最清楚那一晚犯错的不止我一个，如果要为这次错误买单，我们两个都有责任。而且我说得很明确了，我不喜欢你，不可能跟你结婚。”

“是不是林小艾说我什么了？不然你不会这么说的。”柳絮情绪有些激动。

“我就不明白一个屋檐下的人，你们的差别怎么就那么大。”陈一凡想如果是林小艾她一定会咆哮起来，但是雷声大雨点小。如果是林小艾不需要她强迫，自己就甘愿结婚。

柳絮确定林小艾一定说了什么，不然这句“差别怎么就那么大”是怎么来的？她恨林小艾，她跟夏海棠一样都是夺走自己幸福的人。

小艾犹豫了一晚要不要去上班，见到他该做什么样的表情，要显得很在意还是很不在意，要表现多冷静还是多激动，要淡然还是要追问。

家里来电话了，嫂子又唠叨说让小艾的哥哥开超市，坐那收钱就行，他非要开个腐竹场，他现在走动又不方便，只能坐那装装袋子打包，难道让他到处跑着揭皮还是烘干？再说要投入一大笔钱……

那个小村镇有十分之一的家庭都开了小作坊生产销售腐竹。把黄豆磨成汁，在大大的隔成一个个格子的火炉上烧，把最上面一层成形的皮挑起来放在竹竿上，然后放在一个用煤炭烧着保持高温的小房子里晾干，最后把干了的腐竹按照一定的斤两装在袋子里放上合格证，就可以出售了。

由于程序简单，是一条致富道路，可以从小做起，反正不愁卖不出去。家庭作坊从明末就有了，现在也消灭不了，以前是资本主义萌芽，现在是赚钱的心在萌芽。

“可以啊，咱爸联系出售，咱妈可以打包，嫂子你就起皮，再雇一两个人，哥哥就整体运作怎么赚钱，加上哥哥做生意积攒下来的人脉，我想应该没问题。”

“你见哪家做腐竹的不是脏兮兮的，天天忙得谁有空收拾？我也不是不同意，但是起码得有启动资金吧，他这一住院钱都花完了，哪里还有钱砸进去？”

“缺多少？我马上就涨工资了，也没什么花的，凑一下估计也能凑几万块钱。”

“嫂子就知道小艾最好，等嫂子赚钱了给你买真金白银的首饰。”

周美惠电话还没结束，林大刚抢了过来，“别听她说，你的钱自己用，也给自己买点东西，在外面不比在家里。”

林小艾听到那边吵起来，之后电话就断了。哥哥不想给自己压力，这是好事，他终于振作起来了。而且做这个不存在亏本，村镇上多数人都这么发家致富的，林小艾还没看到哪家因此倒霉的。

前面借的钱还没还，后面又得找人借钱。有时候想想钱还真是好东西，失恋算什么，背叛算什么，不值一毛钱。

上班，为了万恶的金钱。奇怪的是陈一凡并没有出现在公司，而且整个上午都没看到他人。

“哈利，陈总今天怎么没上班？”

“你不知道啊，他去上海谈判了，可能要三天后才会回来吧。”

不想见不想见，真见不到了又有些失落。人就是不能自轻自贱，甩甩头发，有什么大不了，一场恋爱嘛，谁没失恋过？我还离过婚，失恋算什么？心里这样想眼睛却酸酸地分泌了一种液体。

小艾没告诉任何人，趁着家里没人的时候从公寓搬了出来，找到一个偏僻却便宜的地方，除了为省钱还因不知道如何面对柳絮。

留了一张字条：六万块钱先还两万块，放心我不会赖账，补上欠条。这是她留给柳絮和萱萱的唯一东西。谁也不知道她去了哪里。

柳絮怎么也找不到小艾，她只想拥有陈一凡，抢回属于自己的面包，没想把小艾逼到绝境。

“萱萱，帮我找找小艾吧，把钱给她，说我暂时用不着，让她先用。”

“出什么事了，小艾怎么也不说一声就走了？”可爱的孩子还不知道身边的朋友已经形同陌路。

看到是萱萱的电话，小艾犹豫了一下接听了，两人约在一茶一坐见面。

“小艾你怎么了？怎么突然搬走了？是要和陈一凡同居还是他给你买了栋房子？真不够意思。”

“萱萱，”小艾委屈得想哭，每次想到每次难受，“我发现了灭绝和陈一凡的奸情，我暂时没法面对他们。”

萱萱不相信，说：“你是不是弄错了？灭绝虽然风情万种也不至于勾引陈一凡啊，再说她以前都没成功，你们好了之后怎么剧情乱了？”

“他们都承认了。你记得那次她说她知道陈一凡内裤的颜色吧，我当时真傻，还以为是玩笑。我呸，我连宋思明的老婆都不如，稀里糊涂什么都不明白那边就暗度陈仓了，我还高呼抓到了幸福，却是为他人做了嫁衣裳。”

“你别激动，也许是无意中犯的错。我们能原谅海藻，你就原谅他们吧，难不成像小贝一样?”

“小贝也挺好，最后不是挺幸福的?能让我引以为戒的就是不能原谅，又不是小孩子，这种错也能犯吗?”

小艾无法原谅这对背着她偷情的男女，一个闺密，一个男友。谁开的玩笑，我并没有让人嫉妒的大富大贵，为何受伤的总是我?

“萱萱，钱看到了吧，先划清界限再说。告诉她我不会赖账，慢慢都会还清的，我借得起就还得起。”

萱萱想到柳絮的嘱咐，掏出一个信封，推到小艾面前，“她说不急用，不用着急还。”

推来推去，不知道的还以为黑社会交易，做了什么见不得人的事。厚厚的信封明显装的就是人民币，如果是火车站，估计她们不要小偷就不客气了。

萱萱告诉小艾其实柳絮只借给她两万块钱，那四万块钱是陈一凡给她的。

“世界怎么疯狂了?我是受害者，现在他们都成无私的好人了。欠一个我也就认了，现在你们都是我的债主，要钱没有，要命过来分吧。”原来是陈一凡借给她的钱，他心里从一开始就有她，可是为何会出现这戏剧化的一幕?是天意还是巧合，还是无意犯错?

只是什么都可以原谅，什么都可以从头开始，就是感情不能，谁也不允许自己的人贴上别人的标签，尤其是自己还没用过，就成二手货了。

谁也不想掏了一手的钱却买到二手货，付出了真感情得到的誓言却是谎言。

小艾还是让萱萱把钱退给柳絮。她不想欠债，更不想因为钱让他们心里少点内疚，自己多点内疚。

至于陈一凡的钱她是必须要还的。

钱，没有你真不行。

电话一直在闪，陈一凡的电话一个又一个，她不敢去接，只能更深地让她想到彼此之间的债，除了钱，还有情。

办公电话响起来，不得不接听，是他。

“怎么不接电话，你过得好吗?”陈一凡不知道是否该给彼此一段冷静的空间，事实上在上海的日子他无法平静，无法不惦记。

“很好，如果没有什么交代我先去工作了。”小艾的态度冷若冰霜。

她不能忘了从前，更忘不了左等右等，他没有解释就心安理得毫不在意地飞走了。低头，向第一个男人讨钱还第二个男人的债，从此天涯各一方，这是她此时想到的唯一出路。

“我想借四万块钱，是你曾经许诺如果我有困难有需要，你会毫不犹豫帮我。”林小艾见到聂伟直接说出自己的来意。

“以前你死活不要，是不是家里出事了，还是男朋友破产了?”人与人之间的感情很奇怪，爱的时候甜言蜜语腻腻歪歪，分开各自为家了，总会酸溜溜的，还觉得这是自己的女人，被人霸占就是不爽。

“我只问你借还是不借?”

“什么时候要？”

“现在。”

“好，但是……我有个条件。”

“虽然我们结过婚了，但是从来没有洞房……”聂伟吞吞吐吐地讲出了自己的条件。

“聂伟，你混蛋、败类、禽兽……”小艾忍受不了内心的澎湃，自己怎么会看上一群败类，是眼拙还是男人本性如此，怎么挑都会错？手中的咖啡还带着温度泼了聂伟一身，周围的人都转过脸看热闹，小艾站起来就走。

“胖子，最近家里有点事，不知道你手头宽裕不？”

“小艾啊，出什么事了？需要多少？”

“四万块。”

“噢，我还以为多少呢，你把卡号发来，我下午给你打过去。不过……”

“不过什么？”会不会又是条件？林小艾想。

“你也知道我追了你四年，你就不能对我温柔一点？别老胖子胖子的，叫我声刘哥，我保证钱不用还。”

“你贱啊，便宜还占到哥们儿身上了，聚会整得跟亲兄弟一样，别说借钱就是赴汤蹈火都在所不惜，现在借你两个钱就戳你痛处了！我是你同学，不是小蜜，我今儿就一句话，借就打钱过来我还，不借拉倒。”男人都这么犯贱吗？都以为有两个钱，女人就能服服帖帖任由宰割？小艾不知道是不是人长大了，就没有同学情朋友谊了，彼此之间只有性别之分。

胖子把钱打来之后连电话也不敢打，发了条简单得不能再简单的短信说“已汇，查收”。总算解了燃眉之急，林小艾想着别人能借钱给自己也真是不容易，用了再说，出于礼貌回了两个字“谢谢”。

调用自己在行政部门的关系找到陈一凡的工资卡号，把四万块钱打上去，她以为从此就能两清。

“我不想欠你人情，四万块钱打到工资卡上了，注意查收，从此没有瓜葛。”简单得过于冷淡，陈一凡看了一肚子火，硬着头皮谈完生意，搭了最近的航班飞回来兴师问罪。

陈一凡以强硬的口吻命令小艾到公司附近的西餐厅等他。他看到林小艾什么也没说，强制性把她塞到车里，驱动车子，没有理由和交代驶向另一个地方。外面的冷空气遇到温暖的车温，车窗外模糊地开着生命不长的冰凌花。

来到一个无人的街角，他走下车来，站在古老的树杈光秃的梧桐树下，背对着她，任她咆哮般询问：“陈总，您有何指示？不知道您所谓的公事到底是什么？”

他突然转过身来，两手扶着小艾的肩膀，痛苦地说：“小艾，你别折磨我了。我知道我错了，如果你能原谅我，和我共同面对，我什么都能忘记，什么都可以承担，就是无法面对你的冷淡和嘲讽。”

小艾强忍着那颗悸动的隐隐作痛的心，说：“陈总，我不敢，也没有资格和您共同面对什么。如果有事您尽管吩咐。”

陈一凡的眼睛有些湿润了，“我们再也不能回到过去吗？我真的是无心欺骗你，小艾，你原谅我，原谅我。”

小艾挣脱他的双手，转过身，滚烫的泪珠流下，她把眼泪咽进肚子里，以冷冷的口吻说：“陈总，请您自重。”然后眼眶里疯狂地涌出了洪水般的泪水，淹没了眼前的景，淹没了表面的平静。

陈一凡从后面抱着她，“为什么我们不能在一起，为什么会这样？小艾，我是无心的，无心的。”

小艾用尽力气挣脱了他的手臂，头也不敢回地往前跑，跑到拐弯处消失，跑到累得喘气，跑到没有尽头的时候再回头。那些肆无忌惮折磨他的话和那些疯了一样汹涌肆虐的泪水，在她的内心里翻滚着，搅动着，让她难受。

如果那个人不是柳絮，如果我没有亲眼看见，如果我可以原谅你……可是，谁给我如果，原谅我不能过了自己这关。

公司以正式公文通知林小艾升职为市场部主管，同时薪酬增加百分之十，多少给她不安的心带来一些温暖。也许只有工作才能填补胡思乱想的空隙，才能在失败的感情里找到平衡。

“小艾啊，你哥准备买锅炉了。快点买，快点投入生产，才能快点赚钱啊，你说是不是？”

周美惠还没说完，小艾已经知道大意了，说：“我现在涨了一点工资，嫂子，你说还差多少，我凑一下。”

“不多，两万块钱就行了，嫂子保证一赚到钱就还你，将来你出嫁了，嫂子还给你准备一份大礼。”

林小艾在自动柜员机上查了一下，账户里又多出四万块钱，一定是陈一凡退回来的。刚开始她想直接再转到他账户上，再想，无论她怎么还，陈一凡都会退回来的，看看账户里可怜的余额，还凑不齐四个零。她直接转了两万块钱到嫂子的账号上，另外写了张欠条，放文件的时候放在陈一凡办公桌水杯的下方了。

第十一章　差点被潜规则

新年进入了倒计时，有些人已经准备回家的年货了。林小艾曾经对此很热衷，现在却宁愿躲在窄小的房间里面壁，看几个国际品牌服饰的设计理念。一流的品牌总有它无法超越的理由，也许慢慢琢磨就能找到策划的新出口。把握市场的动态对策划尤其重要，她现在不仅要做好一个策划者，而且要做好一个领导者，这是陈一凡曾经告诉她的。

元旦策划案被盗事件由于公司并无损失，已经决定不再追究了，同时EV的领导更认为他们是打不败的，为了这次的胜利在陈一凡的年终奖里另外加了五万块钱。而陈一凡坚持说这一切都是林小艾的功劳，奖励应该给她。考虑到新进人员的工作年限和职务，从五万块钱里拨了两万块钱给林小艾。这个消息飞快地传了起来，有人说给小艾五万块钱作为奖励，有人说是两万块钱。林小艾没想过还有这等好事，当做子虚乌有的玩笑听了过滤掉。

“小艾，我亲耳听到几个总监商量的结果，报告已经给拉斯发过去了，本来是五万块钱的，说你工作时间短，职务低，只给你两万块钱。”哈利端了一杯茶端出一个惊人的消息。

“怎么可能，还有这好事？我来EV又不是一两天了，还没听说这么好的事。”嘴上这么说，心里还是打着算盘，可以把胖子那四万块钱先还了。如果真是五万块钱就好了，能解决一大笔问题。

柳絮通过萱萱传达了一个消息，有一个翻译工作，晚上跟着老板接见外国友人，由于翻译临时走了，又快过年了，一时找不到人，只能先招兼职人员，一月就可，八千块钱。

林小艾做起兼职翻译，对柳絮的憎恨减少了一分，但是她还是不敢面对柳絮，她不知道自己究竟会做出什么举动，会说出什么话，或者她讨厌自己懦弱地承受着，就像聂伟的叛变。

由于西北地区的销售并不是很好，陈一凡被派去考察并选择性地撤掉几个销售点。林小艾担起了市场部的主要任务。

“琳娜，你是老员工了，对EV对市场部比我熟悉得多，希望你能发挥自己的特长。哦，还有，目前公司正在洽谈一个时装展，你有空找一下资料，到时候可能会很忙。”小艾还是不习惯命令这个命令那个，让她布置任务就好像求人一样，总是先引玉再抛砖。琳娜刚开始的敬畏慢慢没有了，内心里又开始反叛起来。

“也不知道她哪点比我强，除了是个拼命战士，脑子经常冒出一些奇怪的点子，畏畏缩缩的样子没有一点领导的样子，真给 EV 丢脸。”茶余饭后总是听到她的抱怨。

陈一凡出差更加剧了市场部的工作，为了不耽误工作又招聘了一个经理。

“听说了吗？最近可能有新经理了，这下她还能得瑟吗？再强也只是个小主管，芝麻大的小官，可能还有好戏看哦。”

“琳娜，其实小艾人很好，她教会了我很多，以前问你们这些老同事，什么都说不知道，巴不得看人笑话，但小艾从不保留。”哈利对琳娜总是诋毁林小艾很不满。

“什么我们这些老同事，她林小艾身上的本事哪点不是我教的？现在徒弟风光了，师傅要饿死了，我是引以为戒。”

哈利心想“还不是你懒，把工作都推出去，正好给了别人机会”，嘴上却说：“嗯，你最无私了。”

话正说着，Jack 带着一个陌生人进来了。Jack 清了清嗓子，市场部的人停止了议论，给他发言做足了准备。

“这位是新来的市场部经理，Sony。”

索尼？还东芝呢，这名字真有名牌效应。

Sony 一上任就实行军事化管理，小到喝茶、吃饭的时间，大到任务分配，操作流程都做了新规定。再也没有人说“这个你先准备，下一步会很忙”，而是有人冷酷地用眼睛杀死你的温柔，说：“我需要你在三个小时完成这个 case，我不希望听到 no。”

再也没人敢说笑了，口渴得要命看看时间没到点也不敢去茶水间，一旦去的话就多备点水，因为你不知道什么时候被唾液咸得口渴。

“还是小艾好吧，我就支持小艾做经理，看那个 Sony，鼻子能顶到天上去。”哈利自由惯了，现在的他经常被安排一些不是自己范围内的工作，而且还不敢打破宁静的气氛问东问西，连 QQ 都不敢随便聊了，被 Sony 看到就会拿扣钱吓唬人。

“人各有优缺点，现在也好，省得我们不知道做什么。”琳娜还是嘴硬，心里暗骂了 Sony 一万遍。

慢慢地，吃饭的时候她们就凑到小艾身边，把被她们孤立的小艾重新吸纳进组织。

“小艾，我看那个 Sony 还不如你。他当上经理世界都乱了，现在我们是需要做的工作经常没时间做，应该放后的工作必须在规定时间内完成。遇到事了，就说我们办事不力，手脚慢慢吞吞。这样下去市场部会拖垮的。”

“就是，小艾，我现在被安排了一堆麻烦问题，连问你的时间都没了。”

东子说：“以前你们怎么说的？说小艾没有领导的样子，现在这个够领导了吧，你们还埋怨，好人当不得。”

林小艾笑了笑，现在她的任务远比他们重得多。通过这几日的相处，她发现 Sony 根本不懂市场部的管理，有几次连 EV 里扫地的大妈都知道的常识他却不知道，小艾提醒一句还被他奚落了。尤其不能原谅的是他分不清主次，拿不准对错，哈利做的文件的漏洞他挑不出来，挑的竟是不需要再完善的地方。安排任务无轻无重，不分缓急，一律以出 case 的数量为荣。

林小艾不知道陈一凡怎么选了这个主，听说是视频面试过的，陈一凡比较满意。

小艾的兼职做了几天，老板是广东人，姓宋，大约五十岁，看上去还算精神，只是笑的时候眼角的鱼尾纹特别多。一开始他对林小艾还算客气，到后来就热情得让她打寒噤了。每一次都坚持接送，小艾推辞多次都摆脱不了。

宋老板总是和小艾坐在车后座上，慢慢地靠近她，突然伸出手来摸着小艾的头发，说“好大的头皮屑”。林小艾忙往边上挪了点，把头发拨到另一边，说：“宋总，头可断，血可流，发型乱了待会儿给您丢人了。”

宋老板就说：“小艾，这几天晚上加班累的吧，头皮屑的滋生跟新陈代谢的运转关系大啊。尤其是你们这些未婚的女孩子，某些方面没法解决，对身体很不好的。”林小艾听到这再从车镜里看他的面孔，只想呕吐。

在她翻译结束准备迂回一圈甩了宋老板自己回去的时候，柳絮的电话来了，她犹豫一下还是接了。柳絮在电话那边哭哭啼啼地说柳母又昏过去了，医生说可能要做好心理准备。

“你等着，我马上过去。”

趁着宋老板用蹩脚的英语和老外告别的时候，她从洗手间飞快地跑出酒店，打了车就走。

柳絮的眼睛红肿，还梨花带雨，六神无主。萱萱也在，这个还没断奶的丫头片子显然起不了什么作用，柳絮还是叫来了她。

见了林小艾，柳絮像上次扑过来，眼睛又开始下梨花雨。小艾能感觉到那种悲痛，这时候她特别同情柳絮。也许他们正好遇到，正遇到柳絮伤心的时候，她和他才鬼使神差地做了错事，醒了已然来不及。她幻想着柳絮和陈一凡的罪孽是冤假错案，含有稀里糊涂的成分。

她让自己一点一点地原谅柳絮。

“别怕，你还有我们呢。”

柳絮直到很久后才平复了心情，医生特地嘱咐过病人需要静养，现在不能打扰。她们到医院门口的热饮店里坐了坐。

“小艾，”柳絮有些吞吐，刚刚哭过的眼睛看着小艾，像犯错的孩子，“我对不起你，我不是故意的。”

“都过去了，我觉得和他也挺不合适的，早点分开好，我又能做回一流剩女了。现在我是真正的一流的大学、一流的工作、一流的智商，摆在面前的男人随便挑挑眼就花了。”

萱萱说：“灭绝硬件好，前凸后翘，S 曲线；小艾软件好，三个一流。我还摆脱不了父母的控制，他们一天不管我心里就难受。”

三个女人一台戏，柳絮劝小艾搬回来住，小艾说过年再说，房租都交了，不能浪费。

柳絮的眼里总好像有些话没说，萱萱去卫生间的空当，她突然抓住小艾的手，用祈求的口吻说：“小艾，你帮帮我。我妈日子不长了，她就我一个女儿，想看到我结婚。”她停顿了一下，好像下了很大的决心要一吐为快，“我想和陈一凡结婚，哪怕假结婚。也许在你们眼里，我就是勾引男人跟男人鬼混的不要脸的女人，其实我的第一次给了陈一凡，就是那次。我不后悔，我知道这样说对你不公平，但是我压抑不住。你知道我见一凡第一面就爱上了他，想尽各种办法接近他，但是他喜欢的是你，我没有办法不在意他。看在我妈的分上，你能不能帮我一把？只要表演给我妈看就可以了，小艾我拜托你了。”

小艾的眼前一阵眩晕，第一次？她的闺密把第一次献给了自己的男友，这事荒唐得无可救药。

柳絮还说出了那晚的情况。

在酒吧遇到了喝醉酒的陈一凡，他身边簇拥着几个灌酒的坐台女，犹如蝴蝶般的花枝招展，如果不是为了小艾，这样的男人她见一个鄙视一个。她选择把他送回去，可是到了家，他却拉着她的手，叫着她的名字，他说“直到和小艾好了之后，我才发现脑子里念念不忘的是你，柳絮。你就像春天的北京，到处飘满了白花花的棉絮，而我的心里飘满了你的影子”。对陈一凡的一见钟情和那天陈一凡的甜言蜜语让她甘愿做他一晚的女人。柳絮说：“我希望自己从此消失在你们的世界，没想到转来转去还是被小艾你发现了，你要打要骂都可以，是我对不起你，是我勾引了陈一凡。可是我心里的难过你们都不清楚，你是我的好姐妹，最相信我的人，我却偷走你最珍贵的东西。”

柳絮讲述着那晚的故事，好像一只迷路的蝴蝶突然返航落在了它曾经错过的花枝上，林小艾不过是错选的花枝，她和他才是一对。

错事编得再无辜再美，也伤害了别人，但是林小艾不这么想，她觉得自己和陈一凡就是月下老人拉错线的冤家。当局者总是看不清事态，也琢磨不明白自己到底是受害者还是幸运者。

“小艾，我不想和你抢一凡，我也很难受。但是你也看到了，我妈现在还昏迷不醒，她只是想看到我嫁出去，我也只想穿一次婚纱，哪怕是假的。就当是我从你手里借陈一凡几天，只要让我妈高兴一下就可以了，说不定我妈能挺过这一关。小艾，你帮我一次。”柳絮说得很悲惨，很可怜，小艾柔软的心被牵动了，她看不得柳絮梨花带雨，也听不得她颤抖哀求的声音，何况陈一凡从来就不属于她，不管是以前，还是现在。

“我能做什么？”

“你帮我劝下一凡，我只要假装结婚就好了。”

一个人需要多坚强才能抵挡得了楚楚可怜？一个人需要多少眼泪才能装扮得可怜楚楚？

萱萱回来，看着柳絮哭肿的双眼和小艾不自然的表情，她打破了沉闷的气氛，说：“我们回去看看伯母醒了没有。”她不知道自己的两个姐妹就在一分钟前内心经受着煎熬，比在电磁炉里煎心肝还要煎熬得难受，挣扎着刺痛。

陈一凡从西北回来做的第一件事，就是追问与湖南台合作的 case 进行到哪一步了。

Sony把自己的战果一一罗列给陈一凡看，这些清单也是他让每一个员工自己总结出来由他汇总的。

“怎么与湖南台合作的case进度这么慢？我走的时候不是交代前期策划要出草案吗？费用预算呢？场地商榷呢？人员配备，物品准备，还有与对方沟通的具体事宜，怎么统统没有显示？我没有分身之术，公司养你们不是为了做慈善事业，这是严重的本末倒置。林小艾，这个事麻烦你解释一下。”

“陈总，现在所有的工作安排都是Sony在做，我只是配合和执行，具体事情我无权过问。”这些问题她不是没有提醒过Sony，可是他根本不听，反而说自己心里有数，作为下属你做好本职工作就行了，越权不是好行为。湖南台的那个case事先安排好之后又被Sony军事化的管理搅乱了，谁也分不出精力管这档子事。想着罚不责众，下面的人都在应付着暂时的领导，远在西北的大将也只能暂搁一边了。

“Sony，你刚来公司，有什么不懂的或者不清楚的地方可以让他们配合你。”然后陈一凡指着包括小艾在内的其他员工，把手中的文件夹摔在桌子上，Sony吓得没坐稳。

“今天都给我加班，什么时候把这个case完成什么时候走。”

哈利、琳娜等人敢怒不敢言，灰溜溜地回去加班了，一到规定喝茶的时候全跑到茶水间透气。陈一凡看到感叹“一盘散沙”，什么时候市场部成麻雀窝了，到时间全跑出去唧唧喳喳了。

下班了，其他部门的人慢慢都走了，只有他们部门的人不敢动，大家东张西望，看看有没有勇士出现。

小艾收拾了一下，把自己做好的方案递给陈一凡说："陈总，这是湖南台的方案，因为时间仓促，可能有些东西还很粗糙，请您过目。"她没有完全按照Sony的要求去做，找个借口开溜还是很容易的，其余的时间都用来做这个调查了。由于北京距离湖南比较远，没有时间现场查看，她只能拜托对方负责人多费心，本着合作的精神，双方沟通得很顺利。

"开会的时候怎么不拿出来?"

"陈总，我晚上有事，暂时不能加班了，我的工作也完成得差不多了，没做完的我明天早点来做。"

小艾不想和陈一凡过多地谈工作，这会更抹杀他在她心目中的最后一点印象。

林小艾走后，陈一凡把琳娜叫到办公室，问最近市场部有没有什么问题，Sony描绘的蓝图在他看来充满了假象。凝重的办公氛围，唧唧喳喳的茶水间，工作轻重不分，小艾突然拿出的方案……

"Sony把所有的工作重新分配了一下，为了有效利用办公时间，他规定一天只能去茶水间四次，上午下午各两次，上午是十点和十一点，下午是三点和四点。另外还规定他交代的任务按照轻重缓急分类完成，急的在三个小时内完成，重要的五个小时，轻的当天完成，今天的工作不能压到明天，这样才能合理利用时间，提高效率，但是……但是……"

琳娜不敢说反对的话，她还没摸清楚军事化管理是Sony自己的习惯还是陈一凡授权的。

“但是什么……”

“但是轻重缓急Sony好像分不清楚，小艾要做湖南电视台的case，他非要做针对西北市场的策划，还说头儿在西北，我们的重点就在西北。”

陈一凡说：“我知道了，你出去吧。告诉他们今天不用加班了，以后要心里都有点谱。”

“一凡，我只想让你帮我这一次，从此我们之间的事就一笔勾销，如果不是为了我妈我也不用到处求人了。她是我唯一的亲人，我会不惜一切代价完成她的愿望。”柳絮见到陈一凡又梨花带雨地祈求。

“你有没有想过这是欺骗，你应该找一个自己真心想嫁的人，快快乐乐地完婚，完成伯母的愿望，而不是找人顶替。我欠你的我会还，但是不是以这种方式。”心烦的时候陈一凡就会抽烟，烟灰轻轻一弹飞进了透明的水晶烟灰缸。

“还？哪种方式？你告诉我。你是想等小艾回头吧？我告诉你，小艾说不定已经是别人的人了，她没告诉你这些天晚上在干吗吧。你不过就是个过客，何必把自己当傻瓜，只有我对你才是真心的。”柳絮不知道什么时候点了一支烟，寂寞是杀手，寂寞会让人抽烟。

“我相信她。”

“相信？你也是她的棋子，凭什么相信一个操盘手？她有哪点好，是她让我勾引你再甩了你，也是她劝我放弃跟你在一起的，你不觉得这么出尔反尔的人不值得相信吗?”柳絮冷笑了一声，把未抽完的烟灭在烟灰缸，朋友必要的时候是拿来出卖的，这个时候出售应该会卖个好价钱。

“她把你当姐妹，你把她当魔鬼。”

不欢而散。陈一凡确实注意到最近小艾没时间加班，总是下了班就走，他以为她是躲避他。

柳絮很难过地把高脚杯里剩了一半的酒一口喝掉，“再来一杯。”她对前台喊。她不断责备自己是小人，是伪君子，是不值得相信的人，是出卖朋友的假仁义，好像小艾正指着她的鼻子骂“灭绝，你为人就和你的名字一样，没有人性。以后别说你妈住院，就是你全家死光光我也不会再看你一眼。从我眼前滚掉”。她知道自己对不起小艾，可是见了陈一凡她就总像是恶魔上身了。也许内心里她嫉妒林小艾，根源是攀比和不甘认输。

陈一凡最近总想找机会和小艾单独谈谈，可是她不给他机会，总是借口忙或者有事跑掉。陈一凡把她叫到办公室，她也不买账，一句“陈总，没事的话我先去忙了”，任他怎么撬都无法从她嘴里撬出一个字。

柳悦红觉得身体越来越虚弱，脑溢血险些缓不过来，最近说话已经不灵光，动作迟缓。柳絮搀着她到处走走的时候，她只能偶尔拄着拐杖，或者一点点把板凳往前面移，就像小孩子学走路一样。每次柳絮看到后都感到钻心的疼痛。她偷偷抹掉了眼泪，跟上母亲的脚步说“歇歇吧”。她总是提心吊胆地，害怕某一刻母亲突然连迟缓地抬腿都不能够了，连含糊不清的话也说不出来了。

“结婚。”柳悦红经常会含糊地唠叨。柳絮对母亲说：“妈，你放心，我有一个男朋友，一直没带回来给你看，我们正筹备婚礼。他对我很好，你放心吧，我会很幸福，很幸福。”

柳悦红露出了难得的笑容，她不希望女儿走自己的老路。她知道柳絮从小就渴望有一个爸爸，能像其他小朋友一样开口叫声爸爸，躲在爸爸的怀里撒娇，要玩具，要洋娃娃。可是她总在自己面前说我没有爸爸只有妈妈，别人问起也是这一句话，问得急了就跟别人吵起嘴，动起手来。

柳絮对小艾苦苦哀求，说：“我只要演戏给我妈看就够了，小艾你帮帮我。”梨花带雨，楚楚可怜，小艾想到年近五十本应该功成身退做个全职太太，每天美容煲汤，吃吃玩玩的柳悦红却得了老年容易得的脑溢血，说话含糊，动作迟缓，心里纠结着。

柳絮拉着小艾在陈一凡住的地方等着。他的车慢慢开进了他的公寓，车灯照在她们的身上，停了下来。

柳絮用手指捅了捅小艾的背部，小艾鼓励着自己走上去和陈一凡说句完整的话。

“当初是你拉着我在灭绝面前把话说清楚，今天我也在你们面前把话讲明白。我和你已经结束了，你们之间说犯错，说无意也好，你都应该负起你的责任，不说以后在一起，但至少能帮灭绝完成她母亲的心愿。话我说到这个份上，如果你们在一起，我祝福你们；如果没有，我祝你们各自幸福。”小艾让自己做到很平静地说完这段话，这段她想了很久如何开头，如何结束的话。她不敢看陈一凡的眼睛，整个过程是望着脚下的雪痕讲完的，呼出的热气模糊了他们之间的距离。

“这是你的真心话吗?”陈一凡走近一步追问。

林小艾想了良久，答案在脑子里回旋了一阵，说出来的是一个懦弱却斩钉截铁的“是”字。

陈一凡牵起柳絮的手，眼睛盯着林小艾说：“好，我成全你。”然后吻了柳絮。柳絮眼睛睁得大大的，有些难以置信。

“好，我祝你们幸福。”小艾已经快说不出话来了，用最后的力气说出最后的话。她转身走了，眼泪在半空中结成了冰，冷冻的是一颗孤零零的心。

灰暗的天空，凝固多余的眼泪，她不能张嘴说挽留，每句话都像牵动一切神经。原来她真的很脆弱，没有以为看不到就会有的坚强。

她舍不得放他走，她不想放手，但是好像一切都不是自己能够奢求的。有些错不是不值得原谅，也不是不能容忍，而是无法面对她和他。

再次想起陈一凡拉过柳絮吻上的那幕，天空中飘来一首歌，“如果我成全了你，如果我能祝福你，那不是我看清，是我证明我爱你”。小艾用棉质风衣的衣袖抹掉了眼泪，告诉自己“不可以哭，不可以伤心”。她不是刚刚二十六岁的小丫头，看见聂伟会骂“老娘我不伺候了，别躲在我的记忆里不出来……别以为恋了几年就能让我对你念念不忘”。现在的她心里承受着更多的事，骂不出来，不够潇洒。不一样的还有食欲，伤心欲绝也化不成庞大的食量了，面对从超市扫回来的一堆零食她毫无食欲，蜷缩在床上什么也不想，什么都在重播。这个时候她恨自己，她想做回从前的林小艾，就算失恋了，两根鸭脖子，再和姐妹斗句嘴慢慢就恢复了。

“不伤心，不伤心，不伤心……”她在电脑上打了许多重复的“不伤心”，而没有用复制粘贴，失恋的人智商比恋爱中的情侣更低。

2011 年 1 月底，各大电视台都在准备春晚，打开电视就能看到进展播报。湖南电视台更是不甘落后，作为娱乐收视的龙头老大，在这个时候更是摆出十八般武艺，什么花儿朵儿，快男超女的。也因为春晚的原因，原本定在年底的策划活动暂时延后，安排在元宵节了，公司的工作一下子轻松了许多。陈一凡总是不经意地在自己面前打电话说悄悄话，连公司的人都说“又少了一颗钻石，真可惜，不知道哪家姑娘穿上了水晶鞋”，八卦地猜测是办公室恋情还是合作过几次的静怡，或者是以前到公司来过的 Mary、Kandy。这个时候小艾总是不耐烦地说“工作，工作，别八卦了”，琳娜会反过来说一句“再八卦也八卦不到你，放心吧”。

有时候小艾后悔没把自己奉献出去，聂伟或者陈一凡，也许这样他们就会更在乎她，就不会离开她了。她再也不相信散文里写的“一旦得到就是永远的失去，男人越早得到你越容易不在乎你”，她的经验是一个崇洋媚外，一个吃了窝边草。

周美惠又给林小艾打电话了，这次带来一个好消息，他们的小作坊开始生产了，而且已经卖了两批腐竹，算了算，赚了几千块，这样下去欠的债很快就还清了。小艾听到也很高兴，钱还是好东西，能让你哭，自然能让你笑，现在家里的每个人都过了悲伤期，开始憧憬美好的未来，连浩浩都说：“小姑，我现在买玩具都是自己赚钱了，我妈说装一个袋一毛钱，我今天已经装了一百个，我妈给了我十块钱，你算算有没有少，欺负我小。我现在最想学的就是数学，学好了我妈说以后开个大场子，我就负责收钱。”然后他憨憨地笑起来。林小艾隔着电话能感受到那边的幸福气氛，期待着放年假回家。

小艾努力让自己不去想这些事，今晚最后一晚兼职翻译后，她就能领到八千块钱了。好像冬天的太阳都笑了起来，冰天雪地里照得全身暖洋洋。

在一个酒店包间里，宋老板和几个外国人谈一笔钢材生意，林小艾翻译。吃饭的时候宋老板总是时不时碰一下她的手，这种小动作让她很不舒服。有时候宋老板把脚伸过来故意蹭来蹭去，她尽量离宋老板远远的。

“林小姐，这个月你帮了我很大忙，我敬你一杯。”

“Miss 林，干杯。”外国人也劝酒。

林小艾说了自己不能喝酒，宋老板和其他人就一直劝。

她稍微喝了一点，顿觉酒精扩散，全身血脉沸腾，脸通红通红。越是不能喝酒宋老板越劝，言语里意思是“今天喝好了，明天就给你结工资”。本来工作付酬劳是天经地义，可是总有一些无赖变着法子整你，克扣或者赖账，或者以此要挟。

“宋总，我真的不能喝酒。”她看宋老板一副不满意的嘴脸，看了看自己杯子里还剩余的小半杯，端起来说，“这杯我先干为敬，不能陪各位开怀畅饮。”喝完众人是一阵叫好，有些人说“林小姐，你还挺能喝的嘛，谦虚，谦虚”，于是服务生看宋老板的眼神，又在林小艾杯子里加了一点。

那杯酒喝猛了，林小艾一时缓不过来，有些醉意。宋老板使了个眼色，司机搀起林小艾，说：“林小姐，我送您回去。”

小艾只觉得眼睛很模糊，头很沉重，关着窗的车里空气憋闷，她想看清楚是不是到家了，却怎么也看不清楚。后来怎么把她抬到房间的也已经不记得了。直到听到噼里啪啦的骂声，然后一个响亮的巴掌打在她的脸上，一人揪着她的头发拼命摇，嘴里还说：“小妖精，你学什么不好，学偷汉子。狐狸精，小婊子，不要脸……”摇晃得林小艾慢慢醒了。她看到自己衣服上面的两个扣子已经被打开了，露出黑色的蕾丝内衣。她惊恐地挡着胸口，看到其他衣服完好无损。只有司机在旁边说：“宋太太，不是你想的那样……”一直解释着。

她明白了，这个中年女人口中的小妖精就是她，想起宋老板她就恶心地想吐，胃里的酒一下子倒出来，带着刺鼻的味道，吐在了宾馆雪白的床单上，还有一直揪着她头发的宋太太身上。

宋太太松了手，“恶心死了，我这身衣服可是名牌的。你个臭不要脸的，霸占我的男人还吐我一身，我不会让你好过的。”宋太太啐了一口，先去洗手间擦拭衣服上的污秽了。

小艾从昏昏沉沉中找到自己的外套还有手提包，潜意识里的危机感让她拿了手机打给柳絮。她害怕极了，这样的场面只有在电视剧里才看到过。发疯的女人没有道理可讲，她不知道一会儿会不会有硫酸，还有没有其他可怕的武器等着她。卫生间就在门口，她逃不出去。

柳絮没接电话，陈一凡也没接，她着急地求救着，发给陈一凡一条短信“救我”，但是她不知道自己身处何地。此时此刻她特别希望陈一凡能像超人一样从空中降临，把她救走。可是她的手机一直没有动静，那个女人又过来了，可能累了，要跟她谈判。

“让我说你什么好呢？听说你怀孕了，没有通行证就生孩子，对女人来说这是奇耻大辱。可惜了，嫩嫩的一张脸。就算我什么都没有，但起码名正言顺，你算什么？生孩子的工具？不过是陪男人睡觉拿钱的臭婊子……”

“宋太太，你搞错了吧，我只是个翻译。”

“别跟我玩太极，我调查得很清楚，都翻译到床上了，还装清纯，我呸。”

林小艾的酒又醒了一点，完全是被宋太太的语言刺激醒的。她曾经也是名正言顺的别人的太太，可她比宋太太要惨，根本没有遇到对手就失败了，来不及调查，接到的是离婚通知。

“大妈，你的遭遇我很同情，但是姑娘我也是受害者。就你那将军肚都能盛一艘航空母舰的男人，我还真不稀罕！我没告他非礼已经算给你面子了，你来这里大呼小叫干吗？谁不痛恨小三，谁不唾弃出轨？你回家好好劝一下你男人，有俩钱花在自己家，别没事拿出来显摆，谁也不是要饭出身的，看见钱两个眼珠子都能瞪出来。我不想和你多废话，更年期不是你的错，对别人乱发脾气就是你的不对了。”

“你……你这个小妖精，你叫我什么？我有那么老吗？怪不得破坏别人家庭的都是你们这些大学生，说起话来一腔一调的。我骂不过你，但我告诉你别做梦了，趁早找个人嫁了吧，别剩下来没人要。我要是有你这样的女儿，一生出非掐死她。”

“你知道欧巴桑是什么意思吗？就是没事找事、邋里邋遢、爱八卦嚼舌根的中年妇女。我是大学生，我破坏你的家庭了？什么宋先生、罗先生，我只知道我做了一个月的兼职翻译，我付出劳务就必须领到工资，这是国家的规定，别想拖欠工资。告诉你丈夫，明天不结工资，我就告他。”

林小艾拿起自己的东西，把宋太太挡着门口的胳膊一拉，“让开，再撒泼我报警了。”

林小艾走出去之后，她听到宋太太哭喊着，“了不得了，了不得了，我就这么被人欺负，没人管啊……”司机一直在劝，还拨了宋老板电话报告情况。

小艾出了宾馆的门，她特别想找个肩膀或者怀抱，觉得自己不够坚强，刚才的一幕现在想起来还心有余悸。她可怜宋太太，又感谢她的及时出现，不然她的第一次就莫名其妙被衣冠禽兽糟践了。

柳絮和陈一凡的拒绝让她想起来伤心绝望，打给萱萱，听到萱萱声音的那一刻，她再也忍不住了，哭了起来，说：“萱萱你来接我吧，我在西三环的C宾馆前。”

萱萱赶到的时候，她全身缩成一团，蹲在地上，两手交叉揣在外衣袖子里，眼睛里充满了渴望看着萱萱来的方向。

“小艾，你怎么了？”

林小艾抱着萱萱像孩子一样哭了起来，她没想到有一天原本傻得幼稚、情商残缺的萱萱会强大到成为她坚实的后盾，给她力量，为她疗伤。

小艾委屈地诉说了自己的遭遇，宋老板一开始有意无意地碰触，今天的色狼行径，如果不是宋太太凑巧捉奸，后果不敢想象。

小艾说一个人不敢睡，要萱萱陪她回去。萱萱想了想，说：“还是咱家最安全，还好最近柳絮不常回来，我一个人霸占三室一厅也说不过去，走吧。到楼下买两斤鸭脖子，麻痹神经，刺激大脑，吃完美美睡一觉。”

好像又回到了以前的生活，而现实就是让你只能在脑子里想想，发生的时候总会插播广告，让你不得不换台，打乱计划，看别的节目。

萱萱开了门之后，看到陈一凡和柳絮在家，柳絮正坐在陈一凡对面。她还是那么性感、成熟、美丽，他还是一如既往的帅气、潇洒。不知道两人在谈什么，笑声传遍房间的每个角落。

看到林小艾进来了，笑声停止，柳絮刚才被笑容撑着的脸绷紧了神经，从晴到阴天又转到了多云，小艾头发还很凌乱，风衣紧紧裹着缺了扣子的衬衣领。

“我还是回去吧。”

“回去干吗？让你来就来。”

“小艾来了，干吗走啊？多坐会儿。”柳絮又笑出一张牡丹花开的脸，比开水冒出的水蒸气还热情百倍地拉着小艾，亲比姐妹。

“小艾不是来坐的，是和我住的。”很久之后小艾再想到萱萱这话，觉得这妮子平时稀里糊涂，其实心里比计算器还清楚谁背叛、谁受伤、谁是罪魁祸首。

“哦，你那间房还空着，欢迎你随时回来。我一直不舍得租出去，总是想起以前我们三个在一起的日子。”

“灭绝，不用管我，有萱萱就行了。”小艾跟着萱萱进了房间，在经过陈一凡身边的时候小艾想到了没有结果的电话，也许他把“救我”当做笑话一样讲给柳絮，两个人为她的愚蠢在笑。仿佛受到了刺激，她在心里打了个“×”，从此陈一凡消失了。一滴泪流进嘴里，舌头轻轻一触，她尝到了咸咸的苦涩的味道。

萱萱用眼光鄙视了柳絮和陈一凡一眼，她不清楚他们三人之间具体发生了什么，只能肯定有人横刀夺爱了。

陈一凡一直没敢抬头看看小艾，一个无心的笑可能在小艾心里又被定成了罪，为什么他不能很man地说“不要把我推来推去，我爱你，只爱你”？他竟然像赌气的小女生，以同样的方式报复出轨的男人般。也许没有父母疼爱的独生子总是希望有更多更多的关怀和宠爱，而小艾在他面前把他扔掉了，他就自暴自弃地走进了柳絮的世界，假结婚从而赎罪。

晚上林小艾对萱萱倾诉了感情纠结，她和陈一凡就像退烧一样，滚烫的温度一针下去就冷却了。柳絮和他之间阴差阳错的孽缘，她工作中受到的性骚扰，柳絮哭得撕心裂肺地求她放了陈一凡……

“第一次，怎么可能？她偷偷跟我讲过她十八岁生日时把自己献给了第一个男朋友，奖励自己成年。天天听她说话也知道不纯了，你还知道害羞一下，可是你没见她害羞吧？”

“你确定？”柳絮为何要撒谎，为什么要拆散他们？她想不明白。

萱萱说：“还不止这一次，三十八个男人怎么也有三五个和她有过关系，就算你相信她是纯洁的，难道你相信三十八个男人都是生理缺陷和脑残吗？有个姓陆的来我们家吵架还说什么‘在床上如何如何，现在问你怎么连个屁也不放’，这话的潜台词不就是说那个什么了嘛！小艾，平时你聪明伶俐，怎么到自己的事就糊涂了？她破坏你们的关系，你还火上浇油。陈一凡都说一起面对了，这意思不就是他选择的是你？两滴眼泪，几句软话，就把你说得男人都能让？我告诉你，女人可不是这么当的。韩剧里像你们这种事多了，要小心漂亮女人。”

萱萱的话，小艾一直在想。原以为脑子里只有奶油小生，没有正经谈过恋爱，只活在韩剧虚幻的爱情里，唱歌都是呜哩哇啦韩文的小女生不懂得爱与不爱，说出的话却让人刮目相看。有人说韩剧看得多了，慢慢就剩下来了，脑子里都是王子，可是没有插着翅膀飞到自己身边的王子，其实韩剧的另一优点就是教会你分析三角恋。

萱萱还透露了一个秘密，白无常和萱萱聊得甚欢的时候，就是柳絮插了一腿黄了，“害得我以后不敢谈恋爱了，我怀疑她有被遗弃恐惧症。”

“被遗弃恐惧症，这是什么病?”

“我们谈了恋爱她就单了，她没什么朋友你是知道的，这是其一。其二，她爸爸从小抛弃了她妈妈，心理学上称这会对孩子的童年产生阴影，一直会影响她的一生，所以她痛恨男人，不但要甩了一个又一个男人，还要破坏别人的家庭，她的苦她要别人都体验。这不是被遗弃恐惧症是什么?”

小艾不得不重新审视萱萱了，说得一套一套的。原来在这所房子里，最脑残的那个不是类似“90后”的萱萱，而是自以为是的她，林小艾。

“说得这么恐怖。”

“跟陈一凡和好，然后坚固感情，不要让别人乘虚而入，如果你真的爱他的话。”

自林小艾进去后，陈一凡就走了，打开手机看到一条短信，“救我”。再想到萱萱挽着小艾进来，小艾的头发有些凌乱，萱萱最后鄙视的眼神。

小艾遇到了危险。

陈一凡敲了敲自己的脑袋，责怪自己晕了，赌什么气，小艾一定希望在危险的时候他能出现来个英雄救美，而他连求救信号都没有看一眼，她有没有事？怎么逃脱的？到底遇到了什么危险？

电话拨过去那边已经关机。生活就是不断错过，你想起来的时候一切都过去了，不然也不会有那句名诗“花开堪折直须折，莫待无花空折枝”。

这样的夜晚总让人辗转难眠，林小艾翻来覆去地想，她和陈一凡是命中注定还是浮萍掠过？搬家的时候把写着“我要男人”的彪悍宣言送给了萱萱，挂在窗子对面，月光照进来，正好看到这几个字。三个月过去了，解决单身问题的目标还是没能实现，失业了依然没有失业保险，长期饭票也没着落。她已经不是三个月前的林小艾了，这段高压的生活让她像脱胎换骨了一样，家庭遭遇、个人感情、工作跌宕，使一个无忧无虑、没心没肺躺下就睡的女孩变成了一个需要释放压力，夜里难眠的女人。

她害怕周末，不用工作，给了她足够的时间想一些不愿意面对，不想想起的事情。

这个让多少人神往的都市，也让一批批北漂一个个地阵亡了，奉献了青春和心血，得到的都是一盆狗血。生活就像在沙漠中行走，等你回头，脚印上却盖满了风沙。落满尘埃的岁月已经不能清晰地回到过去，过去是用来回忆和祭奠的，过去的，都是死亡，只有未来才是新生的希望。

越来越陌生的城市，留下了许许多多的甜蜜，可是已经慢慢不属于她了。她无法停止想到柳絮凄楚的眼神和乞求的神情，她无法面对陈一凡一个赌气就能吻上别的女人，她无法面对这里有她不喜欢的人解开了她上衣的两个纽扣。她讨厌这个地方，她想回家，哪怕嫂子唠唠叨叨，父亲无休止说教，她想念的还有母亲每天送来的早餐和哥哥的疼爱。

做出一个决定很容易，但要一步步地实现，总是很难。

第十二章　重新找到你

“如果不需要任何借口和羁绊，她们两个你会选择哪个?”

陈一凡没想到有一天解开自己心结的竟然是这个自己从来不放在眼里的小丫头。

“小艾。”

“你爱的女人都快被人摧残了，你还有心思和新欢嘻嘻哈哈，拒绝接收求救信号。我真不知道你所谓的选择是什么标准，你的爱到底值几毛钱，她在你心中究竟有没有分量。作为一个男人，你不能解决问题，就知道逃避和激化矛盾，作为上司，你不能体察民情，真不知道小艾看上你哪一点了。”有些人爆发起来力量坚不可摧。

谁承想只会说“爱情太伤人了，我再也不相信了”的小女孩有一天也吸收了两个大女人的聪明才智，张口就能说出一长串不带喘气，让人哑口无言的话。

成长，总是潜滋暗长，总有时候看得到。

林小艾找宋老板索要工资去了。在路上她就想到了一定要据理力争，严词厉语，口不能松，心不能软。

“宋总，您好，我来领工资。”

宋老板半躺着坐在老板椅上，右手在桌子上敲呀敲，“哎呀，最近财务有些紧张，要不下个月好了，才八千块钱我不会拖欠你的，你放心好了。”

“宋老板堂堂做出口的大公司，我相信不会连我的兼职工资都开不出来吧？肯定不可能，如果真的是这样的话，哪里还有钱养活别墅里待产的女人？要知道现在的孩子一个月奶粉钱都比我们小老百姓的工资高啊。”那天宋太太毫不留情的怒骂中透露出一个消息：宋老板有情人，怀孕了，住别墅。

“这都哪跟哪啊，现在的男人有点小钱就变坏，我可是良民啊，糟糠之妻与我共患难，哪能干那种缺德事？”

“是吗？宋太太可不是这么说的。你们夫妻感情这么好，怎么会传出这么个绯闻？影响多不好啊，我知道那个别墅就在……”林小艾卖了个关子，她眼珠子转了转，指向一个方向，“就在那个方向。”宋老板的脸色立刻变得难看起来。

“林小姐，做人要厚道，如果不是柳絮介绍我是不会请你的，没想到你脆弱的外表下长着一颗彪悍的心。你们是好朋友吗？怎么各自一点也不了解彼此？”

“总比你了解。”

宋老板哈哈大笑起来，他从老板椅上站起来，拿起水杯喝了口茶，“说你天真你还真是幼稚。我认识她比你早多了，你问问她，她哪点我不清楚？”

色狼宋老板难道多年之前就认识了柳絮？什么叫“她哪点我不清楚”，难道她和他……小艾不愿再想下去了，她宁愿相信柳絮和宋老板并不熟，他们之间像柳絮说的那样只是工作中认识的，并不算很熟。她心里骂了一下，装作没听到，还是回归正题要工资是正事。“也许改天我可以拜访一下别墅里的未婚先孕的妈妈，女人孕期都很害怕寂寞的，说说话也是好的。再说她和宋太太可能有共同话题，我可以介绍她们认识，以后她就不会觉得闷了，您也就可以专心工作了，您说呢？”

“这样吧，千困难，万困难，也不能拖欠你的工资，我这个人就是守信用，说今天给绝不会拖到第二天。”他拨了个电话，“小陈，把林小姐的工资结一下。”

原配都是用来辟邪的，亏心事做多了，尘世中迷失了双眼，只要一回家就能清醒，立下决心改邪归正，虽然这个决心不见得长久。

林小艾是坚强的，到底能撑多久，她自己没算过，也没想到。

好像真的要逃离这个城市，现在的每一步都是在处理后事，解决遗留问题。想到陈一凡林小艾心口又疼了起来，有些感情开始的时候默默无闻，结束的时候肝肠寸断。也许这就是不可理喻，不能描述，无法想得通的爱情。

萱萱告诉了陈一凡他所看不见的东西，他要重新得到小艾，爱情总是盲目和冲动的，成熟的年纪幼稚的行为。

他订了一大束玫瑰花，鲜艳的红色娇艳地绽放着，带着露水，有清晨的味道。幻想着下班之后给她一个惊喜，然后把准备好的一番话讲出来，还没等他把美丽的场景设想结束，就听到敲门的声音，林小艾进来了。

“感谢你当初让我重新回 EV，感谢你在工作上帮了我很多，另外，谢谢你。”陈一凡没反应过来这些话是什么意思的时候，就看到她有些紧张地放下信封，转身就出了办公室。

信封上写着“辞职信”三个字，他立刻打开 QQ 发送了一句“下班等我”。小艾不知道他还会说什么，看到这几个字竟然眼睛湿湿的，好像受了好多委屈，等着趴在他怀里好好哭一场，感动于他心里有了感应，有了回应。

她没有回复，一直忐忑等到下班，有些心不在焉，几次被 Sony 撞到说：“工作第一，感情第二，别一副失恋的模样，公司不是安慰所。”

“林小艾，跟我出去办事。”这是下班前陈一凡对林小艾说的话，然后名正言顺地开着车把她载出了那个领域，Sony 一脸的不高兴，一个经理没资格参加的活动竟然带着一个小主管，简直不把他放眼里。

她强烈地希望被他留下，又低迷地认为是不可能的。他那句摆明了此地无银三百两的话“跟我出去办事”，是在告诉别人他们之间只是同事，还是再一次向她声明，他们已经是过去式了？一个男人说出这样的话，她感觉不到那股澎湃的心。

“干什么？带我去哪里？我已经辞职了，以后有什么事还是让Sony或者琳娜去吧。”她不知道自己将要被带到哪里，心中有些愠怒和埋怨。

陈一凡开车一直开到繁华的小区里，白领单身公寓。下了车，他拉着小艾一直到电梯停在了18层，然后左转右转打开一个房间，进去看到的第一眼林小艾就惊呆了。房间里全是她的照片，被制作成各式各样的版本，桌子上的相框，贴在墙壁的海报，床边案头的相册，还有茶杯上。她还看到曾经送给陈一凡的小猪摆在相框旁边。

“想你的时候，我就会过来，我知道也许有些事情你不会原谅我，但是请你等我。”

林小艾拿起情侣茶杯，一个刻着她笑的样子，另一个是陈一凡自己最傻的样子，看着看着竟然有些物是人非的感觉，不禁难过得呼吸困难，喉咙卡着刺一样。

“虽然我们在一起的时间并不是很长，可是从你走后，我每天都会想到你大言不惭地奚落我，想到你冻得手脚哆嗦还说不冷，想到你非缠着我买糖葫芦，想到你倔强地非要我背你上楼不准乘电梯。我知道在感情里我显得冲动盲目，为了你一句话能赌气地牵起别人的手。感情里我是自私的，也是狭隘的。恋爱的路上，我也在慢慢地成长，从自私到无私，我不敢说给你多少承诺，只要你等我，肯相信我，我愿意用行动给你证明，给你安全。”

每一句话都说到小艾的心坎里，她何曾不想与爱人相知相守，偏偏天公不作美，总是横生出许多枝节。氤氲的泪水盈盈地蕴藏在眼眶里，她转过身假装看墙壁上的海报，仰着头不让眼泪流下来。

“小艾，别离开我，没有你，这个城市就没有了意义，没有你，我的生活也没有意义。”

她的眼泪终于在这句话说完的时候从眼眶里流出，顺着脸滚下来。陈一凡从背后环抱着她，她转过身来趴在他的肩头，难过地哭起来。

沉浸在幸福中的柳絮把母亲接回了家里，打陈一凡电话，娇柔的声音听了醉人，“一凡，我妈想跟你说句话。”

“柳絮，对不起，我不能配合你演这出戏。”

柳絮的表情凝固了，追问：“为什么？”

“因为我心里只有小艾，我可以帮你联系最好的医院，但是这种方式不可以。”

“陈一凡，又是林小艾，为什么她总能夺走我手上的幸福？你记住今天说过的话，我会让你后悔。”柳絮愤怒的声音透过话筒传过来，林小艾听得清楚，心里一阵一阵的揪痛，曾经最好的朋友，什么时候成了仇人？

“一凡，我们这么做是不是很自私？阿姨对我很好，她人很善良，就是这一生遭遇太坎坷了。”

林小艾想到每次去柳絮家，柳悦红所有的东西总是准备两份，她和柳絮一样的标准，有好吃的也是分给她一半。和聂伟领了离婚证那天，柳悦红说了一句话，她至今记得，“小艾，你记住，一个女孩子永远的家就是娘家，你就把这里当成你的娘家，什么时候受了委屈，在外面累了就回来，柳絮在不在都没关系，阿姨给你做好吃的。”

这么疼爱自己的一个人躺进了医院，从前能变出一堆糕点，现在却手脚不灵活，连起居都成了困难。

“我可以做点什么？她最希望的就是看到女儿出嫁，可是我连她最后的愿望都剥夺了，我是不是很自私，很不应该？我真的不知道这么做是对还是错。”她的内心经受着非人的折磨，人情和爱情都难以权衡，一旦做出决定总要伤害一些人。

“不管这么做是不是自私，做错事总是不对的，帮人的方法有很多种，不一定非要用善意的谎言。”陈一凡看着小艾因为内疚和自责眉头皱起来，觉得心疼。

“这个房子是专门给你买的，我不想看你受苦，想见你的时候能知道驱车的方向。”陈一凡拿了自己所有存款买下了这个单身公寓，坐落在城市的繁华地带，周围生活设施齐全，上班也方便。

“欠你的钱还没还呢，现在送个房子是不是我要把自己押给你？但是我怕自己不值这么多，房子会升值，股票会涨，只有女人是掉价的。”

“傻瓜，我愿意给，你收就行了。再说每个月要从你的工资里还贷款的，你不住我怎么好意思扣钱呢？”

“那我还是不住了，钱你扣吧，把你的钱还完了，我才能心安理得。”

林小艾说什么也不要陈一凡送的房子，她喜欢这个房子，采光很好，装修也照着欧式的风格来，站在阳台可以俯瞰北京的夜色，一切的一切她都喜欢，包括双人床和可爱的凳子。只是心不安理不得，等有一天真的结婚了再光明正大地住进来。

林小艾和陈一凡提了一些营养品去看望柳絮的母亲。柳悦红穿着厚厚的棉袄，坐在阳光下晒晒太阳，冬天的阳光总给人亲切的感觉。看着照在柳悦红身上的阳光，小艾觉得充满了希望，对生命和命运。

“阿姨，我来看你了。”

“来啦。”柳悦红说话不太清楚，迟缓地发着每一个音节，她想站起来，小艾赶忙过去扶着说：“阿姨，外面冷，我扶您到屋里坐坐。”

柳絮不在家，柳悦红口齿不清地说“出去买菜了”。

陈一凡这是第二次见柳悦红，第一次在医院。他看到她握着小艾的手，脸上掩饰不住的关爱，用迟缓的音节发出“穿这么少，冻着了，老来身子骨受罪”，小艾的半羊毛的风衣和她厚厚的棉袄比显得很单薄。

“妈，这天气真好，一会儿吃完饭我带你出去走走。”说完话一开门进去，柳絮愣了，刚才还满是灿烂阳光的脸阴雨连绵了。

“谁让你们来的？我妈需要静养，不能多说话，这些东西不适合她，你们带走吧。”柳絮把营养品又塞在小艾手里，往外赶他们。

“咳咳……”柳悦红情绪激动地想说话却说不出来，一不小心摔在了地上。

“妈，你怎么了，要不要紧?”

没来得及说出来的话憋在喉咙里，卡着，柳悦红说不出话来。柳絮六神无主慌了神，不知道该怎么办。

“阿姨，你想说的我们都懂，不用紧张，把气顺过去。”看到柳悦红几次张口却没有声音，小艾宽慰道。

柳絮用手一推把小艾推倒，怒吼道：“走哇，都是因为你我妈才摔倒的，如果她有什么三长两短我不会让你好过。”

“这个时候还有心思吵架，快送医院。”陈一凡抱起柳悦红，小艾和柳絮左右跟随着。

等在急诊室外，陈一凡站在小艾身边。柳絮一个人左走走右坐坐总是停不下来，在看到对面的两个人成双成对时，对林小艾的憎恨更深了。

看起来楚楚可怜的人都有被人憎恨的理由，这是柳絮对小艾的评价。林小艾是个心机很重的人，为了得到某些东西不择手段，为了得到陈一凡，先让自己身先士卒牺牲了，再扮清纯和楚楚可怜博得他的同情。柳絮如今是这么看待自己的闺密的。

医生一般对病人家属最常说两句话“节哀顺变，我们已经尽力了”，或者是“幸好送得及时，不然就有生命危险了”，柳絮听到的是后者。

第十三章　到底是谁泄密

在春节前上班的最后几天，陈一凡早上接小艾上班，然后他们在公司附近分道扬镳，各自去公司。这次她看到Jack的车里换了别的女孩，是公司前台Sally。

“Jack真是情场杀手啊。”

“这都怪他老婆太凶险了，Jack在她面前就是小猫，倒插门的女婿总是矮人一等，不然他能稳坐行政经理?”

隐婚族，就是那些本来结了婚却老是扮演单身的男人，哄哄小女生上床，等对方不能自拔陷进去或者哪天一不小心有了下一代，就说：“对不起，我结婚了，但是我爱的是你。”这句世界上最不要脸的话在他们的嘴里轻而易举地吐出，还带着怜惜和可惜的味道。

Sony大张旗鼓地调查元旦时装展的泄密事件，空气里凝着沉重的味道。每个人的电脑和私人邮箱，都要一一查看。琳娜、哈利、东子的电脑一一被大卸八块，证据没有找到，却找到一些聊天记录和私人照片，最搞笑的是东子的电脑里居然存了大量三级片。虽然每个正常男人的电脑里都会存点

A\B\C片，但是以隐藏文件的形式存在公司电脑里还真是少见。

打开林小艾的电脑，有密码。“需要公司解密还是你自己打开?”Sony不知道是不是墨索里尼的简称，总是喜欢咄咄逼人。

“看呗，我没什么见不得人的。”

在林小艾的电脑里看到的都是学习软件和关于策划的电子书，还有管理方面的文章，每年时装展上的盛况，每年每季度每个服装品牌的主题和特点。

打开公司邮箱什么也没找到，打开私人邮箱却赫然发现一封发给LC公司的邮件。附件打开竟然是元旦的策划案。

“不可能，我从来没有把策划案给过谁，这本来就是我策划的，我怎么可能……”

“陈总，你看，证据。公司刚刚下达的通知，一旦发现就要辞退。”

“陈总，你要相信我，我没有。”小艾不知道自己的邮箱怎么会有一封自己不曾发过的邮件。

“这件事我来处理。”陈一凡让IT部的人先回去，让Sony工作去了。

他把小艾叫到办公室，严肃地问：“小艾，我不是怀疑你，我需要你给我肯定的答案，到底是不是你做的？你相信我，如果真是你，我会想办法。”

“你怎么不相信我啊？我说了不是我，也不知道怎么有那封邮件。是，虽然我在LC工作过，我比其他人都清楚他们的邮箱地址，但是策划案本来就是我想的，与其我出卖公司，干吗不直接给他们？再说后来的策划案也是我想到的，而且我们得了第一名。”

“我相信你，从现在开始这件事你不要管，我会查清楚。”陈一凡还没把话说完，公司新成立的以 Jack 为首的调查小组就要带林小艾走。事关重大，商业泄密是犯罪，即便为了公司声誉不张扬，内部也要严肃处理，彻查此事。

陈一凡要阻止，Jack 说：“陈总，我理解你的心情，但是这是公司的决定，为了避嫌请你不要插手。”

林小艾的手机被没收了，一切往来电话都要通过调查小组，看看有没有 LC 公司打来的。却也巧，一个陌生的电话打来了，经检测是 LC 公司市场部经理翰林的电话，按下接听键，开着扬声器，那边说：“林小姐，邱总说剩下的五万块钱，我会尽快打到您的账户上。”

林小艾感到莫名其妙，这会儿才反应过来有人陷害，可是她与人无怨，最多和琳娜斗过几句也算不上深仇大恨，跟 Sony 理论过几次也属于正常工作。

陈一凡听说 LC 市场部经理打电话给林小艾时，尤其怀疑其中的蹊跷。

关于琳娜电脑里的聊天记录，公司做清除聊天记录及给予警告处理。东子的三级片事态严重但不至于开除，扣除本月奖金，清除电脑中的三级片文件，再有发现做开除处理。

他们只能自认倒霉，琳娜说：“要不是林小艾搞事我们就不会这么倒霉，看不出来她平时忠心耿耿的样子，原来是个奸细。”

哈利说：“我不太相信，她没理由这么做啊，前后策划都是她的主意。而且我们最后也赢了。”

琳娜分析说：“我看林小艾做了第一个方案之后因为钱卖给了LC，后来又利用时间做了第二个方案，害怕陈总不同意，装作临时做出来的。你们知道，一个策划案短时间内怎么可能做出来?”

东子在利害关系面前倒向了琳娜，说：“我也觉得她是为了钱，我听说前阵子她哥哥出车祸了，到处借钱。”

哈利说：“为了钱卖了策划案，又因为内疚做了新的策划，真不敢相信。”

八卦总是无处不在，有风吹成雨，一会儿关于林小艾出卖公司就出了N个理由，哪种都好像合情合理。

陈一凡毫无头绪，拼命想起的就是那天晚上和Jack喝多了，最后是柳絮送自己回家，然后就有了之后的负责事件。处女是假，血迹是假，送他回家也是假。Jack没有理由非让柳絮送他回家，以前要么他自己送，要么酒吧里的小姐送。

林小艾的电话再次响起，她看到来电显示是嫂子，她想接听，Jack却说“在没有查清之前禁止和外界通电话”。

嫂子的电话不断地打来，小艾的心不安起来，没有特别的事嫂子不会这么频繁地打，半个小时不到几十个电话打爆了。

小艾祈求着说：“我家肯定出事了，求求你们让我接一下，我可以当着大家的面接，我不说话，只要听听就够了。”

有人建议，“让她听听吧，也许对调查有利。”

按下了接听键，嫂子张口就说：“家里出事了，怎么一直不接电话？不知道怎么回事，电视台曝光说家庭作坊不卫生，现在村里所有做腐竹的都停了。腐竹卖不出去，还有几千斤豆子泡在水里也毁了，东西都糟蹋了，现在还欠卖黄豆的一万多块钱，人家天天催着要。本来家里就借了钱，现在又陷入危机了。小艾，我们知道你已经前前后后给家里大几万块钱了，按说嫂子不应该再跟你要钱的，可是现在家里实在困难，你能不能再借点？”

听到这里Jack按下了挂机键，他又得出一个结论：林小艾之所以出卖策划案就是因为家里困难。

如果说阴谋是Jack策划的，他的动机是什么，陷害林小艾是偶然还是必然？他和陈一凡，他和林小艾之间都构不成仇恨。

难解的谜。

“你们没有理由监禁我，这是警察的事情，就是犯人也有保释的机会。我要给家里打个电话，我家现在出事了，我不能坐在这里像个傻子。”林小艾坐不住了，嫂子的话像游魂一样在她面前晃来晃去，心慌意乱。但这些人不允许她打电话，不允许她联系任何人。

陈一凡等到Jack一行人出来了，拉着Jack说：“公司内部发生这种事，我不能坐视不理，作为市场部的总监我有权利知道事情的进展。”

“我看八成是她泄的密，刚才她家里还打来电话说她汇了一大笔钱回家，而且还张口要钱。”销售部经理说。

“人为财死，鸟为食亡，看她刚才咆哮的样子，就知道为了解决家里的困难铤而走险。”

“她给家里的钱是我借给她的，我这里还有借条。”陈一凡拿出借条，调查组的几位又进入了另一番思考。

但无论陈一凡怎么解释怎么说，林小艾都只能在会议室里度过这晚了。

小艾要报警，说这是非法监禁。调查小组的人说：“警察介入就不止关在会议室这么简单了，到时候可能拘留，你更不自由，你还是早点交代早点回家。”

拉斯知道之后尽量要求他们低调处理，毕竟不是什么光彩的事，如果能辞退最好。陈一凡向拉斯申请介入调查，出了内贼他也想调查清楚。

陈一凡一进会议室，林小艾看到他就像看到了希望，内心的急躁和愤怒得到一丝宽慰，对着那群顽固的调查人员说：“我家里出事了，马上就要过年了，如果查到不是我，我要求公司赔偿精神损失以及名誉损失，另外还有我家里人的精神损失。”

“你别不讲道理，跟你家里有什么关系啊？”

“怎么没关系？我家里出事了，现在我又下落不明，搁你身上，你家人不着急啊？”

林小艾明里暗里把自己的情况说给了陈一凡听，希望他能明白，替自己联系一下家里，报个平安。

陈一凡假装查看手机信息，看了周美惠的来电号码，然后熟记于心。

陈一凡拨打了周美惠的电话，听说了林小艾家里的困难后，打了两万块钱过去，帮他们暂渡难关。周美惠听到“小艾男朋友”这个词高兴地立刻宣传开了，“我们家小艾终于又嫁出去了。”

仔细琢磨，陈一凡认为如果邮件发给的是LC公司的市场部经理，那么窃取商业机密的就是他，而且他很有可能知道到底是谁卖了策划案，目的是什么。

陈一凡找到了LC市场部经理翰林。“我知道此事涉及商业犯罪，你是不会承认的。我只需要知道谁是贼，你说出来的话，这个就是你的。”陈一凡把一个信封推到翰林面前，接着说，“如果你不说，我只要请工商局处理此事，你就逃脱不了被调查。”

翰林考虑了一会儿，问：“如果我说出来，你会放过我？”

“我跟你没仇，只想挖出内奸。”

翰林再次思量了一会儿，看了看桌上厚厚一沓钞票，说：“是Jack，他说想让你栽跟头，结果你们还是赢了。说实话，其实我挺佩服你的。”

陈一凡呵呵一笑，Jack，他还是不肯罢手。可是为何这事矛头指的不是他陈一凡反而是林小艾？还是有诸多疑团。

柳絮回到家给母亲熬粥喝，心情好像不错，屁颠屁颠地要给萱萱熬一碗，说养胃。

“谢谢，我不喝，怕不消化。”萱萱不屑地说。

“郭萱萱，你什么意思？我好心帮你熬一碗，你不喝就不喝，什么态度？这几天你怎么了，对我怎么像对仇人？”

“我只是看不惯有人故意陷害姐妹。我们三个以前很好的，你为什么非要抢别人的男朋友，还把小艾介绍给色狼老板？”

“你说什么啊？我哪有抢？我是受害者，被人白白糟蹋了，而且我也没要求什么，只是演戏给我妈看让她高兴。那个老板我不是很熟，只是小艾急着赚钱我才介绍的，要不然我也懒得揽这种活。”柳絮一脸的委屈。

“受害者？不熟？有时候我是思想简单，但是不傻。这场戏我看得清清楚楚。”

“郭萱萱，她林小艾给你什么好处了，你这么想着她？无所谓，我不相信她能躲过这一关。”

“什么躲过这一关，你又做什么了？”

“没什么，随口说说。”

萱萱觉得不对，柳絮怎么可能随便说说，打小艾电话一直没人接听，打陈一凡电话才知道小艾因涉嫌买卖商业机密被监禁了，暂时失去自由。

事情一直没有进展，陈一凡不忍心看小艾在里面受罪，建议内部低调处理，多次向拉斯提出建议，说林小艾并未给公司带来损失，多次令公司转危为安，而且表现一向良好，应该劝其自动辞职。陈一凡没有经过林小艾的同意就把上次递给他的辞职书批了，办理了离职手续。

Jack 很不高兴地对林小艾说：“你可以走了。”

林小艾以为澄清了事实，还自己清白了，却看到自己的办公桌被收拾干净，她的私人物品被归置到一个箱子里。

“这是怎么回事?”

琳娜说：“你不是辞职了吗？怎么一副莫名其妙的表情?为你送行，帮你打包。”

哈利说：“小艾，我们都知道你是冤枉的，你走了，我们会想你的。”

林小艾一时反应不过来，“我辞职?”

琳娜和哈利点了点头，小艾明白自己为什么能从会议室里放出来了。

陈一凡把她叫到办公室。

陈一凡心疼地看着憔悴的她，几天的折磨她变瘦了，皮肤失去了光泽。他说：“我不忍心看你在里面受苦，你先回家，我们慢慢调查这件事。”

小艾觉得他不相信她，“这不就是告诉别人是我做的?辞职等于承认是公司放我一条生路。真的不是我，陈总你怎么也不相信我?”

“我相信，我知道是谁，我会慢慢让他付出代价。”

“谁?”

“你先别管了，总之我会还你清白。”

纠结于家里一团乱的事情等着处理，焦急马上过年了车票买不买得到，而家里能不能过个好年，林小艾暂时不去想这些事了。辞职了，两个人没什么可隐藏了，林小艾明目张胆地挽着他的胳膊在大庭广众之下，在众人惊讶的目光中，他帮她搬着箱子，一起走了出去。

“哈利，我不是做噩梦了吧，她和陈总?”琳娜眼睛睁得圆圆的，盯着那对离去的背影。

“你掐我一下，我也不知道是不是做梦，这怎么可能，丑小鸭变天鹅?”

琳娜狠狠地掐了哈利一下，哈利叫了起来，琳娜失望地说：“看来灰姑娘找到她那双水晶鞋了。”在她撒网的鱼中少了一条钻石的。

林小艾坐在车里精神振奋地笑起来，“你看到他们的表情了吗？我终于有了翻身做主的感觉，真是一个爽啊。”

陈一凡说：“如果你高兴，每天都在他们面前晃一下。”

林小艾幻想着那个场景，她每天下班前来接他，以女朋友的身份，再也不用听谁吩咐，不用抱着文件才能进他的办公室。想着琳娜他们的眼光和表情，她忍不住笑起来。

林小艾打电话给家里问最近情况的时候，嫂子还没说两句，电话就被林母抢过来说：“过年把一凡带回来。”然后又被林父抢过去说了一句，“那孩子不错。”然后林大刚又说了一句，“妹呀，你终于嫁出去了。”电话转了一圈谁也没告诉她家里怎么了，所有话题都围绕陈一凡，他到底灌了什么迷魂汤，把一家老小哄得神魂颠倒。

“谁告诉我家里现在怎么样了?”

“好着呢，好着呢，家里本来亏损也不多，停了一段时间，等办好卫生许可证，生意还照做。”

林小艾看着陈一凡得意的样子，父母大人都亲切地称呼他“一凡”了，哥哥居然说她“终于嫁出去了”，好像她没人要了。怎么对家人来说她还比不上一个陌生人呢？

“别得意，我不高兴就把你甩了。我怎么千挑万选最后跟了一只倒霉熊，这辈子是无出头之日了。”小艾一副倒了大霉只能认栽的样子。

“得了便宜还卖乖，去，给我煮饭，你现在失业了，一日煮煮三餐应该没问题吧？别告诉我你到现在还什么都不会。”

“会煮方便面。”

陈一凡调查了Jack最近的通话记录，发现有两个电话联系特别频繁，一个是邱凯，一个竟是柳絮。他回想元旦前那晚Jack约自己喝酒，然后又被柳絮送回家稀里糊涂地发生了关系，现在看来分明是合谋。

想起柳絮对小艾说的那句“我不会让你好过”，虽然这件事她插不上手，但是Jack却是主谋，如果这件事主要是除掉小艾，想来应该是柳絮的意思。

陈一凡秘密启用了IT调查，查了自己的电脑有没有被盗用过什么资料。查看Jack的电脑，竟然发现有一个隐藏的文件夹内容全部是市场部内部资料，仅陈一凡自己保存的，其他人是不可能有的。

一切昭然若揭。陈一凡写了一封电邮发送给拉斯，把自己调查的结果说明，这次给林小艾造成的伤害，希望公司能予以补偿。

林小艾是被公司两次辞退的员工，与陈一凡的恋情公布于众，显然再招进来是不可能的，所以公司决定补偿林小艾三个月的工资——这也是在陈一凡强烈要求之下公司才答应的。

对于Jack，他老丈人是公司董事会成员，本来过了年要提拔他为人力资源部总监，这次暂时记过一次，延迟提拔升职，延长考察期。

Jack倒插门之后，一直埋怨妻子家那么大权力，就给了他个芝麻绿豆大的官。眼看新来的陈一凡那么年轻就做了总监，他还在一个伺候全公司吃喝拉撒的行政部做小小的经理，心中不免嫉妒。

在一个酒吧，柳絮和Jack一起喝酒。

“我就说你别整她，你非不听，这下害惨我了，本来我要提升总监的，现在还得当个吃喝拉撒的头，女人，就会坏事。”

“谁让你留下那么多证据给人抓！你说你没事把别人的文件拷来干吗？拷过来放在自己的U盘里不好吗，还非存在公司电脑上？”

“便宜了陈一凡那家伙，现在和林小艾这个贱女人出双入对，如胶似漆。”

“这都是暂时的，我会让他们好看的。”

“你想干什么？”

“这次不关你的事，放心，不会拉你下水。”

Jack看着柳絮白嫩的一双手握着酒杯，忍不住抓住仔细地看了看，放在嘴边亲了一口。多余的荷尔蒙绚烂地盛开在酒吧里。

“这手白得跟泡椒凤爪一样，少擦点美白的护肤品，太白了营养不良。”

“狗嘴里吐不出象牙，你懂什么呀。”柳絮最得意的就是这双玉手，平时做饭、洗衣服都戴上皮手套，一般情况下她不是用手做粗活的。

临近过年了，林小艾却怎么也买不到票，她想到《人在囧途》里徐峥买了机票结果遇到大雾天气返航，花高价买了火车票结果还是假的，更倒霉的是火车遇到塌方。回家真的很难，能站着回去已经算不错了，有些地方有些人甚至连回家的站票都买不到。有一年大雪阻断了回家的行程，电视里火车站里等待回家的人堆，焦急的脸孔看了让人心颤。

林小艾打电话对母亲说票买不到，着急得恨不得插上翅膀就能飞回去。家人在电话那头说：“回不来就跟一凡在一起过年吧，反正你回来也就那几天。”没人想她，现在在他们眼中陈一凡的地位明显比她高，她从掌上明珠沦落为没人看的玻璃珠了。

“妞，今年跟哥回美国过年吧。”陈一凡捏着她的下巴，调戏地说。

“滚滚滚，别跟我提美国，我热爱我的祖国，一刻都不能分割，你要崇洋媚外你漂洋过海去，我不稀罕。国内的月亮多圆啊，祖国的大好河山容不下你，还把脚踩到国外了?”

说起国外她总能想起聂伟，外国在她眼里是充满了诱惑的潘多拉盒子，没有事不能打开，打开了就完了。

“作为社会的弄潮儿，一个有前瞻性的‘80后’，你对出国这么抵制，足见上次感情在你身上留下的创伤有多深。我看你该调整一下心态，你身边的男人可是从小在美国长大的，所受教育都是西式的，而且以后肯定经常飞国外的。”陈一凡有些不满，身边的女人从身体到心灵都不是自己的，没有征服感就没有胜利的感觉，像受伤了，被欺骗了，突然觉得失落了。

“我有预感，你飞来飞去，飞几次就不见了。我还不是你生命中偶然存在的几分之零点一?”小艾一下也不高兴起来，你们凭什么挑来拣去，我为什么就得等你们枪毙，只需要一个通知我就得让位?

“我不是他，也比他更珍惜你，我把你当做心头肉来疼，你不是几分之零点一，你是百分之百，你是全部。”陈一凡看着她，说得斩钉截铁，内心的念头不容动摇。

“那我刻个章，就是你飞到天涯海角也是我的，不许耍赖。”小艾踮起脚尖吻了陈一凡一下，未来得及抽身，已被紧紧拥着，他的唇压过来，容不得反抗。

仿佛天旋地转，血脉沸腾，火热的感觉延伸到全身，沾染了颤动的神经，像早晨的仙草上的露珠，充满了干净的味道。

“晚上不要走了。”

“我不。”

“我不让你走。”

陈一凡的手碰到高耸的部位，上衣的扣子逐一解开，一颗、两颗、三颗，上衣就要滑落的时候，林小艾拉住了衣服，“如果你过了年还能飞回来，我们再继续。”

有些扫兴，但是陈一凡尊重小艾，心坎上的人是要用一辈子疼惜的。

“这是你回家的机票，我托人买的。”陈一凡从皮夹子里拿出一张机票，小艾为了回家着急上火，把倒卖车票的票贩子骂得狗血喷头。她感激地看着他，一下子扑过去搂着他的脖子说“你真好”。

“我只是怕你在这烦我，让你做顿饭吧，天天就是土豆鸡蛋加青菜，都不知道你吃什么长大的。”

林小艾吐吐舌头，做了个鬼脸，“别以为你天天奶油面包就营养，我这是国菜，健康。再说，其他的我也不会啊，这不是在学吗?”

陈一凡抱起她转了个圈，“笨笨的小艾，我舍不得你走。”然后两个人好像立刻要离别了一样，双双难舍难分。

“晚上你别走了，就一晚上，我保证什么也不做。”

看着他怜惜的眼神，分别在即，小艾同意了，那晚他抱着她睡着了。

第十四章　静怡和陈一凡的绯闻

两个人睡觉很安心，没有噩梦和半夜突然醒来再也睡不着的情形，只是不想起床，尤其冬天的被窝，总让人特别地贪恋。

临近回家的日子，每个人都特别忙，准备年货，把工作做完，女孩子总会把自己打扮得漂漂亮亮的。林小艾约了萱萱逛街买几件衣服回去，在北京动物园、西单、木樨地、秀水街……淘衣服砍价是女人逛街的乐趣，有钱人直接去商场不看价格只凭喜欢，然后潇洒地拿着卡刷来刷去，让人羡慕，但总是觉得缺少了一点生活的乐趣。

萱萱悄悄透露说在她的攻击下，陶宇答应给彼此一个机会，试一试。

“小丫头长大了，开始学会主动了，不错，祝你早日解决单身问题。”

“多亏你提醒我，想象中喜欢的类型未必就是自己真正适合的，两个人的感情是细水长流培养起来的，有时候只需要勇敢一点，接受，互相磨合。”萱萱拿出林小艾的爱情宝典里的话，这些东西林小艾早忘了，关于爱情的宣言，三个月解决单身问题，都成了过去。

感情一见钟情就像国宝大熊猫，越来越稀少了。生活就是把石头慢慢磨成了细沙，两个人进入对方内心才知道原来我一直寻寻觅觅的人是你，只是外表让我迷失太久，兜了一圈才回来。人们太喜欢看外表，才忽视了生活其实重的是内在，相处不是靠一张脸就能解决的。有一天你会忽然发现原本喜欢奶油小生的女孩子，找了个肥嘟嘟的男朋友而且很相爱，无论贫贱。

逛街逛到脚软，高跟鞋硌得脚疼，萱萱说陶宇一会儿过来，中午一起吃饭。小艾就怕自己这个灯泡太耀眼了，随手拨了电话一定要陈一凡过来接她回去。

陶宇出现的瞬间就把萱萱手中的战利品拎了过来，“小艾姐，我帮你拎吧。”

小艾有些不好意思，感觉他怎么从朋友就变成了妹夫一样，适应得相当艰苦。“没事，我的人一会儿就来。”

等了一会儿，陈一凡过来了，他在车里喊，“小艾，上车，我带你去吃饭。”

林小艾幻想的是他把车停下，帮她把东西放车上，然后来开车门很绅士地请她进去，没想到结果如此简单，喊一句就解决了所有难题。这里不允许停车，后面有喇叭在叫了，林小艾硬着头皮钻进了车里。

“怎么逛街还逛出气了，买的东西不合心意啊？我们公司有一件衣服挺适合你的，回头拿一件给你。”

“什么我们公司啊？我是失业人员，暂时没公司。”

陈一凡注意到小艾口气不对，在故意赌气，便问：“我的千金小姐，这是怎么了？”

林小艾不理他，话也不说，生闷气。陈一凡也不说话，打开音乐。她更生气了，他怎么就琢磨不出女孩子的心思，生气了也不哄哄？昨天还说什么心头肉，一辈子的宝，看来都是废话、谎话。

陈一凡把车开到空旷的地方，停下来，“说，我怎么得罪你了，我认错，我赎罪还不行吗？”

林小艾就是不说话，陈一凡没办法，怎么逗都不行，于是挠她痒痒，林小艾没有防备，经受不住，她最怕的就是挠痒痒，讨饶地说：“我说还不行吗？罪状三大条，第一，你没有下车；第二，没有帮我拎东西；第三，你没有帮我开车门。你就喊一句我就得屁颠屁颠地跑过去，拿着这些东西跟个傻子一样。”

“好，我错了，下次一定帮你拎。不过刚才车多人挤，这不是节省时间吗？我一会儿还有个会，我们先吃饭，乖。”

林小艾觉得自己小题大做了，他忙东忙西，好容易抽出空一起吃顿饭，她还要生气。于是她调了音乐，换了一首轻快的歌，跟着节奏扭动起来。

回家的脚步越来越近了，小艾抽时间买了些东西去看柳悦红，她把东西放门口就走了。

在机场，两人抱了又抱，亲了又亲，舍不得分开。

“好了，就一个月啦，又不是见不到了，我不在，你可要守身如玉。”这是小艾对陈一凡最后的嘱咐。

登机的广播再次响起，林小艾走了进去，挥手告别。

一路辗转，下飞机坐公交换汽车，提着陈一凡给家人买的礼物，还有自己答应给小侄子买的一双运动鞋。

到了家，看到久违的街道，熟悉的院墙，还有亲切的面孔，小艾大声喊：“爸，妈，我回来了。”

一家子听说小艾要回来，算好了时间等在街口，只听见小侄子说：“小姑回来了，小姑回来了！”然后浩浩欢快地跑过来。她哥哥、嫂子过来帮着拿东西，父亲、母亲走在两侧问东问西。

“一凡这孩子买什么东西啊？有这份心就够了。”林母拿着一件灰色的羽绒服，裹在衣服外面，摸着全鹅绒的料子，“别说，好东西就是暖和，过冬足够了。”

“小姑，一凡叔叔为什么没给我买，他不知道要娶小姑还得哄我才能搞定我爸妈吗？”浩浩也不知道从哪学来的话，这孩子说起来跟大人一样。

“这个是你的，里面从一年级到高中的课本都有，还有名师讲课，什么黄冈试卷都有，以后再考试，可要给小姑拿一百分了。”小艾拿出一个学习机。

“啊?!”浩浩拿着学习机，一副高兴不起来的样子。

“还不谢谢小姑？这孩子就是不爱学习，以后跟镇上那些要饭的一样。学习好才能像你小姑，出去见大世面，知道吗?”嫂子又开始教育孩子了，调皮捣蛋的年纪总是听不进什么大道理。

说起陈一凡给家里的两万块钱，小艾又说出自己借了他四万块钱。这么一来不知道哪年还清了，辞职的事没敢给家里说。

周美惠说："凭你现在一个月的工资，不用一年就还上了。再说，都这种关系他好意思要，你好意思还啊？你哥要是让我还钱，我准翻脸。男人挣钱还不是给女人花的，放家里生虫子啊。"

林父说："应该还，没结婚之前不能在钱上低人一等，以后你还不得处处受气？爸帮你攒钱。大刚，明年做生意赚了钱先还小艾。"

林大刚说："爸，我记着呢。"

周美惠又说："不是不还，就是分这么清楚，还像一家人吗？我们是不是也要把礼物折成现金送过去，给他父母买点贵重礼品？"

小镇上结婚都是尽量往男方要钱，要得越多就越有面子，别说还钱了，此外还得要一笔钱装女方自己的口袋，还要买什么三金三银的。谈话升级，一会儿指不定就把衣服脱下来，礼物退回去了。

"小艾，一凡他父母是做什么的？在国内吗？"周美惠接收到婆婆的眼神，开始执行婆婆的命令套小艾的话了，他们对陈一凡这个谜，好像永远猜不完。一桌人围着吃饭总要谈出点什么，才没白费心思做了一桌饭菜。

林小艾突然意识到，陈一凡的身世一直都是公司里的八卦传闻，她从未问过他本人，陈一凡也从来不提。爱的时候只管着轰轰烈烈甜甜蜜蜜了，未想过什么家庭背景。

“我不知道耶。”小艾根本不在意。

“小艾，咱家尽管不是什么大户人家，但你也是妈的那个什么手上的珠子……”

“妈，是掌上明珠。”

“哦，对，你是妈的心头肉，怎么能稀里糊涂地嫁掉？起码对方什么家庭，做生意还是当官，家里多少财产，摸清了你才不容易受气，你没看电视剧里有钱人财大气粗，嫁过去婆婆万般刁难？这哪是嫁女儿，这是火坑，你可不能跳。”林母突然转过来关心起小艾了，这句话说得还很中听。林母害怕像电视剧里七大姑八大姨的上门求助，那些几辈子不联系的亲戚，不知道什么时候蹿出来亲切地叫你“侄女”，或者“妹子”，再或者“二姑”。小艾明白家里都是冷冰冰的刀子嘴，掩藏着一颗软乎乎的豆腐心。

“下次我问他，我不欺负他就不错了，还能被他欺负？妈，你也太小看自己一手培养出来的闺女了。”林小艾开着玩笑，宽慰家人。“我饿了，有饭吃吗？”她赶紧岔开话题，八字刚刚有了一撇家人就急着谈出嫁了。

嫂子和林母才开始去厨房忙碌。

在林小艾走后的第二天，陈一凡买了飞往美国的机票。可动身的前一天晚上却铺天盖地地爆出了清纯玉女静怡和某导演在郊外别墅一起出现的丑闻。一时之间各大媒体的头条都是挖静怡内幕的。

陈一凡打电话过去，电话已经关机。

静怡躲在自己的房子里，经纪人、助理焦急地商量应该怎么办，门外是伺机已久的八卦记者。

“你们先回去吧，我已经累了。”静怡坐下，宽大的沙发把她包起来，显得那样柔弱，那样小。她点了一根烟，抽了一口，弹了一下烟蒂。

“静怡，你不能抽太多烟，会影响皮肤的。”助理看到心烦的静怡忍不住提醒。

“我知道，一切明天再说吧。你们也早点回去休息吧。”又抽了一口，烟从粉红的唇中吹出来，一溜烟跑没了。但愿绯闻也和烟一样能消失殆尽。

她开机，看到短信像北京冬天的大雪，一片一片席卷而来。有陈一凡的来电提醒。

“你找我?”声音里充满了疲倦。

“新闻我看了，你怎么样?”

“我还好，娱乐圈就这样。你知道的，总是身不由己。”静怡倦了，对娱乐圈，对感情。

“有什么打算?”

“记者都堵着家门口呢?”静怡冷笑了一下，“最多从窗户跳下去，一了百了，再不理会这个不可理喻的世界了。”静怡走到落地窗前，拉开窗帘，月光透过来。往下看，深得看不到底，如果一不小心掉下去，就像蝴蝶飞进了黑暗的禁区，没了方向，一直沉，沉下去。

陈一凡仔细想了静怡的话，怕她受不了打击做出什么过激的行为。今天的一切是她好不容易得来的，从十六岁开始，已经十年了。如果毁了，她就什么都没有了。

“一凡，一凡……”她叫着他的名字，把他又拉回了过去的时光隧道中。

他们在美国度过了人生最美的时光，后来静怡被星探看中，进了娱乐圈，他们再也不能像以前一样恋爱，再也没有时间看一场电影，吃一顿饭。最后静怡提出了分手，说是给陈一凡自由，给他选择。可谁知道是不是因为要维护自己的玉女形象，进了万花筒般的娱乐圈，便失去了分辨颜色的能力？

陈一凡把静怡接到自己家里，本是没人看见的，不知为何却出现在报纸的头条。娱乐报道中又挖出了新闻，静怡和某导演只是商量剧本，真正的男主角是某公司富二代。还拍到了陈一凡拥着静怡上车的照片，虽然只是侧脸。

“现在的明星啊，不知道自重。”周美惠看了娱乐报道，轻蔑地说，“看起来光鲜亮丽，指不定做什么见不得人的事，乱啊。”

林小艾看到熟悉的侧影，仅仅只有侧身，但是耳垂的轮廓她记得。

他们复合了吗？他不是回美国了吗？林小艾的心中出现一百种可能，但一百种没有一种是好兆头。

隔天，娱乐报道又出现新内幕，原来照片中的男子系著名服装公司 EV 的市场总监，一个标准的钻石王老五。

陈一凡没有打来电话解释，林小艾心情沉重。原来以为不提一切就会过去，原来只是自欺欺人，存在的一直没有走。

“作为一个艺人，我只想拍好戏，唱好歌，把最好的留给观众。”静怡面对记者追究最近的绯闻，答非所问。

不否认，是不是等于承认？

静怡被拥着进了演播厅，像平常一样化妆。接了个电话，电话里说拍完戏会接她回去。

化妆室里的其他明星纠缠着，问静怡是不是早已有了男朋友，只是一直未曾露面，静怡笑而不答。大家心照不宣地不再问了。

回到陈一凡的家，静怡没有胃口吃饭，把自己关在屋子里，没有一点动静。突然传出有什么打碎的声音。

陈一凡听到动静，敲了门，没有响应，再敲还是没有回应。隐隐觉得静怡出了什么事，他拿备用钥匙打开门，发现静怡躺在地上，脸色苍白得像抹了很厚的脂粉，可惜这白，比脂粉还白，没有一点血色。唯一的红是手腕流出的液体。

她自杀。

“静怡，静怡……”陈一凡把静怡送到了医院，心疼地看着被折磨得容色疲惫的女孩。她曾是他心中的女神，洁白的衣裳，甜蜜的笑容，乌黑的秀发，恬静的背影，都混作液体，顺着输液的管子一点一点滴进她体内。

听闻静怡自杀，各路小报杀到医院，有的装扮成病人，塞给医生红包，要与静怡住在一间病房。名人的敏感或许比一般人要强得多，静怡醒来第一件事就是坚持回家静养，暂时封闭消息，停了演出，也暂停拍戏。

静怡的绯闻，让她正在拍的戏《像傻瓜一样等你回来》一度成为热点。甚至有人揣测为了宣传这部戏的知名度，片方才策划了这出绯闻。毕竟娱乐圈里有绯闻也比没有新闻要好得多。

“一凡，你不该救我。”她苍白的脸上落下一滴珠泪，晶莹得让人心疼。

“怎么这么傻?”他握着她的手安慰着。

“我是怕你会误会，我，我……”她哽咽着说不出话来，停顿了好久，“虽然我们分手了，我知道你也有了女朋友，但是我没办法完全忘了你……”

“不要再说了，你需要静养。”陈一凡打断了她的话。

“不，我要说完。是我不对，任性、调皮，不知道珍惜。过了这么多年，从来没有人占据过我的心，除了你。”静怡的声音虽然压低，但还是有歌唱的婉转在里面，悠扬的话语传进陈一凡的耳朵里。回忆再次黑白，幕布下垂。

他的心顿了一下。

“我们重新开始吧。”静怡低泣的祈求让他不忍心拒绝，拒绝她紧握的手。

“这样我也可以摆脱绯闻的纠缠，顺便宣传新戏。”静怡继续说着。

他的心几乎彻底停止跳动，原来他不过是她利用的工具，摆脱绯闻。她还是原来的她，一心要爬向更高领地的她，不惜一切代价。

陈一凡推开她紧握的手，用平静得不能再平静的声音说："你该休息了。"

看着他走出房间，带上实木的深棕色房门，脚步声越来越轻，一直到听不到。静怡的心百转千回，她真的疲倦了，想回到他身边，只是就这样撒手奋斗的成果，她心不甘情不愿。

她要得到，必须要得到。那些虎视眈眈巴望她出丑、下台的脸在她面前一一浮过。娱乐圈，是战场。

第二天的报纸和娱乐报道上的头条还是静怡，《当红影星静怡为情自杀　痴情富家公子深夜护送》，开始有人挖出静怡的绯闻男友就是她在美国的同学，两人相恋十二年，从未放弃彼此，静怡为了不让自己的爱人卷进娱乐圈，从未坦诚自己的恋情。

小城镇也有娱乐绯闻在飘，林小艾看到了报纸，看到了陈一凡熟悉的脸。果然印证了元旦走秀那天偷听的话，他们是一对恋人。也许他们从来都没有分开，也许分开只是暂时的。他们是一对金童玉女，还会在一起。

每一个夜都辗转难眠。

侄子浩浩叔叔长叔叔短地念叨陈一凡，母亲也总提起婚事。家里不停地催他们快点完婚，好安定下来，最好林小艾连孩子都生下来，不要再有什么差错了。

报纸又出新内容了，静怡的绯闻男友是当今名牌女装的市场总监陈一凡，两人曾两度在EV的时装秀上搭档，还挖出了当时的照片对比之前偷拍的照片。

一时间众说纷纭。

有人说，两人已分手，这次陈一凡为追回静怡抛弃国外的事业，只身来到国内。

有人说，是静怡为了进娱乐圈抛弃了陈一凡。

有人说，两人从未分开过，一直低调进行地下恋，静怡和EV的两次合作也是为了陈一凡。

还有人说，两人已经秘密结婚，甚至已有私生子。

……

报纸铺天盖地地猜测。

夜里，静怡祈求陈一凡最后帮她一次。

"我知道我不应该再要求你，可是你知道出了这么大的事，我会被毁掉，这样什么都没有了。"他背对着她，她声音里有颤抖的害怕，有哭泣的痕迹。

"我不能。"他想到了小艾，忙于静怡的事，一直没有联系，也许她已经知道这些绯闻，他又该怎么解释？

"你说过会帮我的，你说过会守护我一辈子，难道这个约定不算了吗？"静怡的声音更加颤抖，颤抖中夹杂着质问。

星光频道的采访，静怡和陈一凡同时出席。面对主持人的提问，两人俨然是多年的情侣，眉宇间传递着依恋的信息，柔情似水的静怡依偎在陈一凡怀里面对着镜头。

整个娱乐界一片哗然。金童玉女的组合，世界上再没有比他们更合适的了。

一开始反对静怡的观众开始支持她，成为她的铁杆粉丝。

静怡的拍摄现场，陈一凡去探班。静怡成为EV的代言，静怡进出陈一凡的公寓……关于静怡和陈一凡的传言不断在飘扬。

林小艾回来了，北京的夜色朦胧得让人看不清楚。再见柳絮和萱萱，已不是当年的心情。陈一凡不再是她们之间的阻隔，他现在不属于她们两个。

林小艾带了一些家里的特产给萱萱送过去，小丫头的脸上透着绯红，用脚趾想都知道是恋爱的效果。

“我可能要搬到陶宇那住了。”

“什么？”林小艾张大了嘴巴，这个听到“同居”就露出少儿不宜的羞涩女孩怎么一步到位了？

“惊讶什么？男女朋友不是都会慢慢变成夫妻的吗？现在试婚总比将来离婚的好吧？”

“萱萱，爱情的力量太伟大了。灭绝呢？她还好吗？”

“她妈妈最近身体很不好，老听到她在房里和她爸爸吵架，摔坏两个手机了，其实她也挺可怜的。”

柳絮从来不相信男人，可是她看上了陈一凡，不惜一切手段想要得到，结果还是没成功。柳母病恹恹的，好像时日不多。严绍康三两个星期来看一次匆匆就走，夏海棠每次都陪同。

“好像还有一个男人总是骚扰她，灭绝现在总是背着我说话，一会儿咆哮，一会儿哭泣，不知道遇到什么困难了，问她也不说。”

林小艾想到柳絮爱笑的眼睛，大言不惭地要刷新纪录寻找第三十九个男人，帮着萱萱参考相亲服装，帮着她骂负心的聂伟。曾经一起吃麻辣烫，一起去后海的小酒吧里狂欢，一起逛街逛到脚疼，一起疯唱……不知道什么时候她们就生分了。

“我想见见灭绝。”她现在一定很难过，父亲始终是别人的，母亲一病不起，身边没有朋友。

再见柳絮，她比以前憔悴了。不知道还喝不喝美容汤，还做不做面膜，那张宝贝的脸还砸不砸钱。

“阿姨还好吗？”

柳絮并不回答也不说话，想着什么事情。小艾想她的心里一定很苦，没有亲情爱情和友情的人不是可怜而是非常可怜，她看不得柳絮装作高傲无敌的样子，却有着千疮百孔的伤。

“不知道为什么我们慢慢就生分了，记得以前接到聂伟的电话你比我还生气，替我出气，喝你熬的美容汤没有把皮肤养好反喝出一身的膘。那个时候我们无话不说，我希望以后也会这样，灭绝，我们和好吧。”在这个曾经也属于自己的小窝里，一切都变了，人和物。

“林小艾，你不用假惺惺了，用不着你可怜，是你胜利了，你得到了陈一凡，但是你别忘了，你永远都是被聂伟抛弃的，将来也有可能被陈一凡抛弃。”柳絮恨男人，更恨幸福的女人，所有的幸福都与她无关。

“灭绝，当时你说过不在意我跟他在一起的，如果你说反对，我们就不会走到今天。”

“是，我也学着不在意，可是我做不到，做不到天天看你们亲亲密密地聊天，做不到天天看到你们难舍难分腻腻歪歪。我想忘了，可是我忘不了。”柳絮情绪有些激动，对着小艾失声大叫。

“对不起，我不知道给你造成这么大伤害。”

“不用道歉，我对他本来也没什么好感，何况你现在不也一样?”

林小艾不知道柳絮对她的恨并非完全因为陈一凡，陈一凡只是导火线，当小艾失去一切被人抛弃的时候她是个弱者，柳絮对她表示巨大的同情。而当小艾离婚了还能冰清玉洁，还能得到陈一凡的爱的时候，她嫉妒，觉得所有的幸福都不是她的。

“我从来没想过玩弄他的感情，从一开始就是认真的，可是我能勾引得了任何一个男人，唯独他不行。而你，什么都没做就轻而易举地从我身边抢走了他。”带着哭腔的声音有些许颤抖，坚强的柳絮内心脆弱得不堪一击。

小艾觉得有谁拿刀划破了自己的右手，一直在流血，这个手握着的本来是友情，可是它残缺不全了。听着柳絮微颤的声音，林小艾纠结起来的情绪决堤，她流泪了。“灭绝，我真的不想失去你这个朋友。本来漂在外面就没有安全感，但在这个并不大的小家，我们三个人有说有笑，一起争一起抢，一起玩一起疯，好像亲姐妹一样。为什么因为一个男人，我们就疏远了呢？每次想到以前我心里就难受……”小艾像个孩子一样哭了起来，人越大朋友越稀有，有时候你得把敌人当成朋友，有时候朋友变成了敌人。

听小艾这么说，柳絮的心一颤。她是单亲家庭长大的孩子，从小霸道要强，林小艾容忍，萱萱包容，三个人相处得很融洽。是林小艾让她知道了原来三个人喝一碗汤是多么热闹和快乐，是萱萱让她懂得了抢电视遥控也是乐趣，自私和分享有时候是不可分割的。“小艾，你永远不会懂，其实我也不想这么对你，每一次这么做我的心里都在忏悔，都在害怕，都在后悔。”接着柳絮讲了她心里纠结的秘密。

十八岁那年的生日她遇到了宋老板，他把她骗到了床上夺走了她的第一次，从此她在谎言和等待中生活了将近八年。那个男人有了老婆孩子，她什么也没有得到。后来她不断寻找更年轻更帅气的男人，可是没有人珍惜她，她也学会了不再珍惜别人。她嫉妒林小艾能拥有一段真正的爱情，嫉妒她结过婚还能保持纯洁的身子，她更不想失去这个朋友，而恋爱会占据女人全部的心思，所以她不愿意小艾去恋爱。

一天天的凌乱的思想在折磨着她，恨的时候她什么都能做出来，后悔的时候就劝自己不要回头。

“灭绝，你心里难过怎么不早说?”两个傻丫头抱着痛哭。能认认真真一起哭过的感情绝对经得起时间的考验。

“小艾，对不起。”柳絮憋了好久的话，终于能说出来了，“那时的我是鬼迷心窍，一心要夺走你的东西，其实我只是嫉妒你。”

“反正都过去了，我明白。”小艾握住柳絮的手，似乎两人还是当年的好姐妹。

“是我和Jack欺骗了陈一凡，也害了你，是我把你介绍给宋老板的，都是我做的，我无法原谅自己。”柳絮抽泣着，握着小艾的手，泪眼婆娑地看着她。

“都过去了，我现在好好的。别想了。”小艾也握紧她的手，两姐妹经历了那么多事，在异乡的土地上，寻找最初的单纯。

“听我说完。”柳絮一直耿耿于怀，对小艾深深地内疚，“我嫉妒你这样即使吵架也幸福的家庭，羡慕你有了聂伟还能遇到陈一凡，我不是想得到陈一凡，只是想破坏你的幸福。我见不得别人的幸福。”

林小艾似乎看到柳絮的伤口在淌血。父亲对她的伤害从来没有根除，从小跟母亲生活在一起，被异样的眼光打量惯了，再也不想做一个乖乖女，伪装起自己，保护自己，保护母亲。但是心里还是受不了幸福的照耀，她不能看到幸福的人离她那么近，非要亲手破坏了，每一个人都去体会一遍她的感觉才好。

“灭绝现在成佛了，总是忏悔，觉得对不起你。”萱萱说。

“经历风雨才能知道彩虹在不在眼前，我现在知道了，这些终究都不属于我，没有你也一样，有什么好计较的。”

如今她只有这两个朋友了，难道还要记恨，还要成为仇人？

“小艾。”柳絮更内疚起来。

“灭绝，你不会真的去峨眉山当尼姑吧，怎么说个话婆婆妈妈的？再这样，姐们儿就拉你剃度了。”林小艾挥过去一拳，轻轻砸在柳絮肩胛骨处。

“我灭绝是为了消灭男人，可不是为了消灭自己。就是去剃度也是你们两个小丫头，把幸福绑在男人身上最不可靠，都给我擦亮眼睛看清楚了。”柳絮又恢复了往日的嬉笑。

“小艾，你有什么打算？”

“还有什么可说的？坚强地生活下去呗！”林小艾坚定地说，似乎这时候只有气势才能压倒一切。

“放心，姐帮你。”

“算我一个。”

林小艾又搬回了三室一厅的小窝里，还是她的房间，和原来一样。晚上三个女孩子又开始熬夜了，这次看的不是《杜拉拉升职记》而是《观音山》，当范冰冰、张艾嘉把观音山上的观音像重塑好时，好像重拾了信仰，一直不敢爱的人相爱了，一直不敢面对的事情可以正视了。

忽然，一阵急促的敲门声响起。

“柳絮，开门！你个婊子，我知道你在里面，别给我来这一套，想从我这逃走，也不看看你几斤几两……”难听的责骂声混合着急促的敲门声传来。

柳絮让小艾和萱萱藏在衣柜里，她们不解。柳絮祈求地说：“算我求求你们，不管发生什么都不要出来，不要出声。”

萱萱和小艾被关在了衣柜里，柜门被一张桌子顶着，出不来。

门开了，进来几个一脸横肉的男人。

“柳絮，别给我来这一套。”说话的男人声音如此熟悉，林小艾似乎想到了什么，握紧了手里的手机，拨打了 110。电视里还播着《观音山》，混合着吵架的声音，林小艾的声音并没有人注意。

“想逃出我的手掌心，我就把你的照片散发得到处都是。”一沓照片摔在柳絮脸上，落在身上，滑下去。

“要命吗？来啊，一对一，反正我也活够了。”柳絮上去，抓着男人的脸，血印子渗出了血渍。其他男人把柳絮拉开了，男人扇了她一耳光。

“住手!”林小艾听到了柳絮拼命的声音，听到了被掌掴的声音，忍不住大喊。

“哪里来的声音?”

“好像是衣柜。”他们把桌子挪开，林小艾和萱萱走了出来。

“原来是小艾啊，这段时间我可是很想你。”说着宋老板就把手伸向了小艾的脸。

“混蛋，有什么冲我来，不关我朋友的事。”柳絮冲在了小艾身前。

林小艾把柳絮挡在身后，她不能看柳絮独自面对。“喂，你以为长个马猴的脸，就成了美猴王的将军了？我呸！不知道你出生的时候脸怎么扎厕所了，一脸臭粪。别用哈巴狗的小眼睛瞪我，被你看是对我的侮辱。用镜子照照，猪八戒都比你接近人类，回你的动物园修炼去吧，留在人间简直是祸害。再让我看到你欺负柳絮，不用警察，我就能让你满地找不到假牙，七窍流血，满嘴长泡。”林小艾又见到宋老板，气不打一处来。

“怪不得柳絮说你嘴巴厉害，长得像林黛玉，嘴巴像王熙凤。”宋老板被气得差点吐血。

“你没听过见人说人话，见鬼说鬼话吗？遇见你，鄙视我都懒得斜眼看你，赶紧回去看看别墅里的小狐狸有没有生出狮身人面像。”君子都是动手的，只有女人才需要动口，一句话淹死千军万马。

“你……”

“你什么呀你，结巴了，小心闪着嘴巴，赶紧回去看看医生，是不是有老人痴呆了。”

“我……”

“我什么呀我，我懒得跟你说话，瞅你一眼浑身都发抖，长成这样还好意思出来吓人，赶紧回娘胎继续修炼吧。”

“给我把她的嘴巴封上。”宋老板气得像怒目金刚。

“谁敢动我，我咒他生个孩子没屁眼。”林小艾看着走过来的几个男人咒骂道，希望警察赶紧来。

“给我煽，煽到不能说话，我看你嘴巴还厉害不。”宋老板命令道。

“你们不能动她。”柳絮又挡在前面，被几个大汉拉到一边，按住双手。萱萱紧紧搂着小艾，也被拉到一边。

一个，两个，三个……一丝鲜血从林小艾的嘴角流出来，柳絮和萱萱哭着喊救命，喊求饶，柳絮说“以后什么都听宋老板的”。

宋老板气得胸前起起伏伏，顺不过一口气。

警笛的声音响彻了整个小区。

“警察来了，有本事接着打，我守得住。”倔强的小艾硬挺着。

宋老板和手下溜了。

柳絮看着被打得嘴巴红肿的小艾，心疼地哭泣着懊悔着。这样的姐妹，还有什么理由去抢她的幸福？

柳絮要远离宋老板，而宋老板不肯，扬言要柳絮身败名裂。警察来了，接手了此案。

静怡和陈一凡幸福地出双入对，小艾和萱萱陪着柳絮配合警方调查，他们查出宋老板开黑公司，洗黑钱。对柳絮的恐吓已被起诉。

陈一凡和静怡在做节目，人山人海围着，根本没有人注意到她们。林小艾不能眼看自己的幸福就这样拱手让人，不争取，就只能走老路子，被抛弃。

静怡和陈一凡相拥着走出演播室，准备上车离开的时候，各大电台、网络媒体的记者和粉丝围得水泄不通。

此时，上空飘来一个人。白衣飘飘地飞过来，仿佛从天而降。众人让开一条道，仙女落地。

陈一凡和静怡目瞪口呆地看着林小艾从天而降。

所有的人都目瞪口呆。

“小艾，我看好你。”柳絮和萱萱对着小艾大喊。

所有的镜头都对准林小艾，三个人站成一个三角。

“陈一凡，你爱我吗？”

静怡瞳孔放大，林小艾的眼睛坚定地看着陈一凡，等待一个斩钉截铁的回答。

“小艾，你怎么回来了？”陈一凡惊讶。

“你只要回答，爱还是不爱？”林小艾眼睛睁得很大，她要看清楚这个男人。

“这是谁？跟陈一凡又有什么样的关系？她和静怡谁才是第三者？”记者的话像画外音一样闯进他们的对话，只是小艾不在意了，只在意他的回答。

“林小艾，你不要逼一凡，他对你已经……”静怡紧张得脸色苍白。

“我没有问你，我只要他回答。”林小艾没有看静怡，声音却直接传送到她耳边，那么坚定。

所有人都看着陈一凡，静怡、小艾、粉丝、记者、柳絮和萱萱……

陈一凡看着静怡，又看看林小艾。

突然，静怡捂着肚子，仿佛绞痛一般，似乎要跌下去，一双手抱住了她下滑的身体。

小艾跑了，拨开人群，跑出去。答案已经知晓了。

“她只是我 EV 的下属。”这是他的话，可是她已经听不到了，远了，远了。

爱情之于她，全是过客。

柳絮闯进人群，一个清脆的耳光，让人来不及反应。

“一凡哥，你太让人失望了。”萱萱说完和柳絮追小艾去了。

静怡和陈一凡坐进了一辆车子，开出了众人的视线。

“谢谢。”陈一凡坐在车里，靠近静怡，他要送她去医院，她却说忍一下就没事了。看着陈一凡挣扎的表情，她只能说“谢谢”。本来就是一场戏，做完了也该退场了，难道赚不到一句谢谢吗？

“我会把你的东西收拾好送到你家，我会在媒体面前澄清，我承担一个喜新厌旧的罪名。你放心，你要的，我都给你了。”陈一凡冷静得不能再冷静的声音，凉凉地穿透皮肤的语气，让人胆寒。

眼镜后面的眼睛，被深得发紫的红眼镜遮挡了，看不清是高兴还是悲伤，她只是说“谢谢”，她知道她已经彻底地失去了他。

“需要我替你向她解释吗？”静怡问。

“不用，我自己会处理，谢谢。”客气，客气得让人害怕。客气是无形的山，隔开了两颗曾经沸腾的心。

冷了，北京的春天是真的很冷，冷得感觉不到温度。雪花像记忆的碎片落下来，被风带走了。

一阵一阵的风，一阵一阵飘飞的碎片。

那年静怡签了经纪公司，他们欢呼着。有了第一次亲密接触，却因为那一次意外怀孕了。刚签了经纪公司的静怡害怕，悄悄地堕掉，身体一直没有复原。总会在寒冷的天气发作，胃部疼痛，肚子抽筋。为了年轻的疯狂，陈一凡心中一直心存愧疚。那时，他说会一直等她，守在她身边，无论她要求什么他都会答应。

可那时，她要求的却是分手。说是经纪公司的规定，甚至没有一个合适的理由。

时间磨平了那些年的过往，飞一般来了，又飞一般走了。

夜深了，电话一直打不通，柳絮、萱萱也找不到林小艾。此刻她会在哪里？

第十五章　回到相遇的地点

回到相遇的地点
才知我对你不了解
以为爱得深就不怕伤悲
偏偏爱让心成雪
我独自走在寂寞的长街
回忆一幕幕重演
我告诉自己勇敢去面对
就算心碎也完美
想起我和你牵手的画面
泪水化成雨下满天
如果我和你还能再见面
就让情依旧梦能圆
我们在不同的世界
想着每一次的误会
好想再一次依偎你身边
偏偏你有千里远

机场前还是一样的拥堵，车来车往经常堵车。就像那天在机场相遇，她穿着淡绿色的裤子，被他的车子挂破了。

她对他怒吼，“姓名、电话、身份证号码、工作单位?”

他说：“什么?”

她再次重复自己的话，好像要让他牢记她。“我问你姓名、电话、身份证号码、工作单位，撞的是我，你的耳朵怎么聋了?”

仿佛在昨天，仿佛刚刚开始，没有结束。

一凡，一凡……

有声音在喊他。

他回头，看到了她，浅色的长裤，完好无缺，飘逸的秀发在风里飞舞。

近了，近了……

“不要再跑了，我不能没有你。”她扑进他怀里，他将她紧紧搂着，生怕她再跑了。

他伸出双手，摸到的是空气一样稀薄的幻觉。

她走了，不见了。

陈一凡一直调查Jack，发现他滥用职权牟取私利，涉嫌倒卖商业机密，只是苦于没有人指证。陈一凡出十万块钱买LC市场部经理翰林一句话，让他在拉斯面前指证Jack泄露商业机密，但是前提是他不会公然出庭指证，以免把自己牵扯进去，只需要提供Jack联系他的证据就足够了。陈一凡将此事报告给拉斯，拉斯却意味深长地说：“一凡，我也快退休了，这些事既然没有明确的证据，你也就睁一只眼闭一只眼吧，公司并没有损失。”

“但是林小艾不能这么白白被冤枉。”

“我欣赏林小艾，但是她比起 EV 和我们的前程太微不足道了，她失去的只是工作，而你我失去的是事业。”

陈一凡不知道拉斯是不是老了，他从小教导自己，男子汉要坚强，遇到任何事情都要迎难而上，只有攀到最高峰，才能尽显男儿本色。

最近总与香烟为伴，他的公寓里飘满了尼古丁的味道。几天后拉斯提前退休了，新上任的中国总部高官是 Jack 的老丈人，Jack 直接升为行政总监，兼管人事。公司已经整顿了一些平时看不惯 Jack 的人，Jack 招进来的党羽每个人都实行自己的一套管理机制，小处尚可，大处不兼容。EV 里原来配合融洽的部门四分五裂，各自为营。

陈一凡的话语权越来越弱了，总是得不到更多的响应，三朝元老也慢慢地闭嘴做哑巴了。保住饭碗就得唯马首是瞻。

现在他明白拉斯说的“睁一只眼闭一只眼”是什么意思了，一切都早已注定。拉斯说 Jack 知道有人调查他，联合老丈人，在总裁面前煽风点火，一个三朝元老加小股东当然比他有话语权，在轻重的面前总裁总是会牺牲那个随时可以代替的角色。

提前退休，已经是对他的仁慈了。如今他没有别的愿望，只想环球旅行，到各国看看，散散心，安安静静度过晚年。

陈一凡在公司里明争暗斗的夹缝中并不快乐，他竭尽全力争取过来的case竟然被人否决了，面对几千万的盈利竟然视若无睹，还说“区区几千万块钱EV会放在眼里？现在要做更大的蛋糕”。

欧莱欧服装公司，作为市场部经理的林小艾和市场部总监Jessica前去参加国内品牌发布会，届时各大知名品牌都会到场。

“北京的风沙很大，每次洗脸都能洗出两斤细沙。沙尘暴都刮我脸上了，Jessica你的皮肤怎么保养的，比那些模特还嫩？”

“我给你推荐一款化妆品，就是我们欧莱欧旗下化妆品公司新出品的保湿霜，很有效果。做实验的时候，就是以在北方生活了数十年皮肤粗糙干涩的农妇为对象的。效果相当不错，你用后感觉一下，我们下期的策划就是它。”总监最得意她一张娃娃脸，皮肤细腻，不知道真实年龄的还以为她是天山童姥。

“是吗？我还真得用一下。”

“你以前不是在EV待过吗？陈一凡你知道吧，本来代表EV参加这次发布会的是他，谁知道他辞职了。”

“辞职？为什么？”猛地听到这个名字林小艾还是颤抖了一下，那些包含着过去的丝丝缕缕的记忆袭上心头。

“他们公司的市场部经理，是我以前的下属。说他今天回美国，坚决不参加 EV 的活动了。EV 的内部调整简直是飓风海啸，就连陈总这么优秀的精英都要另谋生路了。一个公司最主要的不是产品，也不是资产雄厚，是人才，所以小艾，好好干。有些矛盾和摩擦是必然的，但是生活在这个社会，就要学会解开矛盾，避免摩擦。”

“是吗？他不是为了静怡留在国内的吗？怎么两个人要结婚了吗？”

“你不知道吗？陈一凡两年前就和静怡分手了，还说自己爱上了一个姑娘，可惜那姑娘也离开他了。”

“爱上了一个姑娘。”小艾喃喃自语。

“是啊，杂志是这么说的。”

回忆就像被岁月腐蚀的老旧黑白照片，斑斑驳驳的痕迹划伤了思念它的人，也因为这些伤痕成长，绽放。

林小艾似乎想到了什么，将手上端着的高脚杯交给 Jessica，就要跑出去，晚礼服的尾部摇曳生姿地摆着。

“你干吗去？马上就开始了。”

“我要去找一件失去的东西。”

机场车来车往，又被堵住了。林小艾看着排成长龙的汽车，似乎又回到了原点，她要赶着去机场。

“我要下车。”

“这里不给下。”

“可以的。”

她开了车门，从狭小的空隙里钻过去，一排排的车子找过去。面对车子里探出的头不住的责骂，她一笑置之。

镜头慢慢后退，一幕幕黑白色的回忆浮现在眼前，一步步泥泞路程，充满坎坷的石阶，寻寻觅觅找回属于自己的东西。红色的礼服在车龙里格外显眼，像一枚小辣椒，她辛辣地走了过来。

熟悉的车子，熟悉的车牌，也应该是熟悉的人吧。

时隔两年，她怕认不出他，她怕车里坐的不是一个人，她害怕……

嘶啦的声音，礼服挂破了。

“对不起。”车里的人说，此时空气让人窒息，在寒冷的冬天里，闷热的窒息。

他看到了她，她的衣裳寻找到了他，一如两年前的相遇。

“姓名、电话、身份证号码、工作单位?”林小艾站在车龙里，不管喇叭响翻了天，天地定格在这一秒，这一秒的世界里只能容得下他和她……

（全文完）